今井仁　著

セルバ出版

# はじめに

この物語は、空海さんの史実や逸話をベースにした、歴史ミステリーです。

現代の知的なお伽話と思って、お楽しみください。あくまで物語ですので、こういう見方もあるのかと捉えていただければ誠に幸せです。ただし、空海さんの生きざまを、できるだけリアルに描きました。

真言密教を確立された空海さんが、密教の奥儀とは別に、今を生きる私たちに向けて、自ら暗号を残し語りかけていることがあります。

それは、空海暗号（コード）と筆者が名付けた、一連の謎かけです。

本書は、平安時代初期に残された空海さんの謎かけに呼応して、その謎解きに挑みました。

空海さんの歴史には、全く記録が発見されない「空白の七年」と研究者から呼ばれる謎の期間があります。また唐から戻られた後の3年間も、歴史上のエアポケットとなっています。

よく考えると、空海さんの空白期間は、記録が残っていないのではなく、残せないような活動をしていたのではないだろうか。この間、空海さんはいったい何をしていらしたのだろうか。何を思い、どんな人と出会い影響を受け、何を求めて命がけで危険な海を渡り、唐まで行って来たのだろうか。

当時東西文化の翠薇（すいび）をこらした、最先端の国際文化溶融の坩堝（るつぼ）・長安の都から、空海さんが持ち帰ったものはなんだったのだろうか。それは密教の奥義だけでなく、もっと多くの大事な情報をつかんで来られたのではないだろうか。はたしてそれは情報だけだったのか、あるいは唐の何か大事なものをも……。

謎は謎を呼び、空海さんの足跡をたどる旅は、即日本の起源の謎を探索する旅となったのです。

1200年も前に、空海さんはとんでもないことを発見してしまった。それは日本の裏の歴史とでも言える人物や話、物的証拠でありました。空海さんはそのことを後世に役立ててもらおうと、後世の我々に向けて、さまざまな暗号サインの形で謎かけとして残した、と考えられるのです。

暗号にしたのには訳があります。そうせざるを得ない当時の状況に加えて、きっと将来の日本にこれを必要とする時が来ると感じ、

「後世にして、世界の平和に役立てて欲しい」

という切なる思いが込められていたからに違いありません。

そして悠久の1200年という歳月が流れました。本書はその暗号サインに基づき解明を試みたものです。この謎解き解は、ほんの入り口の一例です。笑って読んでいただければ、この上もなき幸せです。

「やっとそういう時代になったか」

空海さんも高野山奥の院で、さぞやお喜びなさるに違いありません。あるいは天国兜率天（とそつてん）の微雲（びうん）の間から下界をのぞいて、喜悦されることでありましょう。

ただし今のところ、本書は史実を題材とした物語です。いつの日か研究が進み、物的証拠が示され、事実の予告とならんことを期待して、ここに一石を投じる次第です。

末筆ながら、本書の取材にご協力いただいた多くの方々とご指導いただいた師に、この場をお借りしてお礼申し上げます。しかしながら内容が内容だけに、思ってもみないご迷惑をおかけすることもあり得るため、個別のお名前を出すことを憚らせていただきます。ただただ感謝申し上げます。ありがとうございます。また長い執筆活動を支えてくれた母・妻・家族・友人に感謝します。

平成27年12月

四国遍路、高野山開創１２００年、日本遺産・世界遺産登録を祝して

**今井　仁**

この物語はフィクションです。
年や史実の解釈には諸説あります。

# 空海の秘密　目次

# 第1章　秘密行

## 第1話　出遇い

古道は深い山の中、人を魂の故郷へいざなう。時は奈良時代の末期延暦12年（西暦７９３年）。ここは紀州・葛城（かつらぎ）の急峻な山中。からし色の衣をまとった1人の若者が、山道を歩いている。緑濃い7月。真昼の陽ざしは強く、風のない山道はじりじりと暑くなってきた。遠くの山で大陸から渡ってきたらしいホトトギスが鳴いている。「てっぺんかけたか？」と、しきりに若者に問いかけてきた。若者は自分に言い聞かせるように独り言を言った。

「このあたりからは、なにやら霊気を感じるぞ。修験者たちの研ぎ澄まされた気が、漂っている」

都から逃げ出すように山に入ってかれこれ３ヶ月、すでに真っ黒に日焼けした若者の額には、汗がにじんでいる。眉間に寄った険しい縦皺に、山岳彷徨の厳しさがしみついていた。髪はボサボサ、髭ものばし放題。しかし若者の体つきはがっしりしており、山中で鍛えられた肩や太ももの筋肉が、盛り上がってみえる。まるで僧侶のようなからし色の衣の下から、力強さを感じさせる。山の緑に黄色い衣が鮮やかにはえる。

その光景は若者の心理とは裏腹に、緑を背景に新鮮な雰囲気をあたりに醸している。

若者は歩くたびに、手にした釈杖をついた。たくさんの金属の輪をシャクシャクとならし、森の中から虎視眈々と狙っているかもしれない山の獣に、修験者のような独特の警鐘を発していた。

若者の名は、佐伯真魚（さえきのまお）という。後に空海となる人物だ。

だが、今年で19歳になったというのに、真魚はいまだ正式に出家得度もせず、かと言ってしっかりした職に就いているわけでもない。実はこのとき真魚は将来の進路に決心がつかず、心の芯を求めて山をさまよっていたのだった。山岳修行という高尚な行いとはほど遠い。

真魚はまたとつとつと、独り言を言っている。

「昨年大学に進んだが、この空虚さはなんとしたものか？　期待したことが学べぬ。自分は人を救う道に進みたかった。いまこんなことをしていて、よいのだろうか？　いったい人は、何のために生きるのだろう？」

この奈良時代末期には、大学と呼ばれる教育機関は南都・奈良平城京に一つしかなかった。大学は皇族・貴族をはじめ、特権階級のための高級官吏養成機関であった。真魚は大学の明経科（みょうけい）に進んだ。明経科では律令（りつりょう）政策の運営を学ぶ。だが、楽しみにしていた授業は、儒教や仏教の要諦を丸暗記して、試験に通ることが目標とされ、自由な研究は許されなかった。

　真魚は迷っていた。その迷いをふっ切るために山中をさまよっていた。理由ははっきりしている。

　このまま大学を出て官吏になるか、幼少のころから憧れた仏の道に進むか、どちらかだ。今それを決めなければ、後で取り返しがつかなくなると感じたので、何もかも捨てて都を飛び出して来た。


「ガルルルー。グワッ　グワッ」

突然、やぶの中からけだものの荒ぶれる声がした。

「うおーっ　このイノシシめ。あっちへいけ。シッ！　シッ！」

やぶの中でけものと争う老人の声がした。真魚は身構えた。そこへ目を血走らせた巨大なイノシシが現れた。鼻息も荒く、下から真魚を睨んでいる。口から出ているよだれがすごい迫力だ。

「ブフォー、ガルルルー」

一瞬睨み合いがあったが、次の瞬間、真魚は足下にあった石を拾い、思いっきりイノシシの眉間めがけて投げつけた。こぶし大の石は、シュッと風を切って飛び、見事に命中した。

「ギャオー」

イノシシは急所に石つぶてを当てられ、ほうほうの体で森の中に走り去った。

「ああ、助かった。ありがたい、南無八幡大菩薩。お若い方、ありがとうござった」

やぶの中から、尻をさすりながら年老いた修験者が出てきた。

「ご老人、大丈夫ですか？　お怪我はないですか？」

「なあに、突然やつに尻を突かれたのじゃ。やぶの中で涼むのも命がけじゃな。がはははっ」

「ご無事で良かった。あなたはこの山で修行をされておいでか？」

「そうじゃ。驚かせてすまぬ。拙僧は真理を求める修験者なり」

山伏姿の老人だ。しわだらけの顔とやせ細った身体に、年老いて重ねた複雑な人生の歩みと、修行の厚みが沁み込んでいた。だが、くぼんだ目だけが、しわの奥でギンギンと輝いている。

老人はしばらく真魚の顔を眺めていたが、

「お若い方、おぬし、迷っておるの。顔にそう書いてある。

がはははは っ、拙僧は、山岳修験道の開祖・役小角（えんのおずぬ）様を慕って、ここ葛城で修行をする一沙門（いちしゃもん）じゃ。

いやいや、おぬしを見ていると、若いころの自分を見ておるようじゃ。思わず心配になってしまった。悪気はない。許せ、許せ。がっはっはっはっ。

して何をお迷いかな、お若い方？　イノシシから助けていただいたのも他生の縁じゃ。拙僧になにかできることがあらば、その心の迷い、解くお手伝いをいたそうではないか」

（うーむ、少し胡散臭いな、ただのおせっかいな老人かな…）そう思いながらも、真魚はきいた。

「一沙門とは？」

「沙門とは仏教の言葉で、道を求める修行中の者をいう。拙僧は一生一沙門じゃ。はっはっはっ」

（ほう、意外と真摯な考え方だ）そこで若者はさらにきいた。

「修験道とは、それほど道を極めることができる修行方法なのか？」

「たしかに、山の霊気は人を研ぎ澄ます。いにしえより言うではないか、人は山に入り修行を積むと仙人になり、谷に下ると俗人になるとな。はっはっはっ。山岳修験道を極めれば、役小角（えんのおずぬ）様のように人を救い、神通力を使えば、空を飛べることも叶うようになる」

「うむ。妖術まがいのことはともかくとして、人としての道を極めるために、何か特別なよい修行の方法でもあるのか？」

「うむ、あるにはある……」

「それは修験道なのか？」

「いや、どちらかと言えば、仏教の一つじゃ。仏の力と同化することができる秘法じゃ。拙僧はこの法を修した。おかげで無限の記憶力と、物事の本質を見抜く眼力を授かったのじゃ。だが、相当の覚悟で修行をせんことには、途中辛さで逃げだした腰ぬけもおったし、もっとひどいのは精神を患い廃人になった。ついには狂い死にしおった者もいた。拙僧はそういう修行者を幾人もみた。お若いかた、真理を知る方法を知りたいか？　おぬしにそれができるかな。がっはっはっ」

「…仏の力と同化？　ほんとうにそんな力が授かるのか？」

「いかにも。して、おぬし名は何と申す？」

「佐伯真魚という」

「そうか、真魚どのか。先ほどからのそなたの言を聞くにつけ、負けん気の強そうな性格とみた。いかがかな？　はっはっはっ。その真魚どのが、いったい何を悩んでいなさる？　よかったら話してみんしゃい」

（悪い人間ではなさそうだ。それに厳しい修行を積んでいるようだ）

このとき真魚は、年老いた修験者の放つ、包み込むような温かい氣に、まるで抱かれたような感覚に魅せられた。そこで真魚は、今迷っている境遇を話した。話しながら真魚は、だんだん素直な気持ちになっていく自分を感じた。

「ふむ、ふむ。そうか。よく話してくれた。あいわかった。

拙僧の経験から申し上げると、どちらの道に進んでも、人は救える。道が違えども山に登る道筋はいくらでもあるということじゃよ、真魚どの。志さえしっかりしておれば、どのような道筋を辿ろうとも、やがて道は極まる。自分でどちらの道筋を決めるか、いや天の導きによって歩むようになるかは、はっきり言って成り行きというものじゃ。がっはっはっはっ。しょせん世の中自分の力ではどうにもならないことが多い。

しかし淀んでいるより、風が吹いていること、川が流れていることが肝心じゃ。迷っているときは、風や川の流れが、おのずと答えを運んで来てくれる。運とはそういうものじゃ。頭で悩んでいないで、動くことが大事じゃよ。動けば必ず運びが生じる。因がなければ縁は生じん。どうじゃ。少し危険を伴うが、この秘法を修してみるか？」

「うむ。その秘法はそんなに危険なのか。しかし私にできないはずはない。是非ともやってみたい。もし私にできなければ、それはこの道に縁がないということと心得る」

真魚の負けん気に、火が付いてしまった。

「よし。ならば教えてしんぜよう。真理を究め、仏道に進み、拙僧が成し得なかった衆生救済（しゅじょうぐさい）を是非とも実現して欲しい。ここで会えたのも天の采配。私の思いと共に、この秘法をそなたにゆだねてみようぞ。その気迫があれば、必ず乗り越えられよう。ただし覚悟をもって組せよ」

真魚の性格と聡明さを見抜いた老人は、何か覚悟を決めたように改めて語った。一沙門いわく、

「よいか真魚どの、この法はじゃ、天竺（インド）から伝わった密教秘法の一つじゃ」

「密教とな？」

「さよう密教じゃ。普通の顕教仏教と違う、悟りを開いた僧侶への秘密の法じゃ。これを拙僧はある古寺で、海を越えて渡来した新羅（朝鮮半島にあった古い国）の僧から授かった。それをこうして山岳修行でさらに磨きをかけている。よいか、よく聞くがよい。

この法は『虚空蔵求聞持法（こくうぞうぐもんじほう）』、『求聞持聡明法（そうめいほう）』ともいう。ご本尊は虚空蔵菩薩様じゃ。成就すれば無限の法力が授かる。特に記憶力が冴える。その修法は一つ。真言をひたすら唱えるのじゃ」

「真言ですと？」

真魚は聞きなれない言葉に、少しとまどった。

「左様、真言じゃ。真言とは、真実の言葉。宇宙の真理に迫り仏さまの徳をたたえる短いお経だ。天竺の呪文のような言霊（ことだま）のことじゃ。ご本尊ごとにご真言がある」

「して、その虚空蔵菩薩の真言は？」

真魚は強い興味が湧いて来て、勢い込んで聞いた。

「よいか、虚空蔵菩薩様のご真言は、南牟（ナーム）　阿迦捨掲婆那（アカシャガッバヤ）　唵（オーン）　阿唎迦麼唎慕唎（アリカマリボリ）　莎嚩訶（サバカ）じゃ。サバカは、我が国では、ソワカと発音される。ソワカとは『そうなるように』という、密教に特有の呪詞（しゅし）じゃ。この真言を和訳すれば、『我は蓮華の花で作ったかんむり華曼蓮華冠（けまんれんげかん）を頂ける、虚空蔵に帰命（きみょう）する』という意味じゃ。虚空、つまり無限の宇宙こそ、真理が発生（はっしょう）・帰結する本の蔵（空間）ということじゃ。帰命とは信じる。信仰するということじゃ。この真言を人知れず、百万回唱えるのじゃ。途中で止めぬように。さすれば超人的な力が授かる。どうじゃ」

「うーむ、誰にも見られずに百万回かぁ…。並みの数ではないな。しかし奥が深そうだ。よし、もしこれで無限の記憶力と真理が掴めるのなら、心してやってみたい」

「そおか。ではくれぐれも、人に見られぬようにはげむことじゃ。

これから所作の仔細を教える。…………」

真魚は半日がかりで、真言を唱えるにあたっての作法、所作を説明された。

「真魚どの、そなたは勘が鋭いな、それに覚えがよい。わずか半日で所作と共に真言をそらんじられるようになった。頭脳が明晰とみる。筋がよいので志さえ高ければ、将来はきっと世の中の役に立つよい沙門になれる。拙僧が睨んだからには、万に一つの違い無しじゃ。がはははっ」

作法を伝授し終えた沙門は、

「よいな。これを修さば、迷いは消えるじゃろうて。真魚どの、天と人の縁を大切に、おおいに精進されたし。では」

老僧はそう言うと、名残も見せずにさっさと立去ろうとする。

真魚はあわてた。

「ままっ、少しお待ちくだされ。せめてお名前をおきかせくだされ」

「がはははっ、名乗る程もない一沙門じゃ。その法を一刻も早く修し、そなた自身の迷いを除き、衆生救済の道に役立ててもらいたし。さすれば拙僧の修行も無駄にならない。まずは動くことじゃ。因がなければ縁が生じん。頼んだぞ。イノシシから助けてくれて感謝する。では、さらばじゃ」

修行作法を真魚に口伝し、そう言い残した老修験者は、最後まで名乗らずに葛城山中の深い森の中に歩を進めていく。無名の老修験者は、痩身の後ろ姿を真魚のまなこに残し、だんだん遠ざかる。

「おやっ、あの老師の背には、もう1人の姿が被さっているように見える。まさか、役小角様が下世され、乗り移っておられたのだろうか…」

後に残された真魚は、半ばキツネにつままれたような気分だった。

「何やらふしぎな法を教えてもらった。他の法を知るわけでないし、この法を修してみるしかない。頭で悩まず、まずは動けか。因がなければ縁は生じんか…よいことを聞いた。よし、ともかくなんでもやってみよう」

　真魚は、山で会った老修験者の言葉に励まされ、真剣にそう思った。

　紀州から南都に戻り数週間後、真魚は干し飯や漬物、干物など、たくさんの保存食を準備した。真魚は、修行の場を故郷の四国と定め、南都を出立した。和歌山から対岸の淡路島に渡り、鳴門海峡を地元の船で渡してもらった。淡路島とは古くから阿波に至る路の島という意味であった。真魚は準備をして荷を担ぎ、修行する目的をはっきり持って四国の山中へ入っていった。

　まず真魚は、修験によいと聞いた阿波・大龍岳（だいりゅうたけ）に行き、山をよじ登った。山頂の崖っぷちに簡易な壇を備え、そこでさっそく、沙門から授かった法を試してみた。すると、真言を10万回唱えたとき、山という山、谷という谷が、真魚の発する言霊に共鳴して、ゴゴゴゴーーーッと地鳴りをともない大きく揺れた。

「おおっ、これはすごい法だ」

　真魚は、真言の持つ呪術的法力の一端に、わずかにふれた。

　そこで真魚は、本格的にこの法を修しようと、誰にも見られない場所を探した。四国山中で会った修験者から、修行をするなら土佐・室戸岬の御厨人窟（みくろど）がよいと聞いたので、そこを目指した。

　阿波から土佐への道は、ひたすら遠かった。1週間かけてようやくたどり着いた御厨人窟は、太平洋に面した崖の中腹にあった。小さな洞と大きな洞窟が、二つ口をあけてまるで真魚を待っていたかのように、ひっそりとそこにあった。近くには、身を清めるのにほどよい池もある。

真魚はさっそく、洞窟にこもった。大きい洞内の奥に壇を設け、法を修し始めた。一沙門に教わった作法通り、まずは虚空蔵菩薩像を描いて、目の前の岩壁に貼った。両手で、教わった十八の契印を結び、洞内を清めて道場を開いた。さらに虚空蔵菩薩本尊をお招きし、準備を完了させた。

次の日の夜明け。真魚は真言を唱え始めた。手は三弁宝珠を形とする虚空蔵宝珠印を結んだ。

真魚は真言を唱えながら、虚空蔵菩薩の心臓から真言が金色の文字列となって放たれ、菩薩と自分をつなぐ輪のような金文字循環の想念を繰り返し瞑想で思い描いた。手に印、口に真言、心に仏、これを三密(さんみつ)と言い、密教独特の奥義に迫る修行方法であった。

「入我我入(にゅうががにゅう)」、一沙門はこの独特な瞑想のしかたをそう呼んだ。それは菩薩の気が自分に入り、また自分の気が菩薩に入っていく。その循環を瞑想する方法だ。

真魚は、瞑想をしながら真言を真剣に唱えた。

「南牟阿迦捨掲婆那(ナームアカシャガッバヤ)　唵(オーン)　阿唎迦麼唎慕唎(アリカマリボリ)　莎嚩訶(ソワカ)、南牟阿迦捨掲婆那　唵　阿唎迦麼唎慕唎
莎嚩訶、南牟阿迦捨掲婆那唵阿唎迦麼唎慕唎莎嚩訶、……………………………」

土佐・御厨人窟の岩肌に、真魚の発した真言が、朗々と沁み込んでいく。

真魚は毎日、夜明けより2万回、虚空蔵菩薩の真言を唱え続けた。しばらくすると、独特の調子に乗って真言が口から発せられるようになった。金文字の循環は虚空蔵菩薩のお身体と真魚の頭脳を駆け巡った。真魚は洞にこもり50日かけて、誰にも見られずに、虚空蔵菩薩の真言を１００万回

唱え終えた。

この間、現地で採った木の実、薬草などを主として食した。それがないときは、持参した植物由来の保存食など、わずかな食糧で頑張った。身体が衰弱し、ふらふらになった。しかし目だけが真理を掴もうとギラギラしている。小さな考えは何もなくなった。囚われるものは、もはや何もない。ただただ呼吸をして、真魚はそこに生きていた。

最後の真言を唱えたときは、もう夜が明けきっていた。洞外の白みを帯びた空には、白く輝く有明の月が昇っていた。真魚は、その月の光を浴び、愛でようと、洞窟の中で外が見える場所に移動した。そして真言を１００万回唱え終え、甘味な達成感に浸った。

そのとき、修行を完遂し成就させたことを祝福するかのごとく、明けの明星・金星が空のかなたで明るく輝きだした。真魚は、天空高く有明の月のそばで輝きを増す、金星の美しさにこころ奪われた。目が虚空に吸い寄せられるようだった。

その刹那、星は自らの光を強め始めた。次第にまばゆくなっていくその光の玉は、空の上に留まらず、海に近い室戸の洞窟めがけてまっすぐに下りてきた。大きく明るくなった光の玉は、さらに洞窟の中に何の躊躇もなく入ってくる。洞窟のごつごつとした岩肌が、光の玉によって真っ赤に照らし出された。

そして真魚の耳もとで、グオーーーッというものすごい音がした。どんなものでも溶かしてしまうような勢いで、金星の光は真魚の口から身体の中に入ってきた。

その玉光は、真魚の丹田に留まったのだ。光は腑に落ち、真魚の身体の一部になった。ここで真魚は、金星の光と同化した自分を認識した。金星の光は宇宙の真理だった。

後に密教の修行でわかったが、真魚は大日如来と同化したことになる。おかげで真魚には、このときを境に抜群の記憶力と洞察力の法力が授けられた。

「いま確かに宇宙の光と同化した。この体験は、何か意味があるに違いない」

真魚はそうつぶやくと、洞窟の外にでた。

そして両手を広げ、「うーん」とひとつ伸びをした。

海を見下ろす崖の上の空気が、真魚にはとても新鮮だった。目の前には土佐の朝日に美しく輝く、空と海が境目もわからぬほどたおやかに洋々と広がっていた。視界を妨げるものは何もない。

（この風景はすごい。まさに天の啓示だ。空と海、それ以外には何もない。何もないということが、いかに充実していることか。天から舞い降り体に入った星の光が、空と海、天と地をつなぐということか。この体験を忘れてはならない。この空と海から、空海（くうかい）という名が私に授けられたような気がする。ありがたく頂戴しよう）

真魚は空海を法名にしようと心に刻んだ。このとき、真魚は19歳だった。

空海とは、単に見えた景色からだけでなく、「空」は真理が生じる無限の宇宙空間・虚空蔵、「海」は受け皿の自分、または大地という意味をも込めた。

## 第2話　修行

佐伯真魚、通称真魚は、讃岐国多度郡屏風ヶ浦（香川県善通寺市）に生まれた。

宝亀5年6月15日(西暦774年7月27日)が、誕生の月日と伝わる。6月15日は、唐の都・長安で、中国に密教をもたらしたインド僧の不空が没した日だ。同じ日に日本で生まれた赤ん坊は、長じて成し遂げた業績があまりにすごいものだったので、いつしか、不空の生まれ変わりに違いないとされた。

父は讃岐国の郡司・佐伯値田公善通という。農・海産物の卸から海運を生業とする、文武両刀使いで統率力のある地方豪族だった。真魚の戸籍の戸主は佐伯値長道、正六位上と太政官符にある。

善通は一門の氏寺、善通寺を開基した。

母は河内国出身の阿刀家から嫁いだ玉依という上品な女性だ。阿刀家は河内に本拠地がある豪族で、奈良の都に高級官僚をたくさん輩出している名門だ。天皇家へは有史以来仕えて、政策に関与していた一族と伝わる。この一族の土地は、都への街道沿い・住吉津近辺渋河郡にあった。荷を都に納めるため倉庫の土地を阿刀家から借りたことが縁で、讃岐佐伯家はこの一族と親交を持った。

教養の高い豪族善通は、学問一家阿刀家を讃岐の近所に呼び寄せ、子弟の家庭教師をやってもらっていた。阿刀家は善通寺の海寄りの町中に住んでいた。玉依は姫と呼ばれるほど美しく、教養と育ちの良さを身につけた才媛だった。讃岐佐伯家は地方豪族にありがちな、金は有り余るほど持っているが、教養や学問、都での名誉、位などに疎縁な環境だ。こういうものを持つ阿刀家は、佐伯家にとって魅力的な一門だった。

１２００年前の結婚風習は妻訪婚（つまどいこん）と言って、男が妻のもとに10年ほど通う風習だった。父の善通も、しばらく海に近い阿刀家に通った。真魚は第５子だったので妻訪婚を終え、父の実家善通寺に玉依が輿入れ後に生まれた。

真魚には兄が３人、姉が１人いた。後に弟が２人、妹が１人生まれ８人兄弟姉妹だった。

母の実家阿刀家には、父の弟が、母の姉と結婚し、婿として入っていた。両家は兄弟姉妹がいわば袈裟がけに結ばれ、強い婚姻関係にあった。この人が叔父の阿刀大足（あとのおおたり）で、後に真魚の教育に強い影響を及ぼした。阿刀大足は南都に住み、当時桓武天皇の第三皇子伊予親王の侍講（じこう）（家庭教師）を務めていた。大足はやがて遷都にともない長岡京に転居したが、最初は奈良と長岡京の二重生活を強いられていた。

延暦７年（７８８年）、真魚は14歳のとき、母に連れられ南都に上り、大足叔父に預けられた。大足は幼少時から利発な真魚を知ってはいたが、改めて身近に接した。大足は漢文をすらすら読み、美しい漢字を書く真魚の、並々ならぬ頭の良さに驚いた。

（この甥はもしかすると、天才の部類に入る頭脳の持ち主かもしれない。この非凡さはまれに見るものだ。こんな優秀な少年には、ついぞ会ったことがない）

大足は、真魚の才気あふれる言動に目を見張った。大足は試しに論語を知っているかと尋ねたところ、四書から孔子の「仁の心」を解説し、すらすらと孔子の言葉を10くらい諳んじたので、さらに感じ入った。

事実、真魚は現代に例えればアインシュタイン博士か発明王エジソン並みの知能指数を持っていたようだ。幼少から父善通が漢字を教え、阿刀家の家庭教師が論語を教えたが、瞬く間に頭に入りすらすらと読め、また達筆な漢字を書くようになった。

両親は非凡な真魚を「貴もの」と呼んで、愛情深く育てた。特に真魚は母親から人や物に対する、やさしさの感化を受けた。それはその人が居るだけで人が温かくなり、人も自分も輝くというまさに「仁」の実践教育だった。

奈良の都に上った真魚は、阿刀大足の家にやっかいになった。このころ阿刀大足はそれまで二重生活だった奈良の都から、4年前に遷都を宣言され建設中の長岡京に移り住んだ。15歳になった真魚は、長岡京の叔父の家に居候をさせてもらい、個人教授を受けた。さらに叔父のはからいで、伊予親王の学友として机を並べ、本格的に学問の道を志すことになった。

奈良には阿刀大足の親戚筋に、佐伯今毛人という、変わった名の老人がいた。余程重要人物とみえ、大足叔父は真魚が奈良に上京してすぐにこの人に使いを出した。そして約束の日に真魚を連れ、挨拶にこの老人を訪ねた。

今毛人翁は六代の天皇に仕えた、練達した官吏（公務員）で、正三位の参議、公卿にまで上り詰めた大物だった。佐伯一門の宗家、統領を自ら任じていた。翁は奈良・大安寺の隣に、佐伯一族の氏寺、佐伯院香積(こうしゃく)寺を建立したばかりだった。佐伯一門の氏寺建立に際しては、讃岐の佐伯家も一門に有利な立場で連なりたいという田公(たぎみ)の強い思いで、多額の寄進がなされていた。讃岐佐伯家は、系譜が宗家と多少違う家系だったが、父の思いが通じたのか、今毛人翁は笑顔で一門の青年として真魚を迎え入れてくれた。

「やあ、真魚、よく奈良まで参られた。讃岐の佐伯も、同じ佐伯を名乗る者同士じゃ。これからはここがそなたの奈良における家と心得てよろしい。切磋琢磨することじゃ。ところで、真魚、そなたは何になりたいのかね」

将来を聞かれ虚を突かれたように真魚は一瞬迷った。が、そのとき思っていることを素直に答えた。

「はあ、まだはっきりわかりません。自分としては、仏のことを勉強したいと考えております。仏様の功徳で、たくさんの人々をお救いしたい、そう思っています」

「ほう、衆生の救済とな。人を救うことに興味を持つとは、真魚は若いのに感心なことじゃ。はっはっはっ、讃岐の善通どのは、よいお子に恵まれておる。最近佐伯一門には、若い優秀な者がおらなくなった。大いに期待いたす」

叔父大足も交え談笑の後、今毛人はしばらく考え、おもむろに口を開いた。

「よし、ならばじゃ、真魚にふさわしい者を紹介しよう。よいかな？」

そう言うと、今毛人は真魚の答えも聞かずに、しっかりした足取りで大足と真魚を先導し、隣の大安寺（だいあんじ）につかつかと入って行った。大安寺本堂に入り、何か準備をしている青年僧を見つけ、問いかけた。

「おーい、勤操（ごんぞう）どの、いま話してもよいか?」

「おやおや、これは、これは。隣の大統領ではござらぬか。もちろんですとも。いったい何のご用向きでしょう」

そう言うと、その青年僧は客人たちを本堂の畳に上げ、対座した。

「うむ、こちらは佐伯一門の真魚と申す者、仏の道を学びたいと申しておる。勤操どの、ひとつお願いがある。この一門の志高い真魚を、そなたに指導してもらいたいのじゃ。どうじゃろうか」

「おお、そういうことですか。よいですとも。ほかならぬ、隣の大統領の頼みとあっては、無下に断れませぬなぁ。はっはっはっ。もっとも、人に教えるということは、自分も勉強になることです」

「そうか。さすがに勤操どの。よい心がけじゃ。ひとつよしなに頼む」

勤操は今毛人から頼まれ、快く引き受けた。真魚のほうに体を向け聞いた。

「真魚どの、何か仏教のことを、学んだことはあるのですか?」

「はい、実家が讃岐の善通寺という寺ですが、自分は自己流で経蔵にあった経や律（解説）を学びました。しかし、まだ本格的に修行をしたわけでもなく、本堂で僧と一緒に経の一つも唱えたことがありません。経は聞こえてはきましたが。母親がよく写経をしていたのでその姿を見てはいます」

「はっはは、そうですか。では一から始めたほうがよさそうですな。なまじ曲がった知識があるより、始めからやり直したほうがよいこともある。いずれにせよ、五十歩百歩です。あせらずに、日々精進して行くことです」

「真魚、勤操どのは若くして三論宗を極め、山岳修行なども行っている活達な学僧じゃ、なんでも教わるがよい。勤操どののように人間を磨いて、佐伯一門の興隆に役立つ人物になってもらいたい」

今毛人翁は、どことなく利発そうな真魚が気に入ったようだ。少し期待もしたようすだった。

こうして、奈良と長岡京での真魚の生活が始まった。真魚は、長岡京で叔父阿刀大足から一般教養や儒教を教わり、奈良・大安寺の勤操から仏教の要諦を学んだ。

真魚は15歳から16歳までの丸2年間、造長岡京長官の今毛人から、佐伯一門の知的財産を伝承するための特別な講義を授かった。それは一族に残すべき都の基本設計技術体系であった。

やがて真魚は18歳になった。このころ大足の根回しと推挙で、平城京の大学に入学した。大学は当時五位以上の13歳から16歳の子弟しか入ることを許されなかったが、真魚は地方国郡司正六位上の家系だった。真魚は身分の違いと年齢が資格外だったが、第三皇子の家庭教師・大足叔父が桓武天皇に直訴したのか、普通では入れない資格にもかかわらず大学に入れた。

大学の授業は、岡田牛養（うしかい）博士から教授された。

しかし、せっかく周囲のお陰で入った大学にも関わらず、真魚は多少の違和感を覚えた。それは授業が唐から伝わって来た儒学経典や論文の暗記ばかりだったのだ。違った解釈は許されない。そこには、何も創造的なことがなかった。その閉塞感はだんだん募っていき、1年くらい我慢したが、ついにはその違和感が大きくなって弾けてしまい、真魚は大学そのものに幻滅しはじめた。

(まるで古人の残り糟を、舐めているようだ)

真魚は大学をそう感じた。真魚は何事も、新しく自分で開拓していくことが好きな青年だった。

真魚は幼少のころから、善通寺で経を聞いて育った。

母は文字の脇に菩薩像を描く、独特の方法で法華経の写経をしていた。常日頃母からは、

「真魚や、将来は多くの人を救うのですよ」

と言い聞かされ、母玉依の感化を受けて育った。子は母親の感化に大きく影響される。真魚は、仏道に進みたいという思いが、捨てきれないでいた。一方、叔父大足が勧める官吏への道は、父の意向が反映されたもので、讃岐佐伯家の将来が自分に期待されていることは真魚には痛いほどわかっていた。だからこそ悩ましいのであった。

山に入ったのは、大学で学ぶことに疑問を感じ、悩んでいたそのころだった。しかし土佐の洞窟での、不可思議な体験により、その疑問はふっきれた。

「世間に義理を欠くなどどうでもよいことだ。しょせん人が一生にできることは限られている。何事も、大きな虚空(宇宙)からの、天の采配と心得、小さな自分は流れに任そう。頼まれごとは

天からの賜り事として、どんなことでも真摯に取り組み、どこへでも行ってやろう。天と地をつなぐ自分の役割が必ず来る。土佐の玉光の現象はそう気づかせてくれたのだろう。心して準備をすべしと。ともかく動くことだ。因なくして縁は生じない。然りだ」

土佐の神秘体験を基に、さらなる山岳修行のなかで真魚はそう考えた。真魚は、

（天と人の縁を大事にして、流れに身をゆだね、仏教を通じて人を救う道に進もう）

と、決心したのだった。

（他の人に相談すれば決心がにぶる。もう自分で進むしかない。父や大足叔父には何か別の方法で、仏道に進むことを釈明しよう）

真魚はこのとき、そう考えた。

「よし、新しい人生を歩むぞ。これからは堂々と、空海と名乗ろう」

延暦12年（７９３年）秋、19歳のとき、空海は奈良に戻り、勤操に挨拶した。

「勤操様、自分はこれから仏道を歩みたいので、より一層のご指導を賜りたいのです。これからは空海という法名を名乗りたいと思います。よろしくお願いいたします」

「おうそうか。空海という名にして、仏の道を歩むか。よく決心なされた。しからば、私が僧形(そうぎょう)にしてしんぜよう」

勤操はそう言うと、空海を河内国の山奥にある、勤操の私寺・槇尾山寺(まきのおさんじ)に連れて行った。そこは葛城の山だった。遠くで「ぶっぽーそー…ぶっぽーそー…」とコノハズクの鳴き声が聞こえた。勤

操は槙尾山寺のなじみの住職に、「愛染堂を使わせてもらいますぞ」と言って、空海を小さなお堂に促した。

勤操はそこで、空海の髪を剃って僧形にした。同時に、見習い僧・沙弥（しゃみ）として十戒（じっかい）を授けた。十戒は僧侶を志す者の基本的な生き方が示されている。しかしこれは正式な出家の儀式とは異なり、あくまで頭を丸めて僧の姿になったということだ。そして、空海となった私度僧（しどそう）（僧の姿をした正式出家前の私僧）は、さらに修行を重ねた。

空海はある日、大安寺で勤操に相談した。

「勤操師匠、密教の詳しい経典（けいてん）は、日本にござるのでしょうか。もっと深く修したいのです」

「うむ密教とな？　珍しいことを言う。どこで密教のことを聞いたのだ？」

「実は葛城の山中で、修験道の沙門に会い、その沙門から虚空蔵菩薩求聞持法を教授されたのです。土佐の洞窟でこれを修し、自分なりに成就いたしました」

「なっ、なんと、求聞持聡明法を独学で成就したと言うのか！　すごいことをしおったものだ。よく無事に成就できたなぁ」

勤操はまじまじと、空海と名を改めた青年を見た。まだ正式に出家もしていない、年の頃18歳か19歳の見習い僧・沙弥が、秘法を修したと言う。にわかには信じ難いが、本人がそう言っている。さらに密教を深めたいとも言う。驚きの発言だが、一応筋が通っている。

「よしそれならばだ、空海よ、久米寺（くめでら）の宝塔に、数々の経典が眠っていると聞いている。その中に唐から留学僧が持ち帰った、密教の経典があるやもしれぬ。以前誰かが唐から最近もたらされた経典を写経したと聞いたことがある。密教の経典かはわからぬが、ともかく行ってみるがよい」

勤操は自身もいくぶん興奮して、いっきにまくし立てるように言い放った。

それを聞き空海は、奈良・橿原の久米寺へ走った。空海は住職に言った。

「貧道は、大安寺・勤操師匠の近事男です。使いで経典を探しにまいりました」

貧道とは空海が好んで使った自称、近事男は側仕えのような従者のことだ。

これまでに勤操は、善議大徳に師事し三論の奥義を授けられていた。他宗の僧を論破したことで、奈良でもいちやく有名をはせていた。格調高い学匠として、それなりの評価を得た著名人だった。後に宮中大極殿において「最勝王経」を天皇に講じた。

「おお、貴殿は勤操どのの近事男ですか。そうですか、御苦労さまです」

久米寺の住職は、そう言って空海を経蔵に入れてくれた。空海は目を皿のようにして、片っ端から経を探した。３日目、空海は東塔経蔵に眠る「毘盧遮那経」を紐解いてみた。何やら重みのありそうな内容が書いてあった。空海は、住職に質問した。

「この中に書かれている毘盧遮那様とは、どのようなお方でしょうか？」

「いえ、拙僧にはよくわかりません。なんでもその経は、前回の留学僧が唐から大事に持ち帰った貴重なものだから、大切にせよと伝わっています」

「そうですか。気になる経典ですな」

そこで空海は、住職に借用書を書いてその経を借り受け、大安寺に持って帰った。

「勤操師匠、この経典は留学僧が唐から持ち帰ったものだそうです。毘盧遮那様とはどういうお方ですか？」

「おお、空海。よくぞ見つけた。毘盧遮那様とは、実は大日如来様のことだよ」

勤操の答えで、空海の疑問が氷解した。この貴重な経典はなぜか「大日経」とはされず、「毘盧遮那経」と名前を変えて秘蔵されていたのだった。

こうして、空海は久米寺で「大日経（だいにちきょう）」を発見した。この経は密教の真髄を天竺から伝えるもので、この発見は日本の思想史にとっても大発見だった。空海のこの発見とその後の活動によって、我が国の思想的基礎が変わったと言っても過言ではない。この大発見を促した勤操は、空海より20歳年上の異色の官僧（国が給金を支払う学僧）で、仏教に広く通じ、骨太で頼もしい積極的な生きざまの僧だ。空海が勤操の示唆で発見した「大日経」こそ、密教の真髄、奥義が書かれた経典だった。

「勤操師匠、どうしてこのような内容のある経が、死蔵されていたのでしょうか？」

空海が質問した。

「うーむ、以前聞いたことがあるが、『大日経』には、東大寺が広める『華厳経』に出てくる大毘盧遮那（だいびるしゃな）よりも大きい、摩伽毘盧遮那（まかびるしゃな）（大日如来）という表現と、深い内容が書かれているということだ。そのために、奈良仏教界から毛嫌いされたのだろう。理解を超えていたのかもしれない。器から溢れたその経が、もし普及した場合、天皇から質問されても答えに窮する困った厄介ものだと、あえて存在を無視されたのだ。『大日経』は貴重な経典にもかかわらず、唐から我が国にもたらされてから十数年もの間、日の目を見ずに、久米寺宝塔に死蔵されることになったに違いない」

そう解釈してくれた。このとき空海は、奈良仏教界（南都）が一大勢力であることを思い知った。空海は、南都とは今後、うまく付き合わなければならないと認識した。

空海はそれまで、長岡京の叔父大足の家に居候させてもらっていたが、この経を発見してから、佐伯院に自室を借り奈良に移り住み、こもって勉強した。佐伯院は、勤操のいる大安寺のとなり、それに大安寺から写経させてもらった仏教経典が経蔵に山ほどあり、学ぶのによい環境でもあったからだ。

空海はこの間、あるときは山中の修行に出かけ、またあるときは佐伯院にもどり、勤操の指導で厳しい修行を自らに課した。修行に明け暮れ、そのころ長岡京に移転してしまった大学にはいつの間にか行かなくなっていた。

このように時が流れ、空海は24歳になった。この間に18歳のときに初めてしたためた戯曲「聾瞽指帰（ろうこしいき）」全3巻を書き直した。その序文に、虚空蔵菩薩求聞持法を修した内容を追記し、終章を書き改め「三教指帰（さんごうしいき）」と改名した。18歳のときに書いた「聾瞽指帰」は、文中劇の様式の空海初の小説で、儒教、道教、仏教を代表する人物が現れ、それぞれの論陣を張るが、結局仏教が他を論破し一番よいという話になっている。

この中で、大足叔父と思しき人が儒者・亀毛（きもう）先生として現われ、仮名乞児（かめいこつじ）というへんてこな名の主人公は、自分を投影した仏門を目指す若者として描いた。この書は空海が仏道に進むために、父に対する申し開きと、大足叔父に対する決別の辞のつもりで書かれたものだった。この戯曲の製本に使われた紙は、天皇が使うまれにみる最高級の和紙だった。この紙は、当時学生には入手できようもない分不相応な高級紙で、その出所は謎に包まれていた。

空海はさらに佐伯院にこもり、仏教を徹底して研究した。そして、久米寺から拝借した「大日経」を、心をこめて写経し何度も読みかえし、独学で密教の要諦に迫っていった。

「この『大日経』は、貧道が求めていたものだ。宇宙の真理とそこに到達する術が、細かく述べられているではないか。ありがたい、すばらしい経だ。しかしここに書かれている、記号のような文字はいったいなんだろう。

この記号は、本文中にまだまだ沢山あるぞ。この記号がどうしても読めない。誰か南都に、この記号が分る者はいないだろうか」

空海は奈良中をくまなく探した。すると、薬師寺の大伽藍近くに古い寺があり、唐人の安如宝（あんにょほう）という高僧がいた。空海は丁寧に挨拶した後、如宝にこの記号を見せた。

「ほほう、あなたはこの文字を、何処で知ったのですか?」

と問われた。空海は勢い込んで聞いた。

「貴僧は、この文字の意味がおわかりですか？」

「まあ、少しは…」

どうやらこの記号は、天竺の古い文字で、梵字（古代インドで発生し中国密教とともに発展した文字）というものらしいことがわかった。しかし、如宝は次に意外なことを言った。

「空海どの、この梵字は日本語に訳さないのがよろしい」

「ほう、しかしそれでは意味がわからない。いったいどういうわけでしょうか？」

「この梵字一文字には数百、数千の意味が込められています。それを日本語に訳したとたんに、意味が一つに固定されてしまう。天竺の古い知恵が、それによって矮小化してしまうからです」

「なるほど……深い」

如宝の居るこの寺は、奈良七大寺に数えられた古刹で唐招提寺という。伽藍は茶色で質素な佇まいだが、如宝が唐からもたらした薬草を衆生に施し、徳積みを重ねていた。この古刹は鑑真大和尚が開創し、律宗を起こしかつて住んでいた。如宝は鑑真大和尚の手を取り、苦労を共にした愛弟子だった。

空海は直接如宝に教えを乞うた。法相宗や律宗の僧を論破した勤操の名前はここでは出せなかった。如宝は唐音（古中国語会話）を空海に教えてくれた。この高僧の美徳は、決して自分を表に出さず絶えず控え目であった。空海は如宝に師事し、梵語を学んだ。と同時に人の道も学ばせてもらった。空海は如宝の生きざまから、次の言葉を座右の銘とし、生涯自分を律した。

「己の長を説くことなかれ、他人の短を言うなかれ」

空海は「大日経」の漢字をよく読み、独学で密教の要帝はほぼ理解できた。しかし依然として、肝心な謎の文字に込められた数千の知致は、空海の想像の域を超えていた。まるで宇宙語のような梵字真言の、深遠なる智粋が語られている世界は、まったく五里霧中であった。空海はおのれの器を思い知った。

「貧道は、まだまだ足りぬ。狭く、小さい。この宇宙の真理を内包する真言は、大唐に行かねばわからぬのだな。ようし、ならばいつかは唐に行って、宇宙の真理に触れてみようぞ」

空海はそう言いながら、修行にはげんだ。特に唐音は如宝から長安現地の発音で徹底的に仕込んでもらった。その結果如宝とは日常の会話は、唐音でほとんど通じるようになった。

空海このとき、24歳を迎えた。

## 第3話　警告

話は多少前後する。

4年前空海が20歳のころ、四国の山中で修行をしているとき、山の民とよく出会った。

「こらあ、そこの坊主。どこをほっついとんのじゃ、おんし」

出会ったというより、いきなり脅された。抜刀して殺気立っている。

彼らは山から鉱物資源を掘り出し、利益を上げていた。鉱脈の場所は極秘とされ、空海が知らぬうちにそこに近づくと、どこからともなく人相の悪い輩（やから）が現れ、この先に立ち入るなという。命を取られかねないほどの、緊張が走る場面も何度かあった。彼らも利権を守るために必死だったのだ。

ある日、山の民に何度か出くわすうちに、空海は彼らの親方のところに来るように促された。付いて来るように言われたのだ。その言には、抗しがたい凄味があった。

着いたところは、阿国（徳島）の山中だった。隠された村が、緑濃い山中にあった。大きな屋敷が、山の懐に隠れるように建てられ、その周りには、手下の小屋も並んでいた。

空海は、大屋敷から少し離れた作業場に、朱砂（すさ）が積まれているのを横目でチラ見した。

（この近くに、水銀鉱脈があるに違いない）

そう思った。空海は朱砂が辰砂（しんしゃ）とも呼ばれ、鉱物資源の赤色硫化水銀であること、朱色塗料・丹（たん）の原料となることを、佐伯今毛人の秘技の伝授から知っていた。

実は空海は、仏教の修行をするかたわら、今毛人から都の都市設計に関わる技術を、仕込まれていた。それは自分から望んだことではなかったが、高齢の佐伯家宗家統領が、門中に自分が確立した技術を伝承したいと言うので、仕方なく従って学んだことだ。

今毛人は、長岡京の建設工事を仕切る造長岡京庁（長岡京建設庁）の長官だった。今毛人は佐伯一門に集積された高度な知的財産を残そうと、座学や現場の実習を通じて当時まだ少年の面影がある天才真魚に、都市設計技術の全てを伝授していた。15歳から16歳の丸2年も掛けてのことだった。

その中で、朱砂は神社の鳥居や建物に使われる、色鮮やかな塗料・丹の原料鉱石だと教わっていた。建物を赤く塗る起源は古く、鉱物を掘り出す山の民から、神社や公共建設を司る政庁が高値で買い上げていた。空海は山で出会った猛者により、合掌づくりの大きな屋敷の中に通された。

「親方様、連れてきましたでぇ」

体から土のにおいを放つ猛者が、そう言いながら無骨なしぐさで頭を下げた。その輩に促されるまま、館の奥へ進むと、囲炉裏の煙が空海の喉をさした。

空海はこのあたりの山の長と思しき人物の正面に、囲炉裏を挟んで座るように指示された。

2人は囲炉裏から立ち上る煙を透かして、しばらく無言で相手を見つめた。互いに観察していた。その緊張を破ったのは、意外にも茶を運んできた娘だった。

空海は、娘の横顔があまりに美しいので、「はっ」と息を呑んだ。

娘は無言で茶を差し出した。細いうなじが憐憫の情を醸す。繊細そうな指先でそっと出された茶が、意外にも侘びた風情を放っていた。平安時代は上流階級の女性は恥ずかしがって、たとえ父親でも男性に顔を見せない習慣だったが、山の民は平気のようだった。空海はその雰囲気を好ましいと感じた。その風情をはたして解しているのか、親方は50歳代の大柄で無愛想な男だった。ひげもじゃもじゃの口が開いた。

「おんしか？　気になる人間が山をうろちょろしちょると手下から聞いた。一度会っておかんばと網を張っとった。おんし思っていたより若いな」

そう言うと親方は、じろりと大きな目玉で、空海をにらんだ。空海も虚勢を借りて応じた。

「なにか用か？」

だが、そのすぐ後で、

「すまぬのう、危害を加えるつもりはないが、何をされておるのか、わしも興味があってのう。こうして来てもろたしだいや。よしなに。がはははっ」

空海は、意表を突かれた。親方のひげもじゃもじゃの口もとが、大きく破顔した。予想外に気が効く言葉がひげの中から出たのに、空海は少し拍子抜けした。

「わしは、羽田井鉄正（はたいてっせい）と申す。このあたりの鉱山を束ねておる。おんしの名は、なんという？」

「…空海だ」

警戒しながら答えた。

「僧侶か？」

「いや、修行中の身だが、まだ正式な出家はしていない」

「さよか、おんし、この山の中で何をしちょる？」

「真理を探している」

うっとうしいので、空海は適当に言ってのけた。

「がはははっ。真理やて？　そないなもん腹に溜まらへんで」

「腹はきつくならぬが、肝には溜まる」

「肝に溜まると、どうなるんや？」

「ものの見方や、生き方が変わる」

「どう変わるというのだ？」

「物事に一喜一憂しなくなり、欲で動かなくなる」

「がはははッ。おんし妙なことを言う。人間欲がなければ、何も動かせぬではないか」

「人は欲で動くのではない。欲ではない世界があるのだ。私はそれを求めている」

「はははは っ、こいつ面白いことを言う奴だ。気に入った。その真理とやら、見つけたらわしにも一つ分けてもらえんかのう。はははっ。楽しみじゃ。がはははっ」

空海は話にならぬと、話題を変えた。

「ところで、ここで精錬しているのは丹。朱砂が原料と見た。水銀もありそうだが。いかがかな？」

「ほう、おんし、それをどこで覚えた？」

「長岡京を建てる現場で、よく丹が塗料として使われているのを見た。それに水銀は金の精錬にも使える」

「ほう、おんし、たいしたもんじゃ、よお知っておるのぉ。朱色の塗料は、神社や橋に塗られておるのを見たんか？」

「いかにも」

「そうか。おんし、その神社や橋の施主を知っておるか？」

「つながりを探せば、見つかると思うが…」

「ほう、その施主は、朱砂をたくさん必要としているか？」

「聞いてみなければわからぬが、平安京の都では、建物がこれからたくさん建つ」

「おう、これはよい人間との縁を拾った。おんしその施主を探し、朱砂を売り込んでもらえんじゃろうか。実はたくさん採れて売り先に困っておる。土臭いここの土人には、都への売り込みはでけへんやろ。がはははっ。困ったもんじゃ」

「親方が困っているのか。ははッ。意外と人間臭いな」

「まあそう言うなて。掘れば掘れたで、その分、手下に金をはずまねばならぬで…」

「金が出ないと、手下が困るということだな」

「そおじゃ。おんし、察しがええのお」

「そうか、この話は困っている民を助けることになる。天の道にそむかない。頼まれ事は天からの授かりものだ。よし、ならば、この頼まれ事、お引き受けいたそう」

「おお、おんし、なかなか気が利いたことを言うの。よし、この商談がまとまれば、礼ははずむ」

「礼は結果を見てあとでよい。世の役に立てばおのずと金はついてくる。ところで丹の産出量はどのくらいあるのか？」

「掘れば掘ったでどんどん出る。この数年枯れることを知らん。鉱脈は大きいので心配は無用じゃ」

「できれば、丹の質を見せていただきたい」

「おう、ではさっそく案内いたす」

空海は親方の後について、先ほど見た丹が積まれたところに行った。丹の質は中程度だが、量が多いことが知れた。空海は見本を少しもらった。

「あいわかった。都に行き、聞いてみるといたそう。しばしときが欲しい」

「おし。おんしを信じて、待っているぞ。手下に見送らせよう」

空海は土のにおいがする輩に連れられ、山を下りた。わざと遠回りで道が覚えられぬようにしているらしかったが、回り道を含め道は覚えてしまった。

空海は、平安京で誰が丹を買ってくれそうか、考えながら四国から畿内への道を歩んだ。

実は、空海は真魚時代に、今毛人に命じられるまま、平安京の基本設計の仕事を手伝っていたのだった。だが、佐伯今毛人師匠は4年前に亡くなっていた。羽田井親方には「誰か探せば」と言ったものの、直ちに相手は思い浮かばない。

当時の造平安京庁長官は藤原小黒麻呂だった。

「そうだ、藤原長官に聞いてみよう」

空海は平安京の藤原屋敷に藤原小黒麻呂を訪ねた。ところが小黒麻呂は空海が山に入っている内に死去されていた。藤原邸で出てきて挨拶したのは、その息子の葛野麻呂(かどのまろ)だった。造平安京庁では空海も一緒に真魚時代に仕事をした先輩仲間だった。

「やあ、真魚。いや空海と名乗るようになったのだな。友人の勤操(ごんぞう)から聞いたよ。わっはっは。

ついこの間まで平安京で一緒に働いておったのに、山に修行に行ったと聞いた。してどんな様子だい？　元気にしていたのかい？」

「藤原どの、ご心配ありがとうございます。今毛人師匠から頼まれて平安京設計の仕事をさせていただいたのは、つい先ごろと思いましたのに、はや1年近く経っています。その折はお世話になり、ありがとうございました。今はおかげ様で、山での修行に明け暮れております。そうですか、勤操師匠は関係者には貧道の消息を知らせてくれていたのですね。ありがたいことです。

実はその山の中で、朱砂を産出している山の民に会い、頼まれ事をされましたのです。朱色丹を必要とする人に、つないで欲しいというのです。藤原どののお知り合いで、丹を使う役所とか神社はありますでしょうか？」

「おう、丹か。朱色ならこれから何ぼでも使うようになる。今にも不足しがちだよ。ちょうどよかった。そういうことなら、長官を訪ねたらよいよ。何、空海どのもよく知っている、和気清麻呂（わけのきよまろ）どのが、父の後任として新都建設庁の長官をしているよ」

「えっ、あの和気清麻呂様ですか」

「そうだよ、何か不服かい？」

「いえいえ、このご縁は本当にありがたいことです。さっそくお願いに上がります」

「わっはっはっはっ」

空海は、しばし藤原葛野麻呂と久しぶりの会話を楽しみ、広大な藤原屋敷を辞した。

空海はその足で、葛野（現御所の辺り）に向った。そこに造平安京長官の官邸があるからだ。空海が訪ねて行くと、和気清麻呂は在所しており、嬉しそうに空海を迎えた。

和気清麻呂は、丹後（中国地方）美作出身の武官だ。和気家の出自は気を和らげる族という意味で、医者や科学者を多く輩出した優秀な一門である。西欧からの渡来人とも伝わる。

神護景雲3年（769年）、弓削道鏡が女帝称徳天皇に近づき、皇位をねらって宇佐八幡宮神託事変を起こした。その際、和気清麻呂が朝廷からの命を受け、宇佐の八幡神宮に赴き、改めてご神意をあおいだ。

「無道の者を掃除すべし」という八幡神のご神意を伝えたところ、道鏡の怒りをかい、鹿児島は大隅に流されてしまった。しかし実際は切られた腱を治すため、大分・足立で温泉につかっていた。しばらくして道鏡は失脚した。それに伴い、清麻呂は再び都に帰り咲き、中央で絶大な信頼を勝ち取っていった。そして桓武天皇の世になって、中央政府で敏腕を振るう立場になっていた。空海が会ったのは、清麻呂全盛期のこのころであった。

「清麻呂様、ご無沙汰いたしております」

「おう、真魚どの、いや空海どのとなったと、この間勤操から聞いている。久しぶりだ。貴殿には都建設で世話になった。お元気か」

「はい、おかげ様で、元気に修行をしております」

「そうか、よかった。して今日はどのような用向きだ？」

「ありがとうございます。実は四国の山中で、朱砂をたくさん産出している山の民に会いました。彼らの朱砂から精錬した朱色の塗料・丹を、都で役立てられないかという相談です」

「ほう、丹か。たくさんあるのか？」

「はい、埋蔵量の多い鉱脈のようです。採れ過ぎて困っているということです。これが見本です」

「ふむふむ。これはちょうどよい。朱色、赤は太陽や火を現す。また血の色でもあり、豊穣を示すとも言われる。神社の鳥居や本殿、橋の欄干などにたくさん必要だ。これから都作りも本格的になる。使い道はいくらでもある。安定供給できるなら、その山の民の縁を是非つないでもらいたい。造平安京庁の調達担当によく言っておく、価格や納期など仔細はそこで交渉しなさい。よいな」

「ありがとうございます。話が決まりましたら、彼らもきっと喜ぶと思います」

そのあと清麻呂とも話は弾んだ。空海は久しぶりに会う和気清麻呂から、最近の都の様子などを聞き嬉しかった。清麻呂はふと思いついたように、空海の顔を覗き込んで聞いた。

「ところで空海どの、貴公は山の中で修行をしているということだが、正しい方角や地形がわかっておるのか？」

「いいえ、わかりません。だいたい勘で動いております」

「ははは、平安京の基本設計をした貴公が、それではお粗末ではないか？」

「はあ、そう言われましても、今日本にある地図は、行基師（ぎょうぎ）がお作りの地図しかありませんが…」

「やはり、そうか」

「はい。なにか他に詳しい地形図があるのですか？」

「いや、完全なものはまだない。しかしだ、私が知る方法で測量をして紙に描いていけば、必然的に正確な地図ができるはずだ。そのためには、現地まで行って距離や星を正確に測量しなければいけない。貴公にそれができる時間的な余裕があるなら、ぜひやるべきだ。実際世の役に立つし、さまざまに不思議なことがわかるだろうよ。ふっふっふっ」

「えっ。そんなことができるのですか？　どうやったら正確な地図が画けるのでしょうか？」

「ほう、知りたいか？」

「はい、ぜひ」

「よし、では開陳しよう。他言無用だぞ。この技術は私の家系に代々伝わるもので、遠くからの渡来人の技術だ。よいか、まず方位を知る方法だ…。北極星という年中動かない星を見つけるのだ。昔から七ツ星と言われている星の1つだ。その星が見つかったら、仰角を測る。その角度が一緒なら地面の同じ線上にあると考えてよい。もう一ヶ所標準になる場所を定めて三角形になるように測量をするのじゃ。北極星以外は動いているから、星の位置を年間の位置図から少しずつ、ずらして考えねばならない。古来より地面や海は平らでどこまでも続いていると伝わっている。その端を見たものはいない。

角度を測る測量機器の作り方を教えておくので、あとで作ってみなさい。作ったら確かめに見せにくるのだ。それとこの方位磁石という道具を授ける。これを使えば昼でも方角がわかるのじゃ。測った仰角を図に落としていく、その際昼間に基準になる地点を決め、見通しが利く場所を測り、測量の結果を線でつなげていくのだ。一歩一歩のたいへんな作業だが、できそうか？　如何かな？」

「何もないところから始めるのは、骨が折れそうですね」

「そう言うだろうと思った。ははは っ。実はここに渡来人たちが持っていた地図の写しがある。部分的には未測量の場所もあるが、畿内、中国、四国、九州、東は富士山位まではだいたい画かれている。これを写しなさい。これを基にもっと正確になるように測量をすれば、かなり正確な地図が出来上がるだろう。私は忙しくなり時間が取れなくなってしまったが、貴公ならできるだろう」

「はい、思い出しました。以前今毛人師匠が、渡来人が作った地図があると言っていました」

「そうだ。これがその写しだよ。地図を知ると世界観が変わる。認識が大きくなる。国家という概念も、境がわかり、それを守ろうとするところから国が生まれるのだよ」

清麻呂は空海にその地図を貸してくれた。空海は大事そうにそれを押しいただいた。名残は尽きなかったが、空海は四国の山の民に丹取引のことを早く知らせたくもあり、いそいそと都を発った。

それから空海は足労を苦にもせず、何度か都を行き来して、四国の丹の取引を成立させた。

この話は、お互いにとって良い結果となり、羽田井鉄正親方や政庁双方から大いに感謝された。

空海は人に喜んでもらう楽しさを学んだ。（これからは人に喜んでもらう存在になろう）と決心した。平安京に上がるたびに、空海は和気清麻呂を訪ね、測量技術や道具のことを教えてもらった。

数回指導を受け実習もするうちに、空海は地点間測量ができ、地図が画けるようになっていった。

空海は山で修行に歩くうち、信頼関係を築いた羽田井鉄正から、妙な話を聞いた。

「仲間の秘密情報で、山に宝が隠されている」という親方に、

「その山とは、どこですか？　宝とは何ですか？」

空海が聞いたところ、その宝は渡来人がもたらしたもので、何かとんでもない貴重なものが我が国に持ち込まれ、隠されているという噂だった。その宝は、阿国の山に隠されたという。

「阿国に、何か宝物が隠されている」

山の民の情報を基に、空海は阿国の山野を跋渉した。修行を兼ねつつ、地図の測量や鉱物資源を探しながらだったので、その活動は2年にも渡った。おかげで四国の山という山はわかってきた。

空海はときどき羽田井鉄正の館で見た娘の横顔が見たくなって、何度か山の隠れ家のような館に足を運んだ。清楚なうりざね顔が爽やかだ。空海は美しい娘に心ひかれる自分をだんだん律することができなくなり、何度も足を運んでは、娘の入れてくれる茶を大事そうに手で包み啜った。その娘は京という名だとわかった。ただしそれきりになってしまった。他に面白いことができたからだ。

彼女の名は、その家に住んでいる干乾びたしわくちゃ顔のひいじさまから聞きだした。その館には、4世代の家族が住んでいた。ひいじさまは珍しく90歳を超え、仙人と呼ばれていた。山の民は水銀の毒で、短命の者が多かった。しかしたまにこのような気長者がいた。

「空海というか、ふぉっふぉっふぉっ、若くてよいな。このあたりの山を歩いておるのか？」

「はい」

「何をしておる？」

「真理を探しておりますが、何やら宝が隠されていると親方から聞きましたので、ついでにそれも探しています」

「やめとけ、やめとけ。悪いことは言わん、鶴亀山（つるきさん）には近づかんことじゃ」

「鶴亀山？　つるきさんですか？　剣山はつるぎではないのですか？」

「あわわ、つい口が滑ってしもたわい。ふぉっふぉっふぉっ。まあ仕方がない。大した秘密でもなかろう。昔もんは皆知っていることじゃで。さよう昔は剣山（つるぎさん）ではなく、鶴亀山（つるきさん）と言ったのじゃ。・・・つるきじゃ。なぜだかわからんが鶴と亀の山じゃ。いまではどいつもこいつもみなごっちゃに、つ・・・るぎ山と言うておる」

「なるほど、それで鶴亀山（つるぎさん）になったのですね。そこに宝が隠されているというのですか？」

「んっ、いやあ…」

「どうなんですか？」

「ふぉっふぉっふぉっ。単なるうわさじゃ。はっきりしたことは知らん。じゃが、鶴亀山の、ある場所に近づくと何者かに追っ払われるか、おそわれるという噂じゃ。あまり深入りせんほうが長生きでけるで。のお空海どの。ふぉっふぉっふぉっ」

「そうか剣山か、しかも本当は鶴亀山だったのだ。ここが怪しい。何者かに警護されているようだ」

そこで空海は、ひいじさまから聞いた、鶴亀山に行ってみた。山麓の寺の宿坊に泊めてもらい、そこから何度も足を運んだ。

しばらくして、後方にチラッとだが、空海は山中で黒い影のような人影を何度も見るようになった。その人影は、明らかに自分の後をつけており、自分は見張られている気配を感じた。その影はあるとき忽然と消え、3、4日が経った。

が、また現われた。今度はつかつかと空海に近寄って来て、自ら名乗った。

「俺は星河（せいが）という。聞いてもらいたいことがある。おぬしの行動を主人に報告した。主人が会いたいと言った。私と一緒に、京に来てもらいたい」

「ご主人とはいったいだれですか?」

「おぬしも知っている我らの首領だ」

空海は、（そうか私はあの人から監視されていたのだ。その首領がいきなり何用だろう。しかしこれは余程のことと思われる）と観念した。

星河は怪しげな男だった。真っ黒な衣服に身を包み、短めの刀を背負っていたが、虚勢を張る武人とも違う。しかし体全体からキリリとした緊張感あふれる、問答無用の雰囲気が漂っていた。空海は仕方なしに、星河に促されるまま、山城（やましろ）（後の京都）に向かった。星河は、空海の斜め後ろを音もなくヒタヒタと歩いた。この若者は、自分より一回り年下に見受けられた。細面のぐっと引き締まった顔で、必要なこと意外、無駄口を一切きかない。

（そばにいても全く人の気配を感じさせない、なぜだろう）

空海にはそれが不思議でならなかった。

その頃「山背（やましろ）」は、桓武（かんむ）天皇の勅令により、「山城（やましろ）」と改められていた。新都・平安京は、まさに各建物が建築真最中であった。また数年前活動の中心だった造平安京庁は、新しく建て替えられ、平安京の中心、天皇がお住まいになる御所・大内裏（だいだいり）となっていた。

空海は、星河の案内で京・太秦（うずまさ）に行き、立派なお屋敷の前に着いた。見上げた山門には、【 秦 】と大きな表札が出ている。そこは謎の一族、秦氏（はたうじ）の本拠地だった。

その頃秦氏は、自らが開拓し住んでいた京の中心部を御所用地として天皇へ献上し、本人は御所の西・太秦に移転していた。空海は秦氏の広い屋敷に入り、美しい庭が見える奥の部屋へ通された。

主人秦保国（はたのやすくに）は、嬉しそうに空海を迎えた。秦河勝（はたのかわかつ）を粗に持つ秦氏の現首領秦保国は、40代壮年で一族の指導者にふさわしく、やや丸みを帯びたふくよかな顔つきをし、精力的な男の魅力に溢れていた。実は空海が初めて秦保国と会ったのは、和気清麻呂師や、宗家の師匠佐伯今毛人翁の紹介で、数年前の真魚時代だった。

「やあ真魚どの、よくおいでくださいました」

「秦保国どの、ご無沙汰をしてすみませんでした。おかげでこの間、密教の修行を積むことができました。貧道は今後、空海という法名を名乗ることにしました。以後よしなにお頼み申します」

空海は、無沙汰を詫びた。秦保国は、朝黒い肌で、顔の彫りが深かった。頭髪は黒く、ちじれていた。いかにも西欧からの渡来人らしい、大柄の外国人だった。

「空海とはよいお名だすな。空海はん、太秦によおおいでなされた。おおきに」

空海はいつも驚かされるが、秦保国は流暢な京言葉を話す。空海には秦氏が京の地域に溶け込もうとしていることが、言葉から汲みとれた。

「空海はん、星河の報告によれば、四国の山で宝ものを探し歩いていなはるようだすな。空海はんが探しているものは、なんでおまひょ？　山中での行動は修行ではあらしまへんのか？」

「いや、何か不都合でも？」

「もし空海はんが宝を探していなはるんやったら、すこし言わせてもらわなあかんことがおます。その宝には、勝手に近付かないほうがよろしおますで…」

秦保国は柔らかく、しかし警告とも取れる、釘をさすようなことを言った。しかしこの話は早く忘れ、深追いするなとでも言いたいのか、さっと話題を変えた。

「まあそうは言っても久しぶりや、空海はんのお話をきかせておくれやす」

空海は、促されるままこれまでの修行のありさまを伝えた。

秦保国は、この間の空海の活動を黙って聞いていたが、「大日経」という、南都仏教とも違う、新しい経典を空海が発見したことを高く評価した。秦保国は概念において、宇宙の真理の存在を理解した。虚空蔵菩薩求聞持法を成就し、「大日経」を修したことも称賛した。そのあとで、秦保国は本題を切り出した。

「さあ、空海はん、今度はうちらの番だすな」

そう京言葉で、やんわりと催促した。

空海はこのとき20歳。実は空海は歴史に残せない成果を、真魚の時代にこの平安京に残していたのだ。

## 第4話　危機

空海は、歴史に残せない隠密活動成果を、真魚の時代にこの平安京に残していた。

その話の発端は、さらに４年遡る。延暦９年（７９０年）４月、真魚が16歳のころ。和気清麻呂が中央で活躍していた。

和気清麻呂は、桓武天皇からまだ新しい長岡京宮中に召され、奥座敷で天皇に拝謁した。和気清麻呂はこの年58歳を迎える。大柄の体と自信たっぷりの顔立ちは、これまでの仕事の実績がそういう顔を作って来たからだ。清麻呂は桓武天皇の前でいくぶん緊張気味にお言葉を待った。どこかに隠れ武者が見張っているのだろうが、奥座敷には他に誰もいない。天皇が密やかに囁かれた。

「和気清麻呂、大義である。帥(そち)はこれまで、国家の危機を強運も味方につけ、見事に切り抜けて来た。弓削道鏡事件も宇佐・八幡(やわた)神宮の八幡神のご神託を、帥がもたらして押さえこんだ。しからば、帥こそと見込んで相談いたす。帥は、いまこの国がどのような状況に陥っているか、よく把握しておるか？」

「陛下、御意。いま我が国は、財政が危機的な状況にありまする」

「いかにも。よい。ならば問うが、今回のこの国家の一大事を、どう切り抜けたら、民が安堵し、天下に平安が訪れると思うか？」

このとき清麻呂は、桓武天皇から重大な相談を受けた。当時は、天皇が直接政事を行っていた。国家の一大事という事情は、桓武天皇が大胆な政策を次々に打ったために、国家財政が破たん寸前になり、日本国が倒産する危機に瀕しているのだった。天皇にそう聞かれ、和気清麻呂は内心うろたえた。しかしその心の動きはおくびにも出さず、こう言ってのけた。

「かしこまりました、陛下。この度の状況は、誠に国家存亡の危機と認識いたします。この期に及び畏れ多くもこの和気清麻呂が、必ずや適切な策を打ちまする。しばし時をいただきたく存じ奉ります」

「よい。たのんだぞ」

「陛下、かしこまりました」

そう言って、清麻呂は御所を辞したが、そのとき確たる解決策があるわけではない。

そこで清麻呂は、当時造長岡京長官を務める先輩の佐伯今毛人翁に相談した。翁は昨年古希70歳を迎えた知恵のある練達官吏だ。造東大寺長官など今毛人の仕切った現場からは、一切不平・不満が出ず、行政と民をうまくまとめる才能と実績があった。清麻呂が口をきる。

「今毛人先輩、今回の危機は国家財政の破たん、言うなれば日本国の倒産が見えて来たということです。これまで三度に及ぶ東北蝦夷の討伐出兵、二度の畿内大洪水、その後の疫病の蔓延、奈良仏教勢力との争いがあったことは、ご存じのとおりです。さらに奈良から逃げるように、突然の長岡京遷都を断行したことによる、膨大な国家財政の出費がありもうした。その結果困ったことに、官吏に払う給金や公共工事の代金さえなくなるほど、大蔵庁に金がなくなってしもうたのです。造幣しようにも金型がない。この日本国はいまや、深刻な財政危機に陥ってしまっています。もしこのことが公になり、民に動揺が走れば、そのすきに蝦夷や外敵に攻められる。翁どうすればよかろうか。なんとかお知恵を拝借したい」

清麻呂は必死だった。いまや、この時代の行政第一人者の知恵に、すがるしかない。

「なんと、やはり噂は本当じゃったのか。高官の何人かが密かに話しておったようじゃが…そのような危機的状況になっておったとは…知らなんだ…んむむーっ」

さすがの大練達者今毛人翁も驚き、国家の危機を救うこの問題の解決策は、そう言われてもすぐには思い浮かばなかった。翁は、しばらく唸ったまま動かない。考えに考え、自分の持てる全ての情報と経験を、この一瞬に集中して注ぎ込もうとした。今毛人翁は、しまいにはすっくと立ち上がり、腕組みをして廊下をうろうろと歩き始めた。

「んぬーっ…、しかし、それでは…」

何やら、自問自答している。今毛人翁は解決策を思いついたものの、何か引っかかることがあるようで、その顔にはまだ迷いが見えた。しかし意を決したように、ある提言をした。

「清麻呂どの、かくなるうえは、金を貸してくれる部族から、緊急に資金を調達してくることではないじゃろうか」

「おう、借金ですか。しかし国家財政の大半を持ちこたえるだけの金を持っている部族なぞ、この国におるものでしょうか？」

「ふふふっ、実はおるのじゃよ」

「ええッ、そんな大金を、一部族で出せると言うのですか？」

「出せる。話の持って行きようで、彼らなら喜んで援助するじゃろう」

今毛人は、なにか含みがありそうに言った。

「はぁ、その部族とは…？」

「清麻呂どの、山背派(やましろは)は、何のために存在すると思われるかのう？」

「あっそうか、思いもよらなかった。彼らなら…」

清麻呂はポンと手を打ち、その顔に一筋の希望の光がさしたようだ。

「ただしじゃ、彼らの力を借りるとなると、さまざまな覚悟をせねばなるまい。拙者の今毛人(いまえみし)という名前にもあるように、日本には昔から勇猛な民族がいた。ここ畿内にもいた。いまや北に追いやられているが、民族の誇りと勇猛さに掛けては、実に見習うべきものがある。拙者の父君もその勇猛さにあやかって、その勢いをもらおうと、拙者に今毛人(いまえみし)という名前を付けたくらいじゃ。その蝦夷の文化が、これまで日本文化の源流を作って来た、と言っても過言でない。

しかし、ここで国が山背派の力を借りるということは、古来日本の文化や習慣以外の文化、つまり西欧からの渡来人を、正式に国の中枢に迎え入れる機会が増え、彼らの文化を正式にこの国が受け入れるということを意味する。実勢ではすでに稲作、絹織物、鉄器の技術など、渡来人の文化に負うところが大きくなっているのも事実じゃが…。どうしたものかのう、清麻呂どの」

「たしかに…。しかしいまや日本国は、国が倒産するかもしれない、重大な岐路に立たされているのです。もし彼らから金を調達することができて、この国の内部崩壊の危機が回避されるなら、それもやむを得ないと思いまする」

和気清麻呂は天皇との約束もあり、国の危機回避優先の発言をした。この意見で、今毛人の迷いもふっきれたようだ。

「よし、そうすることにいたそうぞ」

今毛人はすべてを納得したという顔ではなかったが、そうする以外に他に策が考えつかず、意を決したようだった。翌日今毛人は和気清麻呂を帯同し、長岡京から山背国・葛野（京都）に向かった。盆地の中心葛野には、広大な屋敷が構えられていた。その屋敷の表札は、【　秦　】であった。

今毛人は清麻呂とともに、秦氏当代首領秦保国と交渉した。この３人は、以前から仕事で顔を合わせていた。時候の挨拶ももどかしく清麻呂が状況を説明し、さっそく切りこんだ。

「…秦どの、そういう訳で、我が日本国はいま極端な財政逼迫により、倒産、内乱の危機に直面している。なんとかこの危機を乗り切るために、大金にはなるが資金を融通してもらえないだろうか」

「うーむ、国家予算の大半に相当する資金を、今すぐなんとかしてくれと、そないなこと言いなはっても、困りましたなあ」

「秦どの、そのために何か条件があれば、言ってもらいたい」

「うーむ。確かに、蝦夷の住地奪還戦争や外国に攻め込まれたりしたら、それこそ戦乱で国がもっと荒廃してまう。ここは考えどころでんなぁ。うーむ」

秦保国は少し検討する時間がほしいというので、2人はいったんその場を辞した。

しかし緊急事態ゆえ、その後すぐに会談が持たれた。3人はまた葛野に集まり、秦氏が回答を述べた。

「佐伯どの、和気どの。我が秦一族は、この国に溶け込もうとこれまであまり表に出ず、支援をしてきもうした。今回、日本国が財政の危機に瀕していると聞いた。国が潰れたのでは我々の居場所も外敵に占拠されてしまうやもしれず、それでは元も子もなくなってまう。そこで我々は、桓武政権に財政援助をすることを、一族で決議いたした」

「おおっ、かたじけない」

「しかし、それには、和気どののお言葉に甘え、2つ条件がおます」

「ほお、その条件とは?」

「一つは、都をここに移すこと。ここことは、今いるこの屋敷の場所を、天皇の御所・大内裏とすることだす。葛野を日本の中心にする。そうすることで、秦氏は代々天皇家と分かち難い絆ができる。二つ目は、この新しい都を、平安京と名付けることだす。平安京とは、わかる者にだけ向けた、ある意味が込められている地名だすねん。平安京を作るんやったら、我が一族を上げ、他の関係部族も巻き込んで、ここに民族の力を結集して協力をさしてもらいます。いかがでおますか」

秦保国は、そうきっぱりと言い切った。

「保国どの、かたじけない。条件は承った。天皇に上奏して、必ずや話を通すようにいたす。日本国存亡の危機に当たり、誠にありがたい話です」

清麻呂はそう返事をして、今毛人とその場を辞した。

清麻呂は長岡京にもどり、天皇に上奏する案を、今毛人と練った。

「今毛人どの、金の算段は何とかなる見通しですが、桓武天皇に再びの遷都を上申することは、どう思われまするか。ここ長岡京は翁がお作りになって、まだ6年しかたっていません」

「うーむ、確かに遷都したばかりじゃが、この新都には暗殺された藤原種継初代造長岡京長官や、その際幽閉され、無実を訴えながら憤死された、早良（さわら）親王の怨霊が憑いてしまっているというではないか。まして天皇ご自身が、すでにこの都を忌み嫌っておられるとも聞く。これまでの権力争いで葬られた者どもの怨霊も、この長岡京の天皇の夢枕に現れ、天皇はお心を悩まされているというではないか。

確かに都をこのような短期間に二度も移すという話は、これまで聞いたことがない。話の持って行きようでは、陛下も御納得されるのではなかろうか」

そう言いながら、なぜか、今毛人の顔が好々爺の輝きを放ち始めた。

「なるほど、しかし天皇から、ここを捨て次の新都を作れ、と言われた場合、翁には大義ではありませぬか」

清麻呂は翁の高齢を心配した。都広しとは言え、このような大事業を推進できる人物は翁しか他に考えられない。しかし新しい都を、翁がこれからもう一つ作るのは、至難の業と思われた。

「うむ、確かにわしは、70の古希を迎えた年じゃ、もう上がりたいと思うていたところじゃ…。

…しかし、こういうときが、実際来るとはなあ…ふぉっ　ふぉっ　ふぉっ…」

翁は、戸惑いながらも、意味不明の笑い方をした。

「どうなさいました」

「いや、実はのう。こういう話が来るとは思わなんだが、佐伯一門に優秀な者がおってな。その者に、一門の財産である技術を伝承した。一門の隆盛をあずけるつもりで、丸2年ほど鍛え、わしの都市計画設計の技術は、ほとんど授けてあるのじゃよ。その者にかかれば、都の一つや二つ……ふぉっ　ふぉっ　ふぉっ」

翁は楽しそうに笑った。

「ええっ、そんな方がご一門にいらっしゃるのですか。ぜひ会わせてくだされ」

清麻呂は勢い込んだ。

「まあまてまて。あいわかった。いずれ必要なときが来ればお会わせいたそう。じゃがその前に、遷都候補地の風水を見ておかねばなるまいな」

清麻呂は、翁が積極的に案を模索しようとする姿勢に感じ入った。

「たしかに。承知いたしました」

事は急ぐ、和気清麻呂はただちに長岡京の陰陽寮（おんみょうりょう）に出向き、風水の調査を依頼した。当時陰陽道は科学であった。それを司る役所もあり、遷都などの大事の場合、中務省（なかつかさしょう）の陰陽寮に命じて、地相や日取りなどを検分させる。

「賀茂忠行（かものただゆき）どの、陰陽師（おんみょうじ）の長として、山背・葛野を遷都の比定地として視てもらいたい」

賀茂氏も、秦一族と婚姻関係にある一族であった。陰陽道自体、大陸からの渡来文化で賀茂忠行は、陰陽師として有名な安倍清明（あべのせいめい）の師匠に当たる人物だ。職位は和気清麻呂より上だが、天皇から絶大に信頼されている清麻呂からの依頼は、真剣に聞かざるを得ない。

「承知つかまつった」

自信ありげに言い放った賀茂忠行は、今度は打って変った猫なで声で、あたりを憚りながら続けた。

「…和気どの、調査に入る前に少し聞かせてもらいたい。内密に予備知識をいただきたいのじゃ…。

して、秦保国どのは、どうしたいとお考えなのじゃな？…」

「…忠行どの、よくお仰っていただいた。それではお言葉に甘えて相談申すが、もともと山背・葛野は秦氏が拓き、自分の屋敷を建てた土地。そこを大内裏として天皇に献上したいというのです。そうするためには、王が住むにふさわしい風水上四神相応の地であるということを証明してもらいたいということです。それが証明されれば、天皇も安心して遷都をご聖断なされる」

「なるほどそういう事情か…。承知した。しばし待たれよ」

賀茂忠行は、ただちに朝廷の公式機関陰陽寮長官として、部下に調査を命じた。

後日、和気清麻呂が陰陽寮に呼ばれ、加茂長官が申し伝えた。

「和気どの、調査の結果を伝える。山背・葛野は吉と出た。安心して、計画を進めるがよい。

山背・葛野は次のように解釈できる……。ここは東西南北にすでに四神が住んでいる。また大内裏は北の山寄りの中央に位置することが理想とされるが、秦氏はさすがに風水を心得て、今の秦屋敷の位置を定めたようだ。まさに王が住むにふさわしい黄龍が守る場所である。これで山背・葛野は四神相応の土地と言うことができよう。黄龍を入れると五神が守る土地ということになる」

「おお、ありがたき形勝の地形とその解釈です。かしこまりました」

和気清麻呂は賀茂長官の説明に感激した。

「地鎮祭や起工式、遷都の日など節目の日取りについては、また改めて吉凶をみるのでご相談を」

「ありがたきこと、本当に感謝申し上げます」

（これで、なんとかなるかも知れない。賀茂どのには別途見料をはずまねば…）

清麻呂の心はおどった。さっそく桓武天皇に拝謁を申し出た。

和気清麻呂は、桓武天皇に宮中で拝謁し、まず国家財政を立て直すための計画を上奏した。

その際、秦氏から資金を提供してもらうことも正直に話し、その条件として都を山背・葛野（京都）に移すこと、またその都を平安京と呼ぶことが提案されている、と上奏した。

桓武天皇は次のように命じた。

「この国家存亡の危機が乗り越えられるなら、帥の意見を取り入れようぞ。ただし遷都先の風水をよく確かめよ」

「かしこまりました。風水については、彼の地を賀茂忠行どのにみてもらい、吉とでております」

「おお、そうか。忠行がそう申したか。それは心強い」

桓武天皇は安心したご様子だった。清麻呂は、これで天皇のご意向と基本方針が確認できたので、桓武政庁の重鎮たちに集まってもらい新都への遷都計画を諮った。

重鎮たちは長い議論をした挙句、

「和気清麻呂どのに任せる、ただし、造平安京長官として、藤原家から誰かお目付け役を任命する」

という結論になった。

大御所達の合意が取れたので、清麻呂が実質遷都計画を進めることになった。

# 第5話　遷都

後の京都御所になる山背・葛野は、風水上、吉と出た。

天皇や重鎮たちの遷都承認も得た。延暦9年（790年）5月のことだった。

それを受けて、和気清麻呂は自身が開基した京・高雄山寺を出発、わくわくしながら長岡京に出むき、今毛人翁に報告した。そして翁が育てたという、都市基本設計ができる佐伯一門の人間を紹介してもらうよう翁に迫った。今毛人はさっそく、当時近所の阿刀大足の屋敷に居候していた真魚を呼びにやり、造長岡京長官官邸で、和気清麻呂に紹介した。真魚は2人の大人に囲まれ、身を固くしながら翁の話しを聞いた。

「真魚、いまから話すことは、すべて秘密事項じゃ。誰にも口外してはならない。よいな。ここにおわすかたは和気清麻呂どのと申して、いま桓武天皇から第一の信頼を受けている実力者じゃ。真魚、実はな、いま我が国は国が倒産するような財政危機に直面している。清麻呂どのの活躍で、この財政危機を救うために、ある豪族から多額の資金提供をしてもらうことになったのじゃ。そしてその条件として山背・葛野に新しく都を建て、遷都することになったのじゃよ。まだ内々の話じゃが…

ついてはそなたに、新しい都への遷都計画の要員に入ってもらいたい。この計画がうまく進まないと国家資金が足りなくなり、財政的に国が潰れてしまう。給金をもらえなくなった役人失業者が街にあふれ、商いをやっているものにも金が回らなくなり、世の中が混乱するのは目に見えている。そのすきをみて、外敵が攻めて来る可能性がある。そうなれば勉強、修行どころではなくなるのじゃよ。戦乱を防ぎ、世を丸く平和に治めるために、ぜひともそなたに授けた都市設計技術を、ここで役立ててもらいたい。ご奉仕だが手伝ってもらえるな、どうじゃ、真魚」

真魚は、あまりの事の重大さに、たじろいだ。

「えっ、そんな大事業のお手伝いが、私ごとき者にできるのでしょうか？　辞退したいです…」

「いや、そなたならできる。わしも指導するから心配するな。基本構想と基本設計まででよい」

「あっ、はあ。私はいまだ修行中の身なれば…」（しかし、まいったなあー）これが真魚の率直な気持ちだった。このとき真魚はまだ16歳。紅顔の美少年だった。翁が得意げに、鼻をプカプカさせながら紹介する。

「清麻呂どの、こちらは佐伯真魚じゃ。まだ若いが、抜群の頭脳の持ち主じゃ。身内を誉めるのもなんじゃが、わしはこやつを天才とみる。教えることはすべからく瞬く間に暗記し、やらせれば如才なくこなす。長岡京建設現場で、2年間さんざん鍛えておるが、手応えは十分じゃ。ふふふっ」

「そうなのですか、ありがたい。真魚どの、和気清麻呂と申す。このたび、急ぎ山背・葛野への遷都計画を作らなければならない事態に陥った。この仕事は、国の危機を救うことに直接つながる。力を貸してもらえないだろうか。たのむ」

真魚は困った。大の大人たちが2人して口説くものだから、まだ少年の真魚には強烈な圧力だ。真魚はもっと学ばなくてはいけないと思うことが山ほどあった。しかし佐伯の宗家統領でもあり、都市計画設計の師匠今毛人翁が真剣に言うので、弟子はその通り受けざるを得ない状況だった。それに大柄の和気清麻呂が、体を丸めて頭を下げるように、真魚の顔を覗き込んでいる。

「はあ、わかりました。しかし、私は下働きくらいしかできませんが。それでもよいのでしょうか?」

「おお、手伝ってもらえるか。ありがたい」

清麻呂はそう言って、真魚の手を握った。まるで重要な駒を手に入れたという感じだ。

「真魚、よく言ってくれた。それでこそ佐伯一門。技術を授けた甲斐がある。ふぉっふぉっふぉっ」

今毛人は、嬉しそうに笑った。

「清麻呂どの、こう見えても真魚は長岡京での現場経験がある。腕はわしが保証する。存分に働かせてよいぞ。難題をぶつければぶつけるほど、この者は成長しおる」

和気清麻呂は自己紹介もそっちのけで、真魚に基本構想の図面引きを依頼した。

「真魚どの、さっそくじゃが、陰陽寮にみてもらったところ、山背・葛野は風水上、吉である。御上も承知した。場所はこれで決まったも同然じゃ。真魚どのには、これを反映して新しい都・平安京の基本構想図を調査、構想していただきたいのだ」

「はあ、実際私には初めてのことゆえ、たやすいこととは申せませんが、師匠の言いつけでもあり、また師匠からご指導していただいた技術を、腕試ししてみる良い機会でもありますので、なんとかやってみましょう」

ここで清麻呂から注文が入った。

「今毛人どの、実は資金提供者である秦一族から、たっての希望条件が出されています。都市計画に、彼らの出自である故郷の面影を、取り入れてほしいというものです。これです。これが彼らのかつて住んでいた都の、鳥瞰図と神殿内の配置図です。これを参考に、また風水の結果と合わせ、日本流に焼き直しながら全体を設計してほしいと言うのです」

その図には、碁盤の目のような街が描かれていた。神殿は奥に神を祭る正殿があり、その手前に拝殿があるという二段構えだった。それを見て今毛人は真魚の方を向き、（どうじゃ？）と目で話を振った。真魚はうなった。

「うーむ、いっそう複雑にはなりますが、わかりもうした。全部が全部その通りとは行かないと思いますが、いったんはお請けいたします。では、平安京全体構想図案、並びに御所大内裏、すなわち彼らの神殿基本構想図案を作り上げる際に、この要素を取り込むよう努力することと致します。案ができたらお見せするということでよろしいでしょうか」

「おう、察しがよい若者だ。たのみましたぞ」

和気清麻呂は、この真魚の対応が痛く気に入った。慎重だが自信が感じられた。今毛人も、真魚を頼もしそうに見ている。

「師匠、和気どの、かしこまりました。やってみましょう」

真魚は今毛人から都市設計の技術を教わったので、乗りかかった船、仕方なく覚悟を決め、造平安京庁で仕事をすることにした。

真魚は今毛人の指導で、平安京の基本概念を構想し、基本構想をまとめた。初めてにしては難しい課題だったが、基本構想ができた段階で、真魚は今毛人に確認し、修正点を指摘してもらった。

「ふむふむ。…盆地の勾配を生かしておる。よく考えられた計画案じゃ。ただしじゃ、糞尿と下水の処理については、処理場を増やしておくことじゃ。それが都の存続年数を左右するでな。よいな。それといま申した細かい2、3を修正すれば、完璧じゃ。ふおっ　ふおっ　ふおっ」

真魚はそれらを修正し、師匠の承認がもらえたので、清麻呂に見せた。清麻呂はただちに真魚を連れ、造平安京長官の所に一緒に行った。清麻呂のお目付け役として、藤原式家から任命されたのは、その当時朝廷第一人者の地位を占めた藤原小黒麻呂（ふじわらのおぐろまろ）だ。一緒に、真魚から説明を受けた。清麻呂はその図を見ながらいたく満足そうだった。自分がこうして欲しいと思ったことは、言わずもがな反映されていたからだ。ただし小黒麻呂の前で一つ注文をつけた。

「真魚どの、素晴らしい原案じゃが、風水上、南が海で開けていないので、都の悪い気を天に逃がす装置が必要だと思う。南・朱雀の羅城門を築く左右に、高い塔を二基建て、都に溜まった悪い氣を天に昇華させてしまおうぞ」

「なるほど、それはよい案だと思われます。かしこまりました。構想図面に盛り込みます」

その他、真魚が作った図面には大方問題がなかったので、清麻呂は仔細な微調整のみでほとんど原案どおりで可とした。真魚は、このとき書き加えた東寺に将来住まい、東塔の五重塔を自分が作ることになろうとは、夢にも思っていなかった。西寺はその後勤操の居寺となった。いずれも天のいたずらだろう。老境になっていた朝廷重鎮藤原小黒麻呂は、初めて見る青年が、スラスラと重要事項を説明するのを聞き、内容もさることながら真魚の頭脳の明晰さに舌を巻いた。

「結構、みごとじゃ。それにつけても、世の中には優秀な青年がおるものじゃ。長生きすると、良い縁に恵まれる機会も増すな。まことに爽やか、感謝じゃ。がははは」

小黒麻呂は豪快に言い放って、満足した。こうして、新都の案は政庁の重鎮たちが最終審査するところとなった。真魚は新都案を重鎮達に提案する前に、１日時間を貰って、長岡京に居る佐伯今毛人翁の最終指導を受けた。今毛人翁は真魚が自分の教えた知識を最大生かして、提出用の計画図面を持って来たので、とても嬉しそうだった。そして細かい修正を確認して、満足そうに笑った。

「これでよいじゃろう。ふおっ　ふおっ　ふおっ」

「ありがとう存じます」

真魚もまた、師匠に恩返しする思いで嬉しかった。

「真魚、桓武政庁と天皇の審査が通ったら、これを秦保国に見せに行こう。あやつの喜ぶ顔が拝めるぞ。ふおっ　ふおっ　ふおっ」

「かしこまりました」

真魚も、自分の案が完成に近づくことが嬉しかった。しばらくして政庁重鎮たちの審査は通った。

今毛人翁は老骨にむち打って、清麻呂と真魚を連れ、直ちに最終計画案を資金提供者の秦保国に見せに行った。このとき真魚は初めて秦保国に、今毛人から紹介された。師匠に促され、真魚は都市設計案の説明をした。その説明を聞き秦保国は喜んだ。

「ややあ、今毛人どの、清麻呂どの、お疲れさまだす。いまご説明されたことからわかるのは、計画は実によくできている、ということだす。ハッハッハッ。説明をされた真魚さんとやらが下仕事をしたと言うことですが、なんと見事な仕事ぶりでっしゃろ。まだお若いのに、余程優秀な頭脳の持ち主とお見受けいたす。

これで、平安京と名付ける都ができまんなあ。ありがたいことや。遠い都の面影を強くたたえる街になることが、図面からわかります。また神殿に相当する御所大内裏は、旧都の神殿様式の配置を、確かに踏襲するものでありんすなあ。大したもんや。えらい、実によい。嬉しいことだす。めでたいことだす。おおきに、おおきに」

秦保国は、自分たちの理想的な都ができることを確認して、大いに満足し手放しで喜んだ。

「真魚どのは、実に優秀な都市計画家でおますなあ。文化の通訳的仕事を、難なくこなしなはった。お見事、お見事だす」

秦保国は真魚が優秀な技術を持ち、仕事ができる一人前の男であることを認め、大いに褒めてくれた。今毛人も満足げに大きくうなずいた。清麻呂は事が順調に進んでいるので安堵した。

すべての準備ができたので、和気清麻呂は小黒麻呂に頼み、地域周囲には鹿狩ということにして、桓武天皇を京・東山の高台にお連れしてもらった。季節は初秋を迎えていた。

東山から山背（京都）盆地を一望に見渡しながら、小黒麻呂と和気清麻呂は、桓武天皇に構想をご進講申し上げた。東山から見下すと、まだ所どころにしか家がない山背盆地のやや北寄り中央部に、秦氏の屋敷が遠望された。

「陛下、あれに見えます秦屋敷の場所が、御所大内裏となりまする。また街全体は大唐の都長安のように、碁板の目を呈する街区になるよう、基本の設計をいたしました」

和気清麻呂からそう聞き、桓武天皇は目を輝かせて喜悦なされた。和気清麻呂が、陰陽寮の風水の見立てを説明した。

「新しい都は、風水上たいそうな吉相をしておりまする。このことは陰陽寮も認めています。と申しますのは、北の玄武に鞍馬山と貴船山を背負い、南の朱雀が巨椋池（おぐらいけ）で空いております。その中腹に王が座すことが吉とされますので、その位置はいまの秦氏の葛野館が大内裏になる正にその場所でありまする。東の青龍には、流れを真っ直ぐに変えて鴨川を配します。大文字山などの丘が護ります。西の白虎は嵐山、小倉山等で閉じられて護られております。また山陰道が邪を逃します。

悪霊・怨霊や疫病退治のために、東西南北に守護寺を配する計画であります。さらに南の朱雀・羅城門の位置に左右東塔と西塔の高い塔を造り、都に渦巻く悪い怨念を一気に天に昇華させる天空へ通じる出口とします。これで中国の伝説上の神の生物四匹が相集う、四神相応の理想的な地形配置とあいなり、まぎれもなくこの土地は吉相でござりまする」

「おお、さようか。朕もここはよい土地に思える。これで……」

構想をお聞きになられた桓武天皇の顔から、（今度は大丈夫、これで怨霊から救われる）という、安堵感が漏れたように見受けられた。怨霊が遷都の理由のすべてとは思えないが、最初は実利主義者であられた桓武天皇は、ここ数年で怨霊の祟りといわれることや、陰陽師の活躍する世界を嫌というほどお味わいなされたために、こういったことに過敏になられていた。

今回は特に和気清麻呂が事前に陰陽寮に諮り、充分気配りしていた。この現地ご視察のときに、新京の風水の見立てと結界が完璧に目論まれているので、桓武天皇は救われる思いがされたようだ。そして、（早くここに都を造り、移りたい）というようなご様子だった。清麻呂が桓武天皇にすかさず耳打ちする。

「陛下、新しい都がこの場所で差しつかえなければ、危機を乗り切るための資金はなんとか調達できまする。秦一族が資金を提供してくれます。そしてここを秦氏からの提案でもあります、平安の都、平安京と呼ばれることが、風水上からもよろしいようで…この場所に都を遷都することでよろしゅうございますか？」

「うむ。現場を見て朕はますます気にいった。ここでよい。都の名は平安京でよしとする。世が平らかに安らぐ都とは、誠にうるわしい名である。それに国家予算の立て直しの件、都づくりの資金の件など重大だ、くれぐれもしっかり頼んだぞ。後のことは小黒麻呂と帥に任せる。慎重の上によしなにいたせ。ただし鬼門を大切にせよ」

「ははっ、かしこまってつかまつりました」

天皇から藤原小黒麻呂と和気清麻呂が全てを託され、このとき平安京への遷都が内々に最終確認された。

のち、小黒麻呂は天皇の指示に忠実に、鬼門の方角へ調査に出かけ、比叡山に修行僧最澄がいることを知った。最澄に会った小黒麻呂は、南都仏教とも違う天台の教学を学ぶ僧を高く評価し、桓武天皇にその旨報告した。桓武天皇は京の鬼門にいる僧最澄が、気になり始めたご様子だった。

裏鬼門には広隆寺・松尾大社がすでに秦氏により建立されていた。

東山の視察現場に話は戻る。真魚は、遠くで天皇の様子を拝し、１人満足した。

都市設計家として教育してくれた今毛人翁に、恩返しができたと、充分感じられた瞬間であった。

清麻呂はこの絶好の機会を生かすべく、桓武天皇に真魚を紹介した。しかも和気清麻呂は真魚に、

「陛下に、重要事項の内容をご進講申し上げなさい」

と言う。真魚は恥ずかしながら和気清麻呂に促され、桓武天皇に新都の設計思想、基本構想をご進講申し上げた。真魚は眼下に広がる山背の盆地を指しながら、

「陛下、計画案では都をこうお造り奉りまする……」

と詳細を御説明申し上げた。その言はわかりやすく、桓武天皇はご理解が進み、ご満足そうであられた。同時に、まだ少年の面影を残す真魚が、きびきびと澱みなく高度な重要事項を説明するので、この優秀な青年にも、大層ご興味をお持ちあそばされたご様子。

「帥（そち）の名はなんと申す。直答許す」

「ははっ、畏れ多くも、佐伯真魚（さえきのまいお）、通称真魚（まお）と申します」

「ほう、聞いた名である。ふむ、伊予の学友に神童がおると聞いていた。帥は大足の甥か？」

「御意にござります」

「そうか、帥が伊予の話に聞く神童真魚か。ほっほっほっ。さもありなん。よい。励まれよ」

真魚は、天皇陛下から直答を許され、親しくお話をさせていただき畏怖した。それにもまして自分のことを、天皇が覚えていてくださっていることが、身に沁みて嬉しかった。真魚は、こうして上流階級の世界に、少しだけ顔を覗かせた。このとき真魚は、まだ16歳の青年だった。

かくして帝は国の危機を乗り越えるため、10年しか経っていない長岡京を捨て、さらに5里（約20㎞）しか離れていない山背に都を移したのだった。山背は奈良から見て山の背後の意味で、秦氏が隠れるように本拠地を開いた盆地だ。後に山城、平安京、京都と名を変えた。

桓武天皇の奇行と言われた、二度に及ぶ謎の遷都政策の裏事情は、こういう訳だった。今毛人に鍛えられた16歳の天才真魚が、その施策を陰で支えた。桓武天皇は大いに感じ入り、当時息子の学友だった真魚に、褒美としてご自分が使う最高級和紙を下寵なされた。真魚はこの紙を使い、18歳のとき処女作の戯曲を書いた。16歳の真魚がきちんとした都の基本計画を立てられたのは、本人が天才的な頭脳だったことと、その才を見出し鍛えた佐伯一門の統領今毛人が支えたからであった。

翁は翌年延暦9年（790年）10月3日に71歳でその生涯を閉じた。平安京の基本設計は、生があるぎりぎりの時間に真魚に贈った、翁の最期をかけた功徳であった。

山背国葛野への遷都を、天皇へ強力に上奏推進したのが、表向き和気清麻呂ということになっている。が、平安京建設で秦氏の果たした影の力は、ものすごいものがあった。

初代造平安京庁長官・藤原小黒麻呂の父君・秦島麻呂（はたのしままろ）は、山背では右に出る者がいないほどの大富豪だった。平安京建都のために中心部及び周辺の土地は言うに及ばず、莫大な資金を献上した。

さらに工事が始まれば、近江国の秦氏・勝益麻呂（すぐりのえきまろ）は3万人余の役夫を毎日派遣してきた。役夫たちは勝益麻呂に雇われた近在の職人や百姓たちで、彼らの朝昼晩の食事は太秦（うずまさ）の秦保国から全てふるまわれた。秦氏はいわば手弁当で、3万人余の役夫を都づくりに毎日参加させていたのだ。これらの財源は、秦氏がもたらした高度な技術、すなわち稲作、絹織物、製鉄などから生じ蓄えられた富だった。

その後延暦13年（794年）7月、藤原小黒麻呂が亡くなった。後任として和気清麻呂が造平安京庁長官を引き継いだ。

平安京はさらに完成に向け工事が急がれた。秦一族は総力を挙げ、都づくりに協力し、その年新しい平安京という都が完成した。それでいて、新しい都ができあがったとき、秦氏一族は桓武政庁から報酬らしきものを何も受け取らなかった。むしろ要職から1人また1人と抜けていき、ついには目立たぬようになっていった。秦氏の謎の行動は、普通では理解に苦しむ。このような場合、むしろ覇を唱えはびこるのが世の常だ。

「ふしぎな人たちだ。この人たちは何が狙いなのだろう？　日本を乗っ取るために表に出ないという、秦氏独特の戦略なのだろうか？」

彼らの中に入り深く知ってしまった真魚にも、彼らの行動原理がいま一つ理解できなかった。表向きは、一族で共有する目標は、

「自分たちの象徴の新都を造り、かつ、この国に目立たぬように溶け込みたい」

ということはわかった。秦一族はその熱い想いに衝き動かされ、緻密な戦略が組まれていたとしか言いようがない。

確かに平安京づくりは、秦氏一族が民族の誇りをかけて、安住の地の象徴を造る集大成の大事業であったようだ。

しかし真魚は、「それだけだろうか？」と、ますます巨大な陰謀がありそうに思えてきた。平安京が完成したとき、真魚は20歳。すでに空海と名のっていた。

延暦13年（794年）「なくよ(794)ウグイス平安京」。こうして平安時代の幕が、表向きウグイスの雅な鳴き声とともに、裏でガチョウの荒走りのように、ドタバタと上がっていった。

# 第2章　渡来人

## 第6話　秦氏

数年後、空海は秦屋敷で懐かしく、真魚時代の平安京の仕事を思い返していた。が、ふと吾に帰った。秦保国から催促を受けた言葉を、空海はいま一度噛みしめた。

『こんどは、うちらの番だすな』

空海はその言葉を理解した。

（そうか、入れ物ができたので、次は中身を作ることに、そろそろ取り掛かってくれということか。入れ物の都の名は平安京。確か、彼らの言葉で『都』がエル、『平安』がシャロウム。平安京はエルシャ

ロウム。なるほど、東の『エルサレム』ということか）

「あいわかりもした」

催促を受けたとき、空海は言い訳無用と心得え、秦保国に即答していた。即答するのには、訳があった。

その訳を理解するには、平安京設計の仕事が終わったときの、秦屋敷を再び覗いてみなければならない。平安京の設計が終わり、大学に入った年、真魚は18歳だった。実は、当時の真魚は、秦保国からさらなる極秘の依頼をされていたのだった。

秦保国は、佐伯一門の真魚を、紹介者佐伯今毛人の信用に鑑み受け入れた。また真魚の言動から、自分が直接感じた感覚を大事にして、その天才的な優秀さを認めた。

「彼こそ、以前から私が探していた、若い優秀な逸材だ」

そこでよく考えた末、秦保国は一門の将来を託すような、重大な提案をした。

「真魚どの、もう1つ大きなお願いがあるのだす。

が、このお願いをわかってもらうためには、我々について、よく知ってもらわなあきまへん。これからお話することは、民族の出自に関わる、重大な秘密事項です。他言無用に願いたい」

そう言って秦保国は座りなおした。よほどしっかり伝えなければ、ということなのだろう。

「少し長くなりますが、どうか驚かないで聞いてもらいたいのだす。詳しくお話申しあげます。

……すでにおわかりのとおり、我が一族はこの国では、渡来人と呼ばれておます。

我々の出自の昔をたどれば、それは西域中東ヨーロップです。この国の弥生時代に当たる、紀元前７２２年に、北イスラエル王国がアッシリアによって滅ぼされました。そのとき難民となった神の民たち十の支族が、東のコーカサス地方に逃れました。

実は、この支族はさらに大陸を東に移動し、長い時間かけてこの国にやって来たのだす。北イスラエル王国滅亡62年後の紀元前６６０年に、相呼応するようにこの国で神武天皇が即位し、新しい国を造ったと記録に残っております。これを偶然と捉えるか、意味があると考えるかは人によります。

しかし、この歴史的な出来事は、実は大いなるつながりを持っていたのだす。このときに日本に渡来した人々は第1波の古いユダヤの民で、この国に初めてやって来た我々の祖先です。主に海岸や、原住民と争わないように、山の上にも住んでいたようだす。しかし本隊は神武天皇を支援していたのだす。

さらに北イスラエル王国滅亡１３４年後、分裂していた南ユダ王国も滅亡の危機に瀕しました。紀元前５８８年新バビロニア国から攻められ、バビロン王により南ユダ王国の宮殿とエルサレム神殿が破壊されました。民はバビロン（古イラク）に連行されたのだす。歴史上『バビロン捕囚』と言われています。

このとき、エルサレム神殿にあったはずの、ユダヤの神宝が入った契約の箱が持ち出されたと言われています。聖書にもそれらしき記述があるのだす。それは神殿が破壊される直前に、祀られていた神宝がどこかに持ち出されたと読める記述だす。そのことを裏付けるかのように、新バビロニア兵が略奪したものの中に、神宝はありませんでした。都のエルサレム神殿は北ではなく南ユダ王国にありました。したがってユダヤの神宝はこの直前に持ち出されたと考えられるのだす。

その49年後、新バビロニアはペルシャ帝国によって滅ぼされました。捕囚となっていたダビデ王族、神官レビ、ユダ族、ベニアミン族は解放され、古イスラエルの地に帰還して新しい『ユダヤ王国』を造りました。残った人々はユダ一門という意味で以後『ユダヤ人』と呼ばれるようになったのだす。

しかしこのとき北イスラエル王国から逃れた十支族は、新しい『ユダヤ王国』には戻りませんでした。ゆえに西欧では『消えた十支族』と言われています。このときの古いユダヤの民は、肌の色が浅黒い人種的特徴を持つ、スファラディー系の民族でした。

『ユダヤ王国』ができて約600年後の、紀元66年と132年に戦いがありました。せっかく再建されたユダヤ人の新しい『ユダヤ王国』ですが、このときローマ帝国によって完全に滅ぼされてしまったのだす。難を逃れた古ユダヤ人たちは世界中に離散し、以後長い間、国を持たない流浪の民となったのだす。

我が一族は、紀元前588年に滅ぼされた、南ユダ王国を出自とします。すなわち王家ダビデ族、神官レビ、ユダ族、ベニアミン族などからなる、古ユダヤ一族の末裔(まつえい)でありんす」

秦保国は、ここで真魚の様子を見た。真魚は茫然として聞き入っていた。

「西欧の歴史では、『北の十支族は東方に消えた』と言われています。我々の調査では、彼らはコーカサス地方からさらにユーラシア大陸を東に横断し、しばらく大陸の東の国々に住んだのだす。彼らはやがて海を越え、日本にも渡って来ました。百済から来たことになっていますが、実は朝鮮半島の新羅にいた模様だす。なぜなら彼らがもたらした太秦・広隆寺や斑鳩の中宮寺にある『弥勒菩薩半跏思惟像』は、新羅系の文化ですから。また彼らが使った瓦文は、同じく新羅の文化を日本に持ち込んだということを裏付ける出土品があります。

我々はそれ以前、中国大陸のもっと奥のほうから来ました。秦の始皇帝を祖に持つという伝承もあります。いや、秦の始皇帝も我が一族から出た王であると言うほうが、事実状況に合っているかもしれないのだす。中国の伝承にも秦の始皇帝の鼻は高く、父親の目は青かったという話があるくらいだす。しかし青い眼は本来の我々の、民族的特徴ではありません。

祖先は秦に、しばらく住んでいたようだす。しかし秦王朝が滅び、民族は迫害を恐れ大陸のもっと東に逃れました。

そのむかし、紀元1世紀から2世紀に弓月王国が奥地クルジァ（ウイグル）にあり、そこから弓月君が一族を率いて朝鮮半島に来た記録が伝わっています。先代の弓月王はモーゼの後を継いで約束の地・カナン（地中海と死海とヨルダン川に囲まれた地）に入ったヨシュア・ペン・ヌンであったともいいます。カナンの城壁を叫び声で陥落させた『ジェリコのたたかい』は、聖書にも書かれています。ジェリコとはジョシュアのことだす。

弓月王国に来る以前、この流れの民族の元を糺せば、それは歴史から消えたとされる北イスラエル王国の『消えた十支族』でした。彼らの祖先はユダヤ教を信奉していた人たちだったのだす。

またこの流れと時代を画して、その後西暦66年にローマ帝国によって滅ぼされた『ユダヤ王国』の末裔、王族と2支族とが民族移動し、順次日本に到着したのだす。このとき渡来したのは王族のダビデ族、神官のレビ、支族のユダ族、ベニアミン族だす。なお王家ダビデ族とレビは神に仕える特別な役柄のため、支族には数えられません。

結論を言えば、古イスラエルを出自とする古いユダヤ人は、歴史的には3波に渡って民族移動とも言える大きな流れとなって、日本に渡来したのだす。

一口に渡来人と言っても、中国大陸の漢民族や朝鮮半島の民族もいるでしょう。南方の島々からの民族もおれば、我々のように西欧からの者もおります。しかし民の間では各地で民族が混ざり合っております。

古ユダヤ出身部族によっては、この国に来てから居住地や政策を巡る小競り合いがありましたが、平和を望む彼らは決して戦争はしなかったのだす。話し合いによって統治していました。古ユダヤの出自は一緒と考えても差し支えありません。

まとめて申せば、我々秦氏の出自は、渡来人の中でも古くは第2波の南ユダ王国の王族及び神官たち、さらに数百年後第3波の王族、レビ、支族も加わったものであります。先遣隊は海路で、民は大陸横断路を切り開きながら、はるばる旅してきたのだす」

真魚はあまりに壮大な話なので、少しめまいを感じた。秦氏はさらに続けた。

「我々には高度な技術を保持する、それぞれ専門の技術者集団がおりました。どこに移住しても快適に文化的な生活が送れるよう、絶えず技術の向上と訓練を怠りませんでした。中国大陸にいるころは、長大物の建築技術を持つ部族が、万里の長城の建設にも貢献しましたが、あまりに過酷な使役ゆえに、国を去ったとも伝わります。

また、この国に来てもさまざまな形でヤマト王権、大和朝廷の確立・建国と発展に寄与して来ました。特に、測量、地図づくり、大規模な土木、溜池、水利、干拓、道路づくり、町づくりなどは、基本的な技術として身につけていました。建築等の設計・施行・管理監督はしっかり行われました。また鉱山開発と運営、製鉄や鉄の道具づくり、水銀や朱砂鉱山の開発・採掘・精錬は粋を極めました。一方、稲作農業、蚕(かいこ)を使った絹の製糸、機織(はたおり)などは、我が民族が最も得意とするところであります。これらはまだこの国に高度な技術がないもので、帝(みかど)との間に技術の提供・協力の契約が結ばれています。

我々はこの国の発展のために技術を提供し、帝は我々に土地を与え庇護する、というものだす。この関係はすでに数百年を経ていますが、今日でもなお良好な関係にあります。

帝、ミカドとは、古ユダヤ一族のガド族から出た王とも伝わります。第２波が渡来してから、この国の古墳墓が仁徳天皇陵のように突然大規模化しているのはほんの一例だす。高度な稲作と絹の機織技術、製鉄はいまも我々一族が伝承・指導している技術だす。仁徳天皇陵は、ある壷の意匠だす」

秦保国は真魚の反応を見ながら、話を進めた。

「紀元前8世紀ごろ、第1波の古ユダヤの最初の先祖・先遣隊がこの国に入ったときは人数も少なく聖地とする海岸地帯や、山の上に住んでも目立たなかったので、我々の存在はさして問題にならなかったようだす。その後紀元前500年ころから第2波が流入し始めました。さらに西暦70年頃以降から、第3波が100年〜200年かけて、民族として数十万人の人たちが朝鮮半島経由で渡来するようになりました。

流入人口がこの国の人口に比べて膨大であったので、その結果住むところを分かち合わなければならなくなったのだす。また先に到着した部族も山の上から降り、平地に住むようになりました。平地に住まわせて貰う代わりに、稲作や絹織物等我々の高度な技術を各地で教えることになり申した。そしてしばらく平和な時代が続きました。

しかし今後子孫の人口が増えていけば、必ず争いが起こる。このことは我々が流浪の旅で学んだことだす。我々は、争うためにやって来たのではありません。争いは好まない。

この土地で、和を以って共に平和に暮らすことが、我々の目的であります。

古いユダヤの民は長い流浪の旅を続け、ついに辿り着いたのがこの国日本だす。この土地は昔から旧約聖書イザヤ書に記され、ユダヤの預言の言い伝えに残っています。神が示された『東の果て』『海沿いの国々』『東の島々の国』、『日のいずる彼方の国から救い主メシアが現われユダヤを救う』、『聖なる高い神の山』であると信じて、我々ははるばる数百年をかけてやって来たのだす」

驚くべき話だった。さらに秦保国の口から淡々と言葉が放たれた。

「いまから７３０年くらい前の西暦65年ころに、ユダヤ王国はローマ帝国によって攻められ存亡の危機に瀕しました。その時点で先遣隊が、国を逃れました。これが我々秦氏の祖先です。残された民の多くは部族ごとに国を離れ、その後１００年～２００年ぐらいかけて『東の島々の国』までたどり着き、第３波渡来人として方々に分散したのだす。

先遣隊の渡来過程は海路によりまずは台湾に、そして沖縄の南西諸島に渡って来ました。その後、八重山群島、久高島、沖縄本島特にセイファー御嶽（うたき）、那覇、伊平屋島などに住居地と聖地を設けながら北上しました。先遣隊はしばらくその地を基地として、さらに北方の島々を調べました。九州ヒラバイ山から船で右回りに四国との間へ、瀬戸内海に入り東進し、やがて島々が終わり大きな陸地が始まる場所まで来ました。先遣隊は淡路島に上陸し、神籠石（ひもろぎいし）を測量基点としました。

ある部族は淡路島の右側の大きな島・四国の山間地に国を作りました。祖先は新しい安住の地についに辿り着き、いったんそこに住み着いたのだす。

なぜ正面突き当たりの陸地・畿内に上陸しなかったかというと、鳴門の大渦に巻き込まれた船が何艘も出て、向こう側へ行けなかったこと。また畿内にはその当時長髄彦（ながすねひこ）という排他的な首領が率いる強大で好戦的な豪族がいて、上陸すると危険だと偵察隊が止めたようだす。

祖先の第３波先遣隊は、航海術、天文術に長けていたので、この国の地形の調査は正確に行われました。先遣隊はユダ一門のダビデの王族、貴族、預言者、神官レビ、お付きの者などでした。それ以外の庶民はみな徒歩で大陸を横切り、民族移動が早い支族でも50年以上かけて朝鮮半島の先端まで来たようだす。通って来たあとは『絹の道（シルクロード）』と言われるようになりました。我が民族が絹を日本にもたらし、また西域との商流をつくったのでした。奈良の都が『絹の道』の東の最終到達点と言われるのは、そういう歴史的な事実からだす。さまざまな文化がこの道を辿って、この国にもたらされたのだす。仏教が奈良に伝わったのも、『絹の道』の賜物だす。

移動の民は途中の大陸各地で、原住の民と融合した者もいたし、やむなくその地に留まった人々もいたことでしょう。しかし多くは民族として安住の地を求め、聖書に示された『東の島々の国』を目指し、決してあきらめずにここまで来たのだす。先に移動した北の十支族、南の二支族の末裔ともさまざまな地域で合流した形跡があります。

当時この地のヤマト王権は国としては未完成で、我々の技術のほうが上だったため、協力する余地があったのは幸せなことでした。この当時の日本は、弱小な多数の部族国が群居していました。『これらをひと思いに滅ぼし、新たに自分たちの国を建国してしまおう』という強硬な意見もあったようですが、ダビデ王族の平和を望む強い意志で、その意見は押さえこまれました。

我々は、この地に同化する方針を固めたのだす。我々はヤマト王権と協定を結び、新しい国大和朝廷の建国を支援しました。また土着の民と共存しながら、大きな争いを起こさず、各地に居住地を求め散って行ったのだす。各地ではすでにいた第1波、第2波の古ユダヤ人の末裔と出会いました。

その昔、国は戦争でなく話し合いによって分割、譲られました。これが後に『国譲り神話』になったのだす。その後平和裏に今日に至っています。

我々秦氏の初代は、秦河勝と言います。その秦河勝が頭脳集団として補佐した優秀な人材が、和を尊ぶ『厩戸皇子』だす。皇子の出自はユダヤ一門ではないかと言われておりますが、定かではありません。確かに厩で生まれた皇子という名は、我々には同じように厩でお生まれになったイエス・キリストを連想させます。

のちに聖徳太子と呼ばれた厩戸皇子は、我々渡来人を多数登用し、我々の祖先が伝えた新しい技術を積極的に活かして、政権運営を円滑に進め、大和朝廷は畿内に確固とした地位を築きあげました。我々は常に朝廷を補佐し共存しました。これが我々渡来人の歴史です」

真魚は秦氏の秘密に触れ、頭がぼーっとして来た。秦保国の興味深い言葉が続いた。

「秦という名前以外にも、日本現地で名前を変えた支族はたくさんいます。ハタ、ハダと発音が変わりませんが、羽田、波田、畑、機、波多、八田、更に変化して、矢田、半田、秦野、波多野、八幡、畠山、畑中、廣幡、畑川、福畑など、特に秦、勝、川勝、河勝などは祖の筋であります。この他にもたくさんの名前に変わったのだす。秦氏以外にも、違う渡来部族が、さまざまな名前で日本各地に溶け込み始めています」

ここで秦保国は、一端言葉を切った。秦保国は、真魚に向きなおった。

「さて、真魚どの、我々のことを充分ご理解いただけたと思いますので、ここからがあなたに関わる、大事なお願い事になります」

このとき18歳の天才真魚は、何が言いだされるのかと、ドキドキしながら秦氏の言葉を待った。

## 第7話　密約

秦保国は、自分たちの歴史と出自を真魚に説明した後、こう切り出した。

「さて、真魚はん、これからが貴公がかかわる重要な本題になります。これまで我が支族でも数百年かかりましたが、残念ながら我々はまだこの地の民族の中に、完全に溶け込んでいるとは言い難い状況だす。そのため、貴公にやってもらいたいことがあるのだす。言ってみれば仕上げのような仕事となります。今後この課題を実施して、その成果を報告していただきたいのだす。どんなに長い時間がかかってもよいから、必ずやり遂げてもらいたいと願っています。我々はそのための協力を、決して惜しみません」

ここで秦保国は何か書いてある紙を、机の上の文箱から取り出し、確認するように文を参照しながら、いぶかしげに聞き入る青年真魚に語った。

「いまから話すことは、若輩の貴公にはちと荷が重いと感じるかもしれないのですが、佐伯今毛人翁や和気清麻呂どのによれば、貴公は天才的な頭脳の持ち主であり、また行動力もあると聞く。事実貴公の言動を見れば、私もそう思う。貴公なら一生をかければ、決してできないことではない。奈良の高僧や長老ではなく、我々は若い優秀な人材を探していたのだす。ここに真魚どのという稀有なる逸材が見つかったので、さっそく本題を伝えたいと思うとります。
我々の願いを聞きいれて頂ければ、我々は生涯貴公を支援します」
秦保国は改まって言った。
「我々はこの国に同化したいと願っています。そのために、
・その縁となる宗教上の倫理観を作って、この国に定着させていただきたいのです。
・そのための橋渡しとなる、哲学的同化の教義を考え出してもらいたい。そなたが求める仏教の、新しい教学を確立してもらいたい。その際、仏教とキリスト教が同化できるか、可能性を研究してもらいたいのです。
・日本神道とユダヤ教の関りについて、ぜひ研究してください。
・キリスト教をこの国に広める余地があるか。あるならどのようにしたらよいかを、考えてもらいたいのです。
・関連して、我々の祖先のユダヤ教や、我々古ユダヤ人が信じる原始キリスト教など、西域からもたらされた宗教の流れを汲む新しい宗教が唐に拡がり、最近この国にも伝わりつつあります。すなわち、景教の状況について調べてもらいたい。景教は、この国で流行る余地があるか調査をしてほしいのです。
これらの調査・研究は、時間がかかってもかまいません。むろん数十年の時がかかるような課題でありましょうから、我々は急ぎません。経験深い高齢の高僧でなく、まだ若い貴公を選んだ理由

は、優秀で頭が柔らかく、一生を掛けて取り組んでもらうことになるためです。それでもよろしいでしょうか。その代わり、貴公のことは一族を挙げ、全力で支援します。

褒美は結果により、貴公が望むものを出させて頂こうと思うとります」

秦保国の話は、ここまでだった。真魚は驚いた。

（秦保国どのの話は、内容が重大だ。話がここまでまとまっているということは、よほど考え抜いてのことなのだろう。確かに、若い自分には荷が重く感じる。自分のような若輩者に、民族の将来をかけるこのようなことを依頼するとは、なんとも信じがたい話だ）

しかし、真魚は新しい宗教教学は、秦氏に指図されるまでもなく、自分が考えるべきことだと思った。秦氏から依頼という形で示されたことがなんとなく癪でもあり、ひっかかった。それでも、（この話は自分がこれからやろうとしていることと、方向性が同じだ。大きな目標に向かって孤軍奮闘するよりも、協力者がいるほうが目的を達成しやすくなる）真魚はしたたかにそう考えた。

そこで詳しく聞いてみた。

「仏教に限るのですか。それとも新しい宗教ということですか」

「こだわりません。この国にふさわしい教学を研究してもらいたいのだす」

秦保国は、付け加えた。

「真魚どの、新しい宗教教学の確立は、並み大抵の仕事ではないと思います。そこで支援者として、一門の学僧、勤操(ごんぞう)を紹介しましょう」

「えっ、大安寺の勤操様ですか。お言葉ですが、勤操様にはすでにいろいろご指導いただいております」

「おお、そうですか。いやはや、真魚どのはさすがでんな。ハッハッハッ」

秦氏が紹介しようとした僧が勤操だったので、真魚はその共時性にまた驚いた。

「彼は俗姓を秦と言い、我が一族の出身だす。一時彼にも依頼しましたが、三論宗の官僧であるがゆえに、新しい教学を起こすために自由に動けないと、活動を保留されているのだす」

空海がさらに驚いたことに、勤操の俗名は、秦だった。

（宗教教学を新しく確立するのは大変なことだが、勤操様が支援してくれるのは心強い）と真魚は考えた。そして秦保国に返事をした。

「保国どの、返事にしばし時間をいただきたい」

そう言って秦屋敷を辞した。そして真魚は、勤操を奈良の大安寺に訪ねた。

２人は改めて長い時間をかけ、新しい教学確立に関して議論を重ねた。勤操いわく、

「たしかに、この国の将来を考えた場合、唐からの直輸入の宗教でない、日本独自の思想や価値観を担う新しい宗教教学が必要になるときが来ると思う。古くからの日本神道がそれにふさわしいかもしれないし、強大化した南都勢力に対抗できる、新しい仏教宗門かもしれない。神仏習合がそれにふさわしいのかもしれない。いずれにせよ、新しい情報の収集と、それに基づく深い研究が必要だと思う」

この言葉が、真魚を動かした。しかし真魚は、秦氏にどうしても確かめたい疑問が生じた。真魚は、京・太秦に取って返した。戻った真魚は、秦保国に対し、

「新しい宗教、宗門を起こす。これは貧道の一生をかける課題です。貧道も日ごろからそう考えていました。面白いと思います。しかし失礼ながら率直に申し上げる。これから貧道が手がけることは、外国からの渡来人秦一族が、我が国に勢力を伸ばす手助けをすることになる。正直、あなたたちは本当にこの国に溶け込むのが目的なのか、侵略なのか？　とその一点が貧道の気がかりです」

そのとき秦氏の言葉は、

「真魚はん、よくぞ申された。正直なところ、我々はこの国に溶け込むことが、民族の戦略目標なのだす。民族の象徴の都東のエルサレム・平安京は、あなたの卓越した文化翻訳感覚のおかげで、見事に日本に溶け込むように出来上がりもうした。残るは心の問題だす。そのために日本になじむ共通の拠りどころとなる、新しい宗教教学がぜひとも必要なのだす」

「お言葉ですが、貴殿たちの行為は、この国への、物理的、精神的な蹂躙ではないのですか？」

「いいえ、そのようなことは決してござらん。この国の主権を尊重し、あくまで裏で支える日ごろの我々の在りよう、言動を見てもらえばご理解いただける筈ですじゃ」

「そうですか…なんとなくそういう感じがしたのですが…。では、これからも気をつけて見させてもらいますぞ」

（もしかすると溶け込むとは表向きで、この人たちは日本を征服することを本気で考えているのかもしれない。天皇や執政の座を奪うという形ではなく、民の心の誘導によって、この国を牛耳ることこそ、この人たちの戦略目標ではなかろうか。もしかすると、そういう人事はもう押さえているのかもしれない）

真魚の中にそれでも疑問は残った。真魚は考えに考えた。そのとき土佐の洞窟での、ふしぎな体験が脳裏に浮かんだ。

（よし、天の導きに従おう。多くの人に喜んでもらえる方に動くのだ）真魚は長考の末、決心した。そして真魚は秦氏と「秘密保持の契約」を結んだ。また取り組むべき「課題の覚書」を2通作り、拇印で捺印して1通を懐に入れた。

このように真魚は、秦氏と密約を交わした。このとき真魚18歳。大学1年生だった。

さらに真魚が、驚くことが待っていた。真魚は平安京都市設計の褒美として、秦氏の秘密結社の社中に迎え入れられたのだ。その秘密結社の名は、「山背派（やましろは）」と言った。結社の目標は、「山背に東のエルサレム・平安京を作ること」だった。噂では桓武天皇もその社中だという。もともと桓武天皇の父白壁王・光仁（こうにん）天皇は、秦氏の出身だった。真魚は知らず、知らずのうちに、その大きな流れの中に巻き込まれていたのだ。山背派はそのほかにも、渡来人がこの国に溶け込むことを支援する、極秘の活動をする謎の結社だった。

「この国に必要なものを人知れず差し出すというのも、骨の折れることですじゃ。ふっふっふっ」

そう言って秦保国は含み笑いした。

「真魚どの、この社中紋を刺しゅうした肩章を差し上げる。仲間のしるしゆえ、必要に応じこれを提示すれば、今後何かとお役に立つと思います」

その肩章は手のひらに入るほどの小さな旗だったが、絹のつやで輝いていた。その小さな旗の真ん中に刺しゅうされた山背派の紋章は、三角形を上下逆さまに組み合わせた、✡六芒星（ろくぼうせい）だった。

それをもらったとき、真魚は自分が気になることを聞いてみた。

「この肩章は、他にどういう人がつけていなさるのか?」

「そのうちおわかりになりはります。ハッハッハッ」

と、とぼけられてしまった。


こうして真魚は、人知れず秦氏と大課題の密約を交わし、仲間に組み込まれていった。

## 第8話　探索

延暦19年（西暦８００年）7月のこと。

空海は26歳で本格的な修行の旅に出た。この間に24歳で「三教指帰（さんごうしいき）」を書き直したのだが、延暦17年（７９８年）の資料以外記録がない。31歳で唐に渡る延暦24年（８０５年）までが、空海の「空白の7年ないし9年」と言われている。このころ空海はまだ無名の青年私度僧だった。記録がないのは当然だ。しかしそれは、むしろ記録に残せない隠密活動をしていたせいだ。

修行中に太秦（うずまさ）に呼ばれ、秦保国からやんわりした京言葉で、しかしきっちり催促された空海は疑問を持った。南都仏教の足跡をたどらずに新しい教学の確立を目指すことは、人から頼まれることではなく、自分の一生の課題として捉えなおさなければならないと考えたからだ。

空海はその疑問を解消するために、数年時間を取って勉強し直していた。自分の問題と考えられるようにするために、さっそく行動に移った。山に入り考えを整理しなおし、自分の課題にするのだ。そこでまずは準備のために古巣の奈良に向った。

そのときの奈良の都は、10年間に長岡京、平安京へと二度の遷都を経たにも拘らず、依然日本仏教界の中心地を自任するかのように、天を突く堂々とした甍が、その威容を誇っていた。

空海の都市設計の師匠、佐伯今毛人翁は10年前に71歳で故人となっていた。空海は一門の氏寺佐伯院で師匠の墓前に進み、この間の報告をし、これからの修行の旅路を守ってくれるように、恩人の精霊にお願いをした。

空海は佐伯院の自室に戻り、旅の支度をはじめた。この修行の旅路は長くなることが考えられた。空海はこの旅の供として、甥っ子の智泉（ちせん）を連れて行くことにした。姉の子智泉は空海に似て、利発な少年だ。俗姓は菅原、一説に阿刀姓と伝わる。9歳のときその才能を空海が見出し、讃岐から連れ出して勤操に預け、教育してもらった。智泉は元気者だ。くりくりとした目がかわいい。姉から

「一緒に連れて行って、旅で鍛えてほしい」との依頼があったこのとき、智泉は満年齢で12歳だった。

やがて旅支度を整えた空海と智泉は、新しい一歩を踏み出した。2人は暑い夏の畿内を後に、山に修行に出かけた。旅立ちに当たっては、秦氏から若干の支度金と路銀が出ていた。また経典の収集費、必要に応じて使う謝礼などの調査費も支援されていた。

空海の旅立ちの姿は、凛としていた。紀州の山をさまよっていたころのような、ぼろの衣はまとっていない。むしろ私度僧としては、きちんとした身なりであった。空海の編み笠正面には、真ん中に弥勒菩薩を表す梵字「ユ」が一字書いてあった。当時このような立ち姿の美しい私度僧は、あまり見かけなかった。

空海は必要最小限のものしか携行しなかった。まだ少年の智泉も一緒なので荒行をするつもりはなく、行く先々の寺の宿坊に厄介になるつもりなので、荷物は智泉と分けて背負ったが、山での修験者が背負う四角い箱笈(はこおい)が1つで、大して荷物らしい物はなかった。2人とも山の獣をよけるために、金属音がする釈杖をたずさえた。

身なりをしっかり整えたのには、それなりに訳があった。行く先々の寺で住職にきちんと対応してもらうためである。空海は持ち前の押しの強さで、どんなに大きな寺でも物おじすることなく入って行き、修行のためにと経典の開帳を願い、新しい経の発見に努めた。住職たちは面会を求める空海に会ってくれて、さまざまに有益な問答をしてくれた。お礼にと空海のしたためた書は、幼少の頃から父や叔父阿刀大足から手ほどきを受けたせいで、柳眉な書であった。

教養の高い住職たちは唐の習慣にならい、その書の人となりをもって、まだ若い空海をひとかどの人物として扱ってくれた。このとき空海は、紀州の山をさまよっていたころのような将来に対する迷いはなく、意気軒昂な人生の挑戦者に生まれ変わっていた。

大学については、平安京の設計に時間が取られて、また自身の志向性が、新しい教学の研究に変わってからは欠席が多くなり、ついには行かなくなってしまった。自ら確かめたわけではないが、とっくに学籍を失ってしまってもしかたがない状態で、すでに数年が経ってしまった。

それよりも空海は山中で修行し、新しい宗教教学を構想することに強く引かれた。こうして空海は、修行の旅に出た。このとき、供の智泉は少年だったが、言動はしっかりしていた。

「お師匠さま」

智泉はまだ弟子でもないのに空海をそう呼んだ。このとき、空海は弟子を取る身分資格ではなかった。智泉は、いまだに讃岐なまりが抜けない。

「これから、どなしよん？　どちらに行くのですか？」

「智泉よ、よいか、これから我々は大事な真理を探しに出かけるのだ。目的地は今のところない。故郷四国の山を巡り、経を読み、人に教えを乞うのだ」

空海は再び四国に渡ることにし、奈良を出発し、紀州・和歌山から船に乗り、阿国を目指した。

「智泉よ、まずは秦保国どのから聞いた、古ユダヤの人々が住んだという跡を確認しようと思う。阿国がその場所なら、何らかの証拠が残っているはずだ。民族的、人種的な特徴とか、遺跡、言い伝え、祭礼、民の歌などにその片鱗があるかもしれない。もちろん経典を寺で見せてもらうということが大事だ。山で修行を積んだ住職に、徳の高い人物がいると思う。教えを請いたい。また途中丹などの鉱物資源の調査もする。わかったね」

「はい、お師匠様。おもっしょいと思います」

智泉は素直に、この冒険のような旅を楽しんでいる様子だ。

「智泉、秦氏から聞いたが、いまより1000年以上前に渡来した人たちが、聖なる地とするにふさわしい場所の一つが山だとしたら、この辺で一番高い山だと思うのだよ。それに山の民の仙人じいさまから聞いた話も、鶴亀山に宝があるといううわさだ。そういう訳でまずは鶴亀山の周辺を巡ってみようと思う」

空海は智泉に訳を説明し、舟頭に頼んで阿国は阿波の吉野川河口に上陸した。空海たちはそこから鶴亀山に向かい、吉野川を遡行するように歩いた。道すがら人里があるとわざわざ集落に立ち寄っては、托鉢をお願いするように家々の門に立ち、勤操から教わった般若心経を唱えてから、そこの人々がどんな暮らし振りをしているのか、つぶさに観察した。

「智泉よ、よく観察するがよい、特に村人が話す言葉、顔つき、体つきなどをよく観るのだ。古いユダヤの血を引く大陸からの渡来人は、末裔にも人種的な特徴をそのまま残しているはずだ。骨格は完全に遺伝すると医学にも詳しい和気清麻呂師匠から聞いた。

西欧からの渡来人の特徴としては、鼻が細長く鷲鼻といわれるように中が高くなって曲がっている。目にはくぼみがあり、瓜実顔の細面で、顔全体に凹凸がある。顔色はどちらかというと色白であるが、白人のそれではなく、むしろ浅黒い印象を持つ民族の顔色が、正統の古ユダヤ民族の特徴と秦氏から聞いている。

これに対し日本土着の縄文人の特徴は、顔は丸顔でぼってりしており、頭はやや大きめ。目鼻の凹凸はあまりなく扁平顔、鼻はダンゴ鼻。唇は厚く眉が太くて濃い。顔色は黄色で毛深い印象がある」

人々の様子に注意しながら2人は四国の阿国を歩き回った。空海の観察では、吉野川の流域には所々、古ユダヤ人または大陸渡来人の印象を持つ人がいる集落があった。空海はそういう集落を見つけると、庄屋の家を訪ねた。

「ちとおじゃまいたす。貧道は畿内から来た修行中の一沙門です。この辺はどんな習慣があるのでしょうか。お祭りにはどんなことをなさるのですか？」

と聞き歩いた。特に祭りの習慣を聞くことを常とした。

そうこうして進むうちに、空海は鶴亀山の麓の村で興味深い情報を入手した。聞いたことを記録用に書きつけながら、空海が智泉に語った。

「智泉よ、今日訪ねた村では、祭りのときに白い神職の装いをした男たちが神輿を担ぎ、鶴亀山（つるぎさん）の山頂まで駆け上がるということだ。山頂では神輿を担いだまま歩きまわって、神事を行うというではないか。祭りとはいえ、標高が高い鶴亀山山頂まで、神輿を担いで駆け上がるというのは大変な苦労じゃろう。なぜそんなに急いで駆け上がる必要があるのか。智泉、これは何かを表していると思わないか。山頂では笹やぶをかき分け、高原を渡御するという。

あまり人に見られたくないのか。だから疾風の如く早く駆け登るのか。たとえば津波のような海水が上がってくるので、大切な宝物を急いで高い場所に移したことを、伝えようとしているのか。ここが面白いと思わないか智泉。なぜ男たちをそのような奇祭の行動に駆り立てるのか、たいそう興味深いものがある。この祭りは古ユダヤの民が四国に上陸して、聖なる鶴亀山に何か大事な宝を担ぎあげたときの再現ではないのか。この祭りは歴史の一齣を物語るものと思えないか。事実この祭りはおよそ1000年以上も昔から続いていたことになる」

ここは阿国の山深い天空の里、粗谷（いや）という村。空海は、村の庄屋からさらに詳しい話を聞いた。

「この祭りは昔から続いているもので、劔山本宮劔神社の例大祭として、毎年7月17日に行われますじゃ。山頂で神事を行った後、神輿は神職の衣装を着けた男たちにまた担がれて、麓の村まで降りて来ますじゃ。神輿を担ぐ男たちは口々に『えっさ、えっさ』『えんやらやー』という掛け声を懸けて村を練り歩くのですじゃ。なぜそうするのか、なぜそう叫ぶのか、その意味はと問われても、昔からそうしているとしか言いようがござらん。古くから伝わっている祭礼じゃで、そのいわれを詳しくわかる長老もすでにおりませなんだ」

粗谷村庄屋の話で空海が気になる点がもう1つあった。

「7月17日という日は、どこかで、何かが行われていたような…」

先に供の智泉が、気が付いて嬉しそうに叫んだ。

「ほんによん（本当に）、お師匠様、この日は八坂神社のお祭りです」

「うーむ、確かに同じ日に行われている。八坂神社の神輿渡御が行われる日だ」

空海も余りの符合に感心した。

「ここの祭りと、京の八坂神社の祭りには、何か共通する意味があるのだろうか」

空海と智泉は、庄屋にお礼を述べて、粗谷の村を離れた。空海の脳裏には謎が残った。そこで空海たちは、庄屋の話に出てきた劔山本宮劔神社に行ってみた。

劔山本宮劔神社は鶴亀山の山懐にあった。参道を奥まで行くと、拝殿の正面に社紋が掲げられていた。そのご神紋は、三つ葉葵の紋だった。紋に取り入れられている葉脈のような模様が印象的だった。宮司に話を聞こうとしたが、当時そこは兼任の社で宮司は不在だった。祭りのいわれと、鶴亀山と劔神社の文字の違いを聞きたかったがわからずじまいだった。

次に空海たちは、美馬（みま）の倭大国魂（やまとおおくにたま）神社に行った。四国の阿国に倭（やまと）という名が入っている神社があることが、気になったからだ。無人のその神社の神紋は見事な桐紋で、この紋にも葉脈があった。

神社を後にした空海たちは、次に鶴亀山のある粗谷村の奥に、栗枝渡（くりしと）神社を訪ねた。

「智泉よ、不思議なことにこの神社には、神社の象徴ともいえる鳥居がない。栗須渡（くりすと）神社と書くのが正式らしい。長老の話では、栗須渡とは遠くギリシャ国の言葉でイエス・キリスト、イエス王のことだという。神社の資料によれば紀元前４年、阿国から出発した３人の智者たちはエルサレムを訪れ、キリストの誕生を祝し、また阿国に帰って来たとある。

西欧の経文、聖書に登場する『東方の博士』とはこの人たちのことであるという伝えがあるのだよ。そして3博士たちは生涯をこの山頂で過ごし、死してのちこの栗須渡神社に祀られたというではないか。

いつか秦氏から聞いたことがあるが、彼らの尊崇するイエス・キリストの誕生は、通説であるキリスト誕生を紀元とする年ではなく、その4年前だったという言い伝えがある。これと符合しているのがとても興味深い。しかしこの四国の山奥の民が、どこでギリシャ国の言葉で王の意味がある、クリストを知ったのだろうか。栗須渡とは、偶然の日本語にしては、語呂が似過ぎている」

空海はふしぎな思いにとらわれた。それはまた新たな謎となった。

空海は、このあたりに伝わる謎が、どんどん深まっていく感じがした。

## 第9話　謎

空海と智泉は山麓の村でふしぎな情報を得て、その足で鶴亀山山頂を目指した。

「粗谷の村は広いぞ。山を登って行くと、山の上のほうまで集落がある。逆に上に行くに従って、家の数が多くなってまるで天空の村だ」

「お師匠様、さっきの集落の人々の顔立ちは、鷲鼻の人がよっけおったように見受けられました。いいかげん（たいそう）西域からの渡来人さんの影響を受けているかしゃん？（でしょうか？）」

　そんな話をしながら、やがて空海たちは鶴亀山系の稜線まで登り詰めた。鶴亀山は１９５５ｍの高さだが独立鋒ではなく、山の峰々が連なっていた。鶴亀山系の稜線に出て四方を眺めまわしたとき、空海は、（おやっ）と目を止めた。

「山の稜線を尾根伝いに脈々と道が続いておる。まるで天空の通路とでも言える山道だ。この山頂の稜線道は山の尾根を伝って縦横に走っているぞ。そうか山の上に道路があって、この辺の人たちはこの道を使って往来をしているのか。山の上に集落が多いのも頷ける。逆に山を降りると不便になるらしい。下に降りるほど人家が少ない。それにしても山の上の人たちは、食料や飲み水をどうしているのだろう」

　謎が解けると、また謎が生まれた。山頂に近づき高度があがると高山特有の森林限界となり、高い樹木は姿を消し、ミヤマクマザサの低い草原状になって、辺りは空が見え広々として来た。そしてついに、空海たちは鶴亀山の山頂に立った。山頂の宝蔵石から空海に向かって光がさしていた。

　空海にはその光は見えたが、智泉には見えないようだった。赤外線のようで、可視光線ではなかった。空海にそれが見えたのは、土佐のふしぎな体験が関係していた。空海の胎内に入った玉光と共鳴しているのかも知れない。その波動光は空海の来訪を喜んで、一瞬強さを増したようだった。空海は広々した山頂から、ゆっくり周りを眺め回した。山頂には、劔山神社奥の院の社があった。

「ここが、西欧からの渡来人たちが聖地として、何らかの重い意味を込めて崇拝した山なのか」

　空海ははるばる西欧からやって来た人々が山の頂に立ち、天を仰ぐ姿を思い描いた。その悠久の歴史を思い、感慨深いものを感じた。四国第二峰の鶴亀山は、富士山のような独立峰ではなかった。連山の一つであるため、太郎笈(たろうぎゅう)と別名で呼ばれる鶴亀山と、隣にある次郎笈(じろうぎゅう)がまるで対になっているような景色だった。その向こうにも一の森、二の森と脈々と山々が連なり、山の尾根には縦横に伸びる縦走路があった。その道はまるで「天空の回廊」のように見えた。

空海たちは鶴亀山の山頂付近をくまなく歩き回った。山頂下に鶴岩と亀岩があり、この山の名前に鶴と亀が入っている符合が気になった。さらに古ユダヤ人たちの残した聖なる遺跡か何かが残されているかもしれないと巨岩を昇り降りして探した。そして山頂から少し下った辺りに、泉が湧き出ている場所を見つけた。それは井戸というより、洞のような場所から清水がコンコンと湧き出ている。空海は、その泉をよく観察した。

「智泉よ、この泉はちとおかしい感じがするぞ。なぜなら山の頂にしては勇払する水量が一定しており、多量過ぎるからだ。たぶん山の内部に貯水する池でもあり、そこから大量の水が供給されているようだ」

土木工学や治水技術を、佐伯今毛人翁から学んだ空海は、この山の構造をそう看破したのだ。

「もしかすると、この山の頂き部分は、人工的に造営されたものかも知れないぞ。あるいは相当人手が入り、改造されたものなのか」

空海はそう直感した。そのとき、森の陰に空海達の様子を伺う人影が動いた。しかし泉に集中していた空海たちは、その影に気が付かなかった。

「この水を使って、山の上の民が生活していたことは、間違いない。さきほども山の稜線近くに所々溜池があった。ふむふむ……。水に関する謎は理解ができた。しかし食料はどうしているのだろう」

空海には新たな疑問が生まれた。夕暮れが近づいていた。西の方角が真っ赤に夕焼けして美しく輝いている。空海はその日は後ろ髪を引かれる思いでいったん下山した。空海たちは、劔山神社の近くの園福寺に一夜の宿を頼んだ。対応に出て来た住職は、

「いったいこの山奥で、何をされていらっしゃるのか?」

「はい、真理を求め、山野を跋渉いたし、修行に励んでおります」

「ほほう、感心なことじゃね。お気を付けなされませ」

と思わせぶりなことを言った。

(何に気を付けろ、ということなのだろう)

このとき空海は、その意味がわからなかった。

翌日空海たちが山中を歩くうち、食料に関する謎が解けた。鶴亀山から少し阿波よりの気延(きのべ)山の麓まで行って奥に分け入ったとき、山の中に平らな場所があった。

「智泉、すごい高原があるではないか。数千人が暮らせそうな、たくさんの集落がすっぽりと収まってしまいそうな広大な土地だ。ここで食料を生産しているのだ。智泉よ、見るがよい。多くの野菜が美味しそうに生産されている。こういう生産基地も、山の上にあったのだ。

畑以外にも森には木の実があり、獣が獲れる。焚き木にも困らない。縦横に張り巡らされた天空の道を使い、交易もしているようだ。海も近いから塩も得られる。山の上で何不自由なく生活が完結できるようになっているではないか。いつからこのような山上の暮らしがあったのだろうか。いまより1000年以上も前から、このような人々の暮らしがあったのだろうか。昔は平地に住む先住の民たちとうまく住み分けをして、そしてそれが西欧からの渡来人が住み着いた集落なら、このような人々の暮らしがあったなら、お互い平和に暮らしていたのであろうなぁ。古（いにしえ）（紀元前6〜7世紀）の、平和な山間社会が窺い知れる。

智泉よ、秦氏は、聖なる山の上に、大きな国と都があったと言っていた。この言葉通りだとするなら、阿国に残された数々の謎が、一本につながるような気がするのだが…」

四国の謎が次第に繋がって来た。

「四国には日本の歴史を覆すような謎が、そのまま謎として放置されているような気がする。しかし、後の世にこれらのことがまるで秘匿されるかのように、四国自体が世間からの耳目をそらすように仕向けられたのは、いったいなぜなのだろうか？」

空海にはそのことが、新たな謎として残った。

## 第10話　阿倭（あわ）

空海は、自分が生まれ育った四国や、阿国（阿波）にさらに深い関心を持った。

空海が次にしたことは、古ユダヤの民がここにいた痕跡をさらに詳しく調べ、その証拠を確認することだった。手がかりを探す途中で、さまざまな面白い情報にであった。

実家善通寺の紹介で、四国のことに詳しい郷土史研究家・清水善明（ぜんみょう）氏に案内を頼んだ。

清水善明氏は、郷土のことをよく研究された、初老の実直そうな物知りだった。空海は智泉を連れ、善明氏の案内で阿国の山奥のさらに奥、鶴亀山麓木屋平村（こやだいらむら）の山の上に住む、三木家を訪ねた。

「三木どの、おじゃまいたします。地元の清水善明様の案内で勉強させていただきます。よしなにお頼み申します」

空海は三木家の統領に挨拶した。清水氏の話では、

「三木家は阿国・忌部氏（いんべうじ）を出自としておられます。忌部氏は中臣（なかとみ）氏と共に、朝廷を司る重要な役に就く一族でございます。古くから、天皇家と縁が深い氏族であられました。三木家はここで麻を栽培され、麻から天皇の即位の儀大嘗祭（だいじょうさい）で使われる麁服（あらたえ）を織り、宮中に献上しているのです。麁服は皇位を継承する大嘗祭のとき、大嘗宮内陣の第一の神坐（かむくら）に供えられる重要なそなえ物であります。この麁服は、阿波国の三木家しか作ることを許されず、代々続いているのであります」

空海は三木家の統領に、失礼ながら出自のことを聞いた。

三木家の統領は、地域で信用のある清水善明氏が連れてきた空海が、人品骨柄卑しからぬ僧形であったので、いろいろ話をしてくれた。その中に重要な情報があった。統領いわく、

「三木一族は、忌部氏の祖先同様、大陸から渡来したと伝わっていますが、はっきりしたことは

わかりません。ただし阿波には大きな国がありました。そして他に移動したと伝わっています」

三木家には、代々口伝でそのように伝わっていると言う。空海はしばらく談笑した後、三木氏にお礼を言って山を辞した。

次に空海と智泉は、清水氏の案内で、鶴亀山山頂から北西方向4里（約15㎞）の美馬・穴吹にある磐境神明神社を訪ねた。清水氏によれば、

「この神社は白人神社の奥社、磐境神明神社と言います。ここには木製の社がありません。拝殿所は自然石を積み上げて、高さ4尺（1・2m）から6尺（1・8m）ほどの石垣で囲まれて作られています。石垣の幅は5尺（1・5m）から7尺（2・1m）もあります。

まるで大きな長方形の石棺のような形をしています。岩が積みあげられた祭壇には、五柱（柱は神の数え方）を祀る木製の小さな祠が乗っています。ここを管理する神職によれば、この自然石の神殿全体は、千年以上前（紀元前2世紀以前）に創られたと伝わっているということです。

御祭神は国常立尊またの名は素戔嗚尊、伊弉冉尊、天照大御神、豊秋津日売神、瓊瓊杵尊であるということです。神明神社の神明とは、天照大御神と豊受大御神のことです。

この神様は皇祖や、降臨したとされる天孫族ゆかりの五柱であります。このことは皇祖が古くから祀られている古い日本神道の形式が、四国の山奥にあるということであります」

（これはすごい。そのような古い時代から、四国・阿波に皇祖を祭る祭礼所があったのだ）

空海は驚嘆した。

（しかも、その祀りかたが、日本の神殿にみられる木製の社ではなく、自然の岩石を積み上げた大きな石棺のような構造だ。これはいったい何なのだ。どう理解すればよいのだろう）

「なお磐境（いわさか）とは、神のおわす国・神域・常世（とこよ）と、我々の住む国・現世（うつしよ）の端境（はざかい）のことです。その境を構成する岩や山を指します。自然に対する信仰は、日本の古い神道の様式でもあります」

清水善明氏の説明は続く。

「以前西欧からの渡来人で偉い司祭様が、ここを視察にお見えになったということです。この方は古いユダヤの神官の中でも、司祭を代々襲名する一族と聞いております。

その司祭様はここを管理している、武田家や神主の南郷家の長老から話を聞いたそうです。そして岩でできた拝殿所を詳しく見ておられたそうです。司祭様は社殿を囲む石積のようすを見て、次のように言い残したそうです。『私は古い立派な遺跡を幾つも見てきました。それらの遺跡は、石の表面をきれいに加工して積み上げています。しかしこの神社のように自然のままの荒い石を積み上げた祭壇の形式は、古いユダヤ教の神殿に見られます。ここはその特徴を持っています。この姿は、古ユダヤの神官たちが造った神殿を思わせます』

司祭は周囲を見て回られ、『もしここがそうであるなら…どこかこの近くに、消えたと聖書に記された、失われたアークが隠されているはずなのですが…』古ユダヤ渡来人の司祭様は、そう言いきったそうです。普通の神社は、木造の拝殿や神殿を想像します。

しかし、ここ磐境神明神社の神殿は、すべて自然石を積んだ青空天井の石造りの古い遺跡のような形なのです。ここに石を積み上げた、東西12間半（約22・5ｍ）、南北4間（約7・3ｍ）の長方形の礼拝所、磐境があります。その司祭様が言っていたそうですが、『ここは古ユダヤの移動式幕屋神殿、10間（18ｍ）×3間（5・4ｍ）がちょうどすっぽりと収まる大きさであることは、注目に値します』

さらに、司祭はこう言ったそうです。

『私はここを一目見て、古イスラエル王国の礼拝所かと思いました。この磐境は、古イスラエル王国にあった古ユダヤ教の礼拝所、アラッドと呼ばれる神殿に、瓜二つです。日本語のいわさかはもしかしてイヤーサカが変化した言葉かもしれません。古ヘブライ語でイヤーは神、サカは小屋。八坂神社と同じように、まさに神をあがめるための小屋、拝殿という意味になります。

そして、ここに積みあげられた石の台は、子羊などを燔祭で神に捧げた祭壇を思わせます。燔祭とは生贄の動物を祭壇上で焼いて、神にささげた祭りのことです。古ユダヤ教で最も古く、かつ重要とされた儀式です。礼拝所で礼拝する方向には、目の前に山があります。これも古ユダヤの伝統的な礼拝の方法と、全く同じです。

古イスラエル王国では、民は山に向かって神に祈りを捧げたのです。そして神からの救いを仰いだことがわかります。古ユダヤの礼拝所は、必ず山の側にあり、民はその山に向かって礼拝していたのです』司祭はそう話されたそうです」

清水氏の話がしだいに熱をおびてきた。

「たしかに司祭が仰るとおり、この神社は、神明山と呼ばれる山に向かっています。さらに驚くべきことに、１０００年以上前にこの礼拝所の祭壇を築いたといわれる75人の宮人の子孫が、磐境神明神社の氏子として、いまでもこの石積みの神社を守っているのです。この神社の名前からして白人（しらひと）神社という、いわれがありそうな神社の奥社であることが妙です。

白人とはこの75人の氏子たちから来ている名称かとも考えられます。彼らは身の神聖を保つために、汚れた仕事を生涯してはならないとされています。彼らは古イスラエル王国の礼拝を司っていた、神官の末裔と考えられます。神殿に仕えていた神官たちは、誠に高貴な人たちで、日本でいうならば神様・天皇・皇室にお仕えする人々のことです。

ちなみに75という数字は、大変興味深い共示性を持った数で、遠く離れた信州・諏訪大社の祭り御頭祭（おんとうさい）で、神に捧げられる鹿の数も、同じ75頭なのです。75という数は、彼らが聖なる地と崇めた諏訪・守谷山周辺に移り住んだユダヤの末裔に通じるものがあるということを、暗黙の内に物語っています。

諏訪・守屋山の麓にある元諏訪・御左口（ミシャグジ）神社も、西の守屋山に向って礼拝するように配されているということでした。ちなみに諏訪大社には、十間廊（じゅうけんろう）と呼ばれる建物があります。この大きさが古ユダヤの移動式幕屋神殿、10間（18ｍ）×３間（5・４ｍ）とまったく同じということです。この幕屋神殿がちょうど磐境にすっぽり入ってしまうのです」

空海はそのとき考えた。

（もし四国の山の中に、古ユダヤの神官の末裔がいたとしたなら、確かに神官しか取り扱うことを許されなかった古ユダヤの神宝も、この近辺まで持ち込まれ、隠されているということなのか。

このことは司祭の話からも充分思料される。

また古ユダヤの王族も、神官と共に四国まで来ていたということになる。神官のみが単独で、日本に来ることは考えにくい。なぜなら神宝の持ち主王族と神宝を擁護しながら、王族のお側仕えとしてどこまでも一緒に行動するのが神官のつとめであるからだ。すると古ユダヤ王族も、四国・阿波に着いて、ここに住んでいたということになるが…。それにしても、清水氏はよくご存じだ）

空海は感心した。謎が煮詰まって来た感じがした。

清水善明氏は次に空海と智泉を、穴吹の吉野川と支流貞光（さだみつ）川との合流地点にある鳥居に案内した。その鳥居の脇に立て札があり、鶴亀山登山道入口・古里鳥（こりとり）と書かれていた。

「空海どの、ここに古里鳥（こりとり）という言葉が残っています。この鳥居から始まる鶴亀山への登山道のことです。私は前から気になっていたこの言葉の意味を研究しました。そしてついに古ヘブライ語を理解する渡来人を探しだし、聞いたのです。その答えにたいへん興味がわきました。

古里ＫＯＲＩは古ユダヤの言葉ヘブライ語で「ふるさと」のことです。鳥ＴＯＲＩは「鳥居」のことで、入口を表しています。したがって、こりとり・ＫＯＲＩＴＯＲＩとは、「ふるさとへの入り口」を意味しています。「鶴亀山へ至る登山道が、ふるさとへの入り口」とはどういうことでしょうか。誰のふるさとなのでしょうか」

清水氏の説明は、佳境に入ったようすで楽しそうだった。清水氏の案内で空海と智泉の3人は、その標識で示された登山道をたどって、山に登って行った。すると、大きな通りから離れて山道に入る分かれ道にまた標識があった。そこには、垢離取(こりとり)と書かれている。

(おや？　垢離取(こりとり)の字が違う。これは水をかぶって神仏に祈願をするときの水垢離行(みずごりぎょう)の垢離だ。この近所に水垢離の行をする場所があるのか？　そこを単に「垢離取り」と呼んでいるのだろうか？)

このとき空海には、ＫＯＲＩＴＯＲＩ(古里鳥)(垢離取)という謎の言葉の意味が、少し見えてきたような感じがした。

「清水どの、貧道には古ユダヤの民が何か大切な物を鶴亀山に隠したので、こういう名前がその登山道に付けられたのではないかと思えてなりません。心のふるさとになるような大事なものとは、いったい何なのでしょうか？　また、水垢離をして神仏に祈願する場所とすれば、特別に何を祈る場所なのでしょうか？　あるいは、この場所に大切なものが隠されているのでしょうか？　このＫＯＲＩＴＯＲＩという言葉には、古ユダヤ民族からの、重大な謎かけがあるような気がします」

謎が謎を呼んでいた。さらに空海と智泉は、清水善明氏の案内で阿波国府・府中から、木延山に行き、麓にある八倉比売(やぐらひめ)神社を訪れた。清水氏いわく、

「ここはまたの名を、矢野神山(やのしんやま)とも呼ばれます。山全体が御神体とされているのです。矢野神山は、ヤーの神山(かみのやま)です。ヤー、またはヤハヴェは古ヘブライ語で神。神を祀る神の山と言っているの

です。空海どの、ここは公の地名にしては、実に大胆な名前と言えますね。古ヘブライ語を解する者は、その意味を酌んだことでしょう」

空海は驚かされた。が、境内にはさらに驚いたことがあった。清水氏が説明する。

「八倉比売神社のご祭神は、矢倉比賣（やぐらひめ）別名大日孁命（おおひるめのみこと）と伝わっています」

「なんとっ、そのお名前は…」

このとき空海は、大事なことが隠されている事実に気付いた。

（いかにも、このご祭神様のお名前は、天照大御神の別尊称ではないか。なぜ別尊称なのだ？
天照大御神は、天皇家の始祖。その大神を祀る神社が、四国の山の中にあるとはどういうことだ？
しかも古ユダヤ系渡来人の影が、色濃く残っている地域にあると言うことは…。古ユダヤ系渡来人は天皇家の出自に、関係が深いということではないのか？）

これはまた、深い謎である。

「清水善明どの、おかげで古ユダヤの血筋と、日本の天皇家の血筋が、ここ四国で近い関係にあったことを伺わせるような情報がたくさん得られました。まことに感謝です。

三木家の大嘗祭のための麁服献上といい、阿波に大きな国があった、そして移動して行ったという口伝、天照大御神・瓊瓊杵尊など皇祖と天孫を祀る古ユダヤの礼拝所のような磐境神明神社といい、こりとり（ふるさとへの入り口）の道の存在、全山をご神体として皇祖天照大御神を、しかも名前を変えて密やかに祀っている矢野神山といい、阿国は格式の高い土地であったに違いないと思料いたすに充分な手がかりです。よい勉強をさせていただきました。誠にありがとうございます」と空海は清水善明氏に礼を言い、さらに自分の考えを伝えた。

「清水どの、貧道はやはり何らかの理由で、それらの真相がわざわざ覆い隠されているのではないか、と考えたくなります。阿という文字も最初の文字、始まりという意味が込められていると思います。密教では、阿は宇宙の真理、大本、始まりを意味します。『阿国は始まりの国』なんとそのものの名前と意味ではないか、と感心さえします。阿国・阿州・阿波という名前自体が暗号になっているのではないでしょうか。そう思えてもふしぎでない古の先達からの秘伝とも取れます」

空海は、美馬の倭大国魂神社のことを思い出した。

「もし仮に阿波のわが、倭の国の倭という字だったら、面白い意味になります。阿倭、倭はヤマトとも読みます。つまり最初の倭ということは、倭の国が阿倭（阿波）だったということなのでしょうか。はははっ。いや失礼、笑い事ではありませんな。ヤマトはおそらく畿内にできた国が阿波の倭と違うという意味も込めて、大きな倭、つまり大倭で、それが大倭と発音するようになった。やがて当て字が大和に変化し、それを単にヤマトと読むようになった。そう考えられないでしょうか。

大和をいきなりヤマトと読むのは無理があります。その阿国が、天皇家と深いつながりがあるようです。しかし、これらはいわば推察であり、状況証拠のようなもので、決定的な物的証拠はまだ出ていません。しかも何らかの理由で、いまはわざと隠されてしまっているようです」

「むむ。空海どの、確かに…他にも磐境のような石造りの礼拝所や巨岩を立てた象徴、大きな古墳などが、この辺りからたくさん発見されています。空海どの、四国には謎がちりばめられていますな。先ほどの話に加え…古ユダヤ・ダビデ王家が四国の山に来て住んでいたらしき痕跡。これらを大胆に結び仮説を立てると、天皇家は古ユダヤ王家と関係が深い、そして、四国から他に移動したということになります…これはひょっとして…うーむ」

清水善明氏と空海は、故郷四国の山の中で、そう会話を交わしながら唸っていた。

「阿倭（あわ）」の名前の秘密は、「阿波おどり」の名と所作の中に、民が力強く刻み残し、伝承しているのかもしれない。

「阿波おどり」の組「連（れん）」は、部族ごとに一団となって「東の島々の聖なる最初の国阿倭（あわ）」に次々と到着したときの喜びを表現していると見ると、この伝統ある踊りはなにか意味深なことを伝えているようにも思える。

もしそのようなことがこの踊りに隠されているとしたら、民の表現力、伝承力に脱帽せざるを得ない。

四国・阿波には、真相がさまざまな謎に彩られ、輝いたまま残されている。

# 第3章　鶴亀山（つるぎさん）

## 第11話　神宝

空海と智泉は阿国の秘密に接し、鶴亀山の重要性にますます注目するようになった。もう一度鶴亀山に登り、確かめたくなった。そこで2人はコリトリから登山道を辿り、古ユダヤの人々が聖地とする山頂を目指した。

そのとき空海は、後ろを何者かがつけていることに気が付いた。その黒い人影は、確かに山の入り口から見え隠れしてついてきている。空海たちが休憩を取ると、追い抜くでもなく森に消える。しばらく歩くと、また見え隠れしてついてくる。自分たちを見張っていることは確かだと、空海は確信した。しかし空海たちが以前見つけた泉に着き、その周辺を詳しく調べ始めたとき、その黒い人影は突然空海たちの前に現われた。星河だった。

「空海どの、これ以上は動かんことだ。秦首領からそう伝えるように言われておる」

「どういうことですか？」

「俺にはその訳はわからん。秦首領からは貴殿たちが聖域に入るようなら止めろと言われている」

「うむ、そうか。そうであるなら、秦保国どのに聞いてみなければ、これ以上は先には進まないな」

空海は乗りかかった舟、真相をとことん知りたいと思った。そこで空海は智泉と共に京に向った。星河は相変わらず、ヒタヒタと音も立てずについてくる。しかし星河に付きまとわれ、思うように動けないのは、何とも癪に障った。

空海は、この際秦保国にははっきり言いたいことも、聞きたいこともたくさんあった。秦保国とは、空海が平安京を設計し終わったとき、密約を交わした。そのときは、新しい宗教教学の研究を依頼された。協力関係になったからには、自由にやらせて欲しかった。秦保国は、勢い込んで入ってきた空海たちを、太秦（うずまさ）屋敷の奥座敷に迎えた。

「やあ、空海どの、お元気そうで…」

「秦どの、鶴亀山中で星河がこれ以上近ずくな、と言っていたが、いったいあの山には何があるのですか。何か、私に話せないことがおありのようですね。それは、古ユダヤの宝のことではないのですか？」

空海は、無沙汰の挨拶もそっちのけで、勢い込んで聞いた。

「まあ、まあ、そう急きなさるな。こんなことはめずらしいな。空海どの、話し合おう」

年上の秦保国が制した。空海はいったん茶を含み、外の景色を見て深呼吸し気を落ち着かせた。

「この間、阿国の山の中でさまざまな情報を得ました。新しい経典や教学のことよりも、古ユダヤの痕跡をたどる内に、そちらの情報が濃くなって行きました。それは、古ユダヤの宝が、阿国に隠されている。それもどうやら、鶴亀山が怪しいという話です」

「うむ、星河の報告にもあった。それで貴殿は、その宝を探し始めたというわけでんな」

「いかにも」

「そうですか。星河の報告で、貴殿が会った人や、訪ねたりした場所のことを聞くにつけ、かなり核心に近づいている、ということがわかってきました。放っておくと、何をされるかわからない状況になりつつあり、どうしようかと考えていた。かくなるうえは、ここでそういう活動を一切やめるか、もしくは、我々に協力するか、決めていただかないといけない。勝手に動くと、敵対することになってしまう。どうなされますか。空海どの」

そう言って秦保国は、空海の目を真っ直ぐに見入った。周りの空気が凛と張りつめた。保国の眼差しには、強い意志が見えた。冷たい沈黙が２人の間に流れた。やがて空海が意を決した。

「わかりました。協力しましょう。ただし、必要な情報は、包み隠さず教えていただきたい」

「我々のことを全て知ると、とんでもないことに巻き込まれるが、それでもよろしおますか？」

「この流れでは、それをも楽しむしかないであろう」

「承知した。そうとなれば協力いただく上で、知っておいたほうがよろしことをお話しいたしまひょ。すでに貴殿とは秘密保持契約を交わしている。これから話すことは、すべて秘密事項だす。口外しないようにお頼み申す」

このとき秦保国から、古ユダヤの神宝、契約の箱について、詳しい説明があった。

「空海どのには、以前我々の出自をお話したときに、古ユダヤの神宝を入れた契約の箱が、どこかに消えてしまったということを、お伝えしました。我々の聖書の中に、モーセが契約の箱について語った言葉が残されておます」

秦氏が空海に語ったこのときは、延暦19年（西暦８００年）だったから、現代に直すと、旧約聖書に記述されたのは今から約３０００年前で、日本では縄文時代になる。

「聖書の記述を紹介します。『神殿の幕屋の形と、幕屋で使われる全ての用具の形を、私があなたに示すのと全く同じに作らなくてはならない。まずアカシア材の箱を作らなければならない。

長さは2キュビト半、幅は1キュビト半、高さも1キュビト半である』（旧約聖書出エジプト記25章9、10節）」「キュビトとは長さの単位で、1キュビトは約45㎝と言われています。この尺に当てはめてみると、長さ約１１３㎝、幅約68㎝、高さも同じ約68㎝の、長方体の箱ということになるのだす。この場合のアカシア材は、砂漠に生える砂漠アカシアのことで、我々が日本で見るアカシアとは異なります。砂漠アカシアは棘を持っているのだす。しかし、その皮を剥いだとき、硬質の白い木材を得ることができるのだす。『これに純金を被せる。それはその外側と、内側に被せなければならない。その周りには、金の飾り縁を作る』（同25章11）

『箱のために、四つの金の環を鋳造し、それをその4隅の基部に取り付ける。一方の側に二つの環を、他の側に二つの環を取り付ける。アカシア材で棒を作り、これを金で被せる。その棒は箱を担ぐために、箱の両側にある環に通す』（同25章12・13・14）

『棒は箱の環に、差し込んだままにしなければならない。抜いてはならない。

私が与える、さとしをその箱の中に納める。また純金の贖（あがな）いのふたを作る。長さは2キュビト半、幅1キュビト半』（同章15・16・17）。

これが、モーセが聖書の中で示した、契約の箱の外観でありんす。その中には神自身が、私が与える聡（さとし）と申された、十戒（じゅっかい）が刻まれた石板が、2枚入れられておました。他に、マナという小麦の焼き菓子のような食べ物を入れた壺と、アロンの杖が入れられていたのどす。

アロンは、モーゼの兄の名だす。契約の箱の上には、箱とほぼ同じ大きさの贖いのふたが置かれておます。ふたの上には、2つの金で打ち出されたケルビムが、羽を広げ、向かい合わせに置かれていたのどす。この契約の箱を、神から触ることを許された、唯一の一門レビの神官たちが担ぎ、『エンヤーレル・ヤー』『エンヤーラ・ヤー』（神様万歳／我は神を誉めたたえまつらん）と、喜びの声を上げながら運ぶのどす。その言葉は古いユダヤの言葉が伝わり、日本語らしく変化したものだす。

ケルビムはいわゆる天使どす。2人の天使ケルビムが向かい合い、羽を前方に広げ合わせて4枚の羽根で何かを覆い隠すように立て膝で鎮座しておます。天使は頭を垂れ、何かを購っているようにも見えるのどす。

日本では、神輿が祭りのとき担がれて街中をねり歩きますが、この神輿の原型が古ユダヤの契約の箱だと考えられます。みこしとは箱の意味です。屋根には鳳凰が乗っておます。神輿には担ぐための棒が組まれ、保管するときは棒を外さずそのまま仕舞いもす。両側に二つの環が付いておます。ケルビムは天使だすが、日本には天使という概念がないため想像がつかず、いつの間にか中国から伝わった鳳凰が使われるようになったのどす。

鳳凰は龍と同様想像上の動物で、最も貴い鳥といわれているのだす」

空海は考えた。

（このように神輿に天使を無理強いせず、東洋色を全面に出したのは、古ユダヤ色を消してその国に同化しようという意思の表れだろう。聖徳太子のときに、この同化政策が取られ、積極的にこの国との同期が図られたと聞く。奈良時代、聖徳太子によって改新が行われた。そこに古ユダヤ系渡来人が、応援の手を差し伸べたという。お互いが協力して、住みやすい国を造ったのであろう。『和を持って尊しとす』の聖徳太子の言葉が、秦氏が言っていた、我々の目標はこの国に溶け込んで暮らすことだと、侵略でなく同化だという言葉とが重なる気がするが…）

秦氏の説明で、空海は契約の箱の印象が掴めた。

（なるほど契約の箱の外観は、日本の神輿に良く似ている。いや、神輿が後から契約の箱を手本として、似せて作られたのだろう。人々が神輿を担いで街中を練り歩くという祭りの習慣は、古ユダヤと日本にしかない共通項だという。しかも担ぎ手が発する掛け声は、日本語では意味を成さない。『エンヤーラ・ヤー』（神様万歳／我は神を褒め称えまつらん）古ユダヤの言葉ヘブライ語で解釈すると、意味が通じる言葉だというのか）

空海は、とんでもないことを知ってしまった。契約の箱の概要がわかった。鶴亀山に隠されているのではないか、と思われる状況証拠も地元から次々に発見された。

「お師匠様、私はなんだかおとろっしゃー（怖い）、おんかれぬ（おこられない）ようにせんと」

「秦氏も警戒して、鶴亀山の聖域と呼ばれる地域に入ると、警告がある。場合によっては行動を阻止にかかるのだろう。どんな防御態勢を敷いているのだろうか。これからは注意して取り組まなくてはなるまいな」

空海は、山に思いを巡らせた。（しかし、これはますます面白い。神宝が鶴亀山のどこにあるのか、早く行って確かめたくなってきた）空海は、鶴亀山に魅かれる思いを、いよいよ強くするのだった。

このとき空海27歳、智泉は13歳だった。

## 第12話　鶴亀山

延暦20年（西暦８０１年）の盛夏。平安京の盆地は、うだるような暑さだった。

空海と供の智泉は、秦屋敷で山岳探索用に衣服など支度を整え直し、太秦から四国に向った。目的は、秦氏に許可を得たので、鶴亀山に眠る、古ユダヤの神宝を見つけることだ。

2人は鶴亀山の8合目あたりにある園福寺の宿坊に泊めてもらい、そこから何度も鶴亀山山頂に登った。本格的に神宝を探し始めた。捜索は前回聖域とされ、追い払われた場所から上を中心に行われた。ともかく現地に何度も足を運び、地理に精通した。園福寺の住職は、空海たちが何度も鶴亀山に登るので、ふしぎそうに見ていた。

「御苦労さんなことですなぁ。ふっ　ふっ　ふっ」

老僧のその笑い方は、ちょっと不気味だった。

「貴僧の名はなんという？」

「空海と申します」

「空海どの、面白い人間が遊びに来ているので、紹介しよう」

ある日不意に声をかけてきた老僧は、神職の服を着た見知らぬ人を連れていた。

「こちらは藤谷富清（ふじたにふしょう）どのじゃ。剣山神社の神事を司っていなさる。何でも聞くがよい」

「おうそうですか。藤谷どの、よろしくお願いいたします。さっそくで恐縮ですが、前から聞きたかったことがあるのです。剣山神社とこの山の鶴亀山とはどのような関係があるのですか？」

「うむ、確かに鶴亀山は昔から鶴と亀の山と呼ばれていました。剣山神社はお祀りするご神体の一つが剣というういわれもあり、そう呼ばれると聞いています」

「なるほど刀がご神体として祀られているのですか。それで剣山神社」

「そのように聞いております」

「神事で山の上に神輿を担ぎ上げるということですが、何かそのいわれはあるのですか？」

「いや特にございません。古くからそうする習わしです」

空海はなんとなくわかったような、腑に落ちないような、藤谷氏のそっけない対応にちょっと不満が残った。空海と智泉は藤谷氏からしばしこの辺の逸話を聞いたり、雑談を交わしたりした。

２人は藤谷氏と住職に挨拶して分れ、剣山の山頂を目指した。鶴亀山山頂付近は高い木が消え、なだらかな下草の高原状になり、頂上がたおやかな椀状になっている。山頂に土俵のような丸い〆縄を張った塚があった。空海は秦氏から丸い石組は古ユダヤの聖なる場所だと、聞いたことがあった。

頂上に神宝を象徴するかのような、宝蔵石と呼ばれる奇岩が祀られていた。鶴亀山には巨岩が多い、空海はほとんど垂直のような崖をよじ登り、降りては洞窟を探した。しかし、古ユダヤの契約の箱は、その在り処が入口さえ杳（よう）としてわからなかった。

そのとき、空海たちの後をつけてくる怪しげな人影がいた。木立に隠れ少しずつ歩を近づけてくる。空海たちはその陰に気が付かなかった。空海は、山頂の下のほうにある、鶴岩、亀岩と呼ばれる巨岩に再び注目した。

「この岩は明らかに鶴と亀に見えるぞ。昔からあった巨石を基に使い、人の手が加わったように見える。自然の巨岩が自ら鶴と亀に成長するはずがない。誰がこのようにしたのだろうか？　鶴と亀は何を意味しているのか？　何の目的でこの巨大な岩蔵を祀ったのだろう？　もしかしたらこの下に地下要塞のような、古ユダヤの民が築いた人工の施設があるのではなかろうか？」

そんなことを考えながら空海は山頂の周りを巡り、少しずつ下にずれて山を螺旋状に降りて行った。前回見た泉が沸き出る地点は、山頂から百間（約２００ｍ）ほど下がったところだ。

「智泉、よしこの高さを維持しながら、山の周りをぐるりと回ってみるぞ」

すると、同じ高さのあちこちから、清水が岩の割れ目などを伝って滲み出しているのを智泉が見つけた。智泉が嬉しそうに、空海に告げた。

「お師匠様、泉がまるで鉢巻のように、ぐるりと山のあちこちから湧き出ています」

「この辺りがますます怪しい。うーむ、どうやら山頂部直下のこの辺りは、中が空洞になっているようだ。山の中に溜池があるかもしれない。そうでなければこの現象が理解できない」

そんな風に、空海は土木工学から学んだ知識を総動員して、その内部構造と溜池の姿を推測した。

「智泉よ、山の上に高さ百間（約２００ｍ）の巨大なお椀が伏せて乗っておるとしたらどうだろう。むろん洞窟状になっていようが、その中心は空間ないし水が貯まり、池となりうるだけの盆状になっているはずだ。全体が人工物とすると夥しい土石を山頂まで担ぎあげなければならない。強度の問題もあるので、昔の土木技術ではかなり非現実的だ。それは自然の鍾乳洞なのか。ともあれ、山頂から百間ほど下の山の中心に何かがある。これは私の勘だが、今毛人師匠から学んだ土木学の知識からするとそんな感じがする」

空海はさらに山の周りを、丹念に釈杖を突きながらめぐってみた。

「おやっ。智泉ここを見ろ、一ヵ所、岩の壁と思った崖に、釈杖がズボッと入ってしまう場所があるぞ。ここからはまるで井戸を掘り当てたように、中から水がコンコンと湧き出て来る」

空海は（入口はここだ）と直感し、さらに釈杖で壁の穴を拡げた。智泉も汗をかきながら土石をどかした。その土の中から赤い波動光が、わずかに照射されてくるのが空海には感じられた。鉄製の釈杖がしなうほどだったが、かなり大きな横穴を奥までうがった。釈杖で突くごとに、水が勢いよく噴出してくる。しばらくすると、ゴゴゴゴゴゴゴッという地鳴りがして大音響と共に、突然穴の中から大量の泥石が押し出されて来た。

「おっ、あぶない。智泉、逃げろっ」

空海は智泉を気にしながら思わず後に飛びのいた。間髪を入れずに土石と一緒に大量の泥水が、ドオ――――ッと音を立てて流れ出して来た。

「あっ」

なんと智泉が土石流に呑み込まれ、山の下の方に押し流されて行ってしまった。

「ヒャー　お師匠さまー、助けてつかーー」

智泉は泣きながら、空海に助けを求めた。空海はあわてて智泉のところまで山を駆け下り、手を伸ばして、がっちりと腕をつかんだ。

「ああ、よかった。助かった。お師匠様、ありがとうございます。体が、わやくちゃになってもうた」
智泉の顔は青ざめていた。さらに泥水は智泉のすぐそばを、まるで堰を切ったように、ドドドドドドドーッと山の中から水が流れ出て来た。すごく早い、勢いある大量の土石流だった。その水流の勢いで岩石がゴロゴロ転がり出し、穴はうがたれて次第に大きくなり、しまいには小さな洞穴状になってしまった。ものすごい量の水流は小一時続いた。

空海が観察していると漸時水の勢いが下がり、水量が徐々に少なくなってきていた。中に溜まった水が、あらかた流れ出たものと思われた。

しかしその日に水は無くならず、小川となって依然として流れていた。鶴亀山に夜の帳（とばり）が訪れた。

「智泉、よいか。今夜はここで野宿だぞ。大丈夫か」

「はい。お師匠様、大丈夫です。濡れた着物も着替えましたけん」

空海と智泉は小川の傍で夜を過ごした。夏の鶴亀山天空には満月があった。月と満天の星、天の川の光が、やさしく空海と智泉を包んだ。しかし、隣の森から謎の人影が2人の動きを見張っていた。

夏の早い夜明けが来た。旭日が一瞬で闇を貫き、東方の伊勢神宮を照らし、高野の山の上を通過した。やがて鶴亀山に一直線に当たって山頂を赤く染めた。暖かい光が、うとうとする空海たちを照り起こした。空海は、ハッと立ちあがり、思い切り伸びをした。

「うーん」

新鮮な山の空気を胸一杯に吸い込んだ。ふたたび元気が湧いて来た。

空海と智泉は、鶴亀山山頂付近からご来光を参拝した。

「大日如来様、貧道はこれから神宝を捜し当てます。どうか如来の法力をもってご加護ください」

空海は太陽・大日如来に祈念した。空海はそれから洞窟のようになった水路の中を見た。ちょろちょろとした流れはあったが、中を覗くと、人がやっと1人這って入れるだけの空間が穿たれた状態になっていた。

「水は引いておる。よし、智泉はここに留まれ。洞窟の入り口を枝葉でふさぎ、だれか来ても見つからないようにするのだぞ」

空海は智泉にそう言い渡し、迷わず洞窟の中に入って行った。まるで見えない波動に導かれるようであった。

「お師匠さま、気を付けて行ってつか̇ー̇」

智泉は不安げに空海を見送った。空海はまるで何かに呼ばれて吸い込まれるように、自然に洞内に入った。が、暗くて何も見えない。空海は参拝の時に使う燈明用のろうそくをたくさん持っていたことを思い出した。入口まで戻り、袈裟からろうそくを出して灯かりをともし掲げた。再び中に入り、しばらく狭い洞窟を這うようにして進んだ。十間（約18ｍ）ほど進むと、正面に壁があった。足で押すと、突然ボコッと穴が広がり、目の前に空間ができた。眼下には穴すれすれに水面が広がっていた。どうやら空海は、池を支える壁の横腹から、唐突に洞窟の内側に顔を出したような格好になった。空海が辺りを見回すと天井がお椀状に高く、その下には洋洋たる池があった。空海の想像をはるかに超えた大きさだった。それ以上前に進むためには、池に入らないと身動きが取れない。

空海は何かここの主の気持ちを思い、御魂（みたま）を荒立てないように静静と水に入った。池は深く、水は夏というのに冷たかった。池の深さは、空海が首まで水に浸かりようやく背が立つくらい深かった。池の壁は、つい昨日まで水が貯まっていたと思われる水位まで濡れて光っていた。そこは水面から一間強（約2ｍ）ほどの高さだった。

（あれだけの水量が流れ出したということは、この奥は暗くて良く見えないが、相当広い貯水池になっておるに違いない）

所々で清水が上の岩の割れ目からしみ出して、この秘密の貯水池に命の水を貯め込んでいるのが見えた。空海はほのかに、赤い波動光が奥の鍾乳洞の方から来ているのを感じた。

（うーむ、土石が流れ出したのは、この内部貯水池の横の壁からだ。貧道が穿ったために、薄くなった壁の一部が水圧で崩壊したのだな）

空海は納得した。空海は頭上にろうそくを掲げ、水の中をそろそろと池の奥へと進んだ。池は徐々に浅くなっていき、水から上がるころには、前方に微かに新たな洞穴の入り口が見え出した。それは天然の鍾乳洞だった。少し登り坂で足元が滑って危なかったのだが、空海は臆することなく鍾乳洞の奥へと入って行った。そこに大きな岩があった。その岩の形を見て空海は思わずうなった。

「うむ。なんとこの岩は球体をしている。直径一間（2ｍ弱）程の岩が球体をしている。明らかに人の手により作られたものだ。今にも転がり出しそうだ。いったい何に使うのだろう」

球体の岩は、坂の途中、危うい場所にかろうじて止まっているような格好だった。岩の下をよく見ると、潰された白骨があった。（おおっ。無残だ）

そのとき、音もなく大岩が空海へ向け転がって来た。

「うわーっ」

空海は危うくよけた。球体の大岩はドスンと壁にぶつかって止まった。

「ふうー、助かった。危うく潰されるところだった。これはすごい仕掛けだ、気をつけねば」

空海は、気を取り直し、奥へと進んだ。

しばらく進むと、ろうそくがゆらゆらと揺れ出した。

（奥から空気の流れがあるらしい）

空海はその空気の流れを、肌で感じながら、さらに奥へと進んだ。しかしその鍾乳洞は行き止まりだった。上のほうに小さな穴があるだけだった。空海はまたもとの池の側に戻った。よく見ると奥のほうには他に五つの鍾乳洞が口をあけていた。

どこに進めばよいか。空海は迷った。しばらく迷ったが、仕方なく一番右の鍾乳洞から入って行った。しばらく進んだがこれも行きどまりだった。二つ目も行きどまりだ。三つ目も同じように行きどまりだったが少し広くなった空間をろうそくで照らして空海はぞっとした。

「ややッ、あれは…。人の骨や即身仏ではないか。それもおびただしい数だ。数十、いや百体位ある。

いったいこの洞で何があったのだろう」

空海は勇気をふるい立たせ、その人骨や即身仏の近くに行き、よく観察した。

「なるほど、きれいに並べられている。これらの人々は働き手だ。この洞を作り、さっきの球体の岩石の罠を作り、そして神宝を隠す工事をした人々に違いない。かわいそうに最後は口封じのために抹殺され、皆ここに葬り去られたのだろう。

そうだとすると、古ユダヤの王族は結構残忍なことをするとも考えられる。大事な神宝を守るためにやむを得なかったのか？　それとも皆喜んで殉死したのか？　神宝はこの場で100人以上の人命を犠牲にするほど、それほどまでに価値があるものなのだ。もっとも神宝が古ユダヤ王国からはるばる運ばれて来たのなら、それにも増す多くの人命や財産が途中で捧げられたことであろう。

うーむ」

空海はその洞でしばらく手を合わせ、しゃれこうべや即身仏になった大勢の人々の冥福を祈った。

空海は元の場所に戻り、四つ目の洞窟に期待して入った。行きどまりだった。

最後の一番左の鍾乳洞は入口が狭く、一番それらしくなかった。そのとき奥のほうからかすかに赤い弱い光のような波動がやってきているのを空海は感じた。その波動の感覚を追っていくと、鍾乳洞の入り口から奥へ進むことができた。目が少しずつ暗闇に慣れていった。鍾乳洞は少し広くなった。すると、鍾乳洞の奥のほうに、微かにボーッと白く浮かび上がるものが、あるではないか。

「何だろう、あれは」

その白いものにゆっくり近づくと、小部屋のような洞窟空間に入った。

「どうやら、ここが行き止まりらしい」

斜め上のほうには、小さな穴が作られていた。さっきから感じる空気の流れは、ここから来ているようだ。上から光が少し指し込んできている。穴は途中で何度も曲がっているのか、相当長いために、光が真っ直ぐには届かない構造になっているようだった。

「なるほど、この空気によって湿気が適度に調整されておったのだ。よく考えて作ってあるぞ」

空気用の洞窟の奥には、さらに小さな洞窟空間があった。空海は奥へと進んだ。

「ややっ、箱がある」

その洞窟空間には岩の壇が設けられていた。壇の上には横に長い、大きな長方体の物体があった。物体は木製の大きな箱だった。大きな木箱が何かを覆うように、平らな岩の壇上に安置されていた。赤い波動光が箱の中から漏れ出ている。そしてその光はこの上部の空気穴から外に出ているようだ。空海は目が慣れてきて、わずかの光で物を見られるようになった。正面の壁を見上げるとそこには、岩を掘って作った何かのしるしが掲げられている。それは二つの三角形が上下に組み合わさってできた✡六芒星紋だった。空海はその紋には見覚えがある。

「これは…。山背派の肩章のしるしだ……」

その下に亀の岩があった。亀が手足を伸ばして彫られていた。甲には亀甲紋の六角形がことさらのようにくっきりと彫られている。その中に✡六旁星も刻まれていた。その姿を見たとき、空海の謎としていた一つが解けた。

「そうか亀は六角形だ。六芒星の代わりに、他人にわからないように暗号で古ユダヤ民族を意味していたのだ。この神宝と✡六芒星の紋、その下にある亀。皆古ユダヤの象徴なのだ」

空海の心は躍った。

「この木箱には、間違いなく契約の箱が入っている」

しかし、空海はまた冷静でもあった。ここで秦氏の言葉を思い出した。

「神宝に触れることができるのは、ユダヤの支族でも限られておます。レビの神官しか触ることは許されず、もし他のものが触った場合は、神の怒りに触れてしまうのだす」ということだった。

そこで空海は素手ではなく釈杖の先で、覆いとなっている木箱を丁寧に持ち上げて退けた。外箱の材質は堅牢で、運びやすいように環が付いていたので、釈杖でも傷つけずに扱いやすかった。覆いを退けると、そこには四角い黄金に輝く、神輿のような箱が入っていた。

このとき空海には、赤い光がおびただしい束となって、四方八方に放射されるのが見えた。空海の到着を待っていたとばかりに、波動光が喜びに踊っていた。

金色に輝くその箱の大きさは大凡(おおよそ)、4尺(約120cm)×2尺3寸(約70cm)×2尺3寸(約70cm)。言い伝えどおり、箱を担うための棒が環に差したままになっていた。蓋には黄金を打ち出して作られた2人の天使ケルビムが向かい合い、羽根を前方に広げてひざまずいていた。黄金の輝きは色褪せることなく、周囲のわずかな光にも映え、高貴な輝きを放っている。

「見つけたぞ！」

空海は洞窟の奥でさけんだ。

「ここにあるではないか。まぎれもない、これぞ古ユダヤの契約の箱だ！」

空海は箱を開けて、中を覗いてみたい衝動に駆られた。しかし秦氏の言葉を思い出し、また箱から出ている古ユダヤの神の霊気を感じたので、これを畏れ、蛮勇をふるうことを思いとどまった。

空海はほぼ1日、古ユダヤの契約の箱のかたわらで瞑想していた。金色の箱から発せられる、聖なる霊気に空海は酔いしれた。

「うーむ、これほどまでに、民族の歴史を背負い込んだ、重みのあるものはない。神と人との契約を刻んだ石版が納められ、秘められた箱がここにある。西域中東の平和、繁栄を約束する神宝が、国の滅亡を逃れ、神殿を捨て、はるばる極東アジアのこの山奥の洞窟にまで来ているという事実。心打たれる物語だ。数百年間日の目を見ず、「日のいずる国」に眠っている神宝。この神宝をして、世界の民の幸せの為に、どのようにしたら役に立てることができるのか。これは貧道に、天から与えられた啓示に違いない」

空海は新たな課題を、金色に輝く契約の箱自身から語りかけられ、ご神託をいただいた気がした。そこにはまるで空海と箱とが会話をしたような、摩訶不思議な時間が流れていた。千古のときを超え、ユーラシアの彼方、中東ヨーロッパ古エルサレム神殿からはるばる旅をして、ここ「東の島々の国」日本の地にまで来た神宝が、空海は誠に愛(いと)おしく感じられた。

「なんとかせねばなるまい。神宝を守り、神宝の真意を生かすように、世界の平和のためにその復活を後押しする。このことは秦氏に言われるまでもなく、貧道の生涯の課題だ」

と空海は感じ取った。

まるで箱から出ている赤い波動光が空海に語りかけて、空海が正しくそれを感受したようだった。

空海はこのことを、神宝が収められている契約の箱の前で誓った。

空海は箱のそばで瞑想し1日が経った。名残は尽きなかったのだが、空海は後ろ髪を引かれる思いで箱の覆いを元のように戻し、その場を去った。

(貧道は必ず再び会いに来て、貴殿の使命を復活させようぞ)という強い思いを抱いて、空海は洞窟を逆に進み、外の世界に戻ったのだった。


外は日がとっぷりと暮れて、月が煌煌と輝いていた。暗闇にいた空海には月光でさえ眩い光に感じられた。洞窟の出口の物陰には、言いつけに従った供の智泉が心配そうに待っていた。この場所を人に見られるといけないと考え、洞窟の出口を枝葉で覆い、離れた物陰に隠れていたのだ。師匠の帰りが遅いので残された智泉はとても心配したが、師匠のために食べ物を用意して健気に待っていた。空海はようやく空腹を感じ、智泉が用意してくれた干し飯と木の実を口にした。

「智泉、あったぞ！　だが、だれにも言ってはならぬ」

「お師匠さまやりましたね！　かしこまりました。ほんにこのことは誰にも申しません」

腹が落ち着いたので、掘ったときとは逆に2人でしっかりと洞窟を埋め戻しにかかった。しかし、少しずつ滲み出す清水は止めようもない。しっかり蓋をすればいつか水圧が貯まり、またドドッと水が飛び出してきてしまう恐れがある。空海は、（うーん、はたしてどうしたものか）と思案した。

そこで土木の知識豊富な空海が考えた手は、次のようなものだった。

「よし、この手で行くぞ。よいか智泉、山の同じ高さの方々を掘って泉を出し圧力を抜く。と、同時に他の泉を目立たせるように大きく掘るのだ。コンコンと泉が湧くのはそっちだという見せ方にして、人の目をそちらに誘導する。よいな」

作戦は立ち早速2人で作業に取り掛かった。しばらくして、泉は数か所からコンコンと出るようになった。泉を隠す作業をしているときに、空海の頭にあったのは、（この秘密の宝をどの様にして秘匿し続けるか？　なにか妙案はないものか）と思案していた。

空海は山の中で思案に思案を重ねた。長時間が過ぎ、夜が白々と明け始めたころようやく空海の脳を天からの光が貫いた。（そうか、この手だ！）空海は何やら思いついたようで、心が弾んだ。

（かつて四国は死国にされた。ならばもっと隠してしまえばよいのだ）考えがまとまった。

「知泉よいか。まず鶴亀山は何か意味を暗示しているようなので、手掛かりを消すためにこの名前を伏せる。剣という字しか使わないように、山岳修験者たちにも協力してもらい、険しい山ゆえに以降、剣山（つるぎさん）と呼ぶようにしてもらうことだ。

次に、剣山に結界を張るのだ。剣山を囲む結界だが、その結界線は剣山をなるたけ人に見せないように誘導する道筋を設定して結界線とするのだ。四国をぐるりと巡礼の旅ができるようにして、民が巡拝するその修行と祈りで、知らず知らずのうちに結界線が強くなるように設計する。それには右回りが絞まる。それと四国自体を外敵の目から逸らす工夫も必要だな。四国を死国にしてしまうには、九州や畿内、中国地方に人心の目を向けさせる何かを、たくさん作ればよい。よし、これで行くぞ」

空海は契約の箱を護るための、智恵をしぼった。その作戦を胸に、空海は智泉とうれしそうに山を下りて行った。

このときも物陰からこの様子をじっと見ていた人影があった。

剣山山頂下の泉は、まるで歴史の証人であることをとぼけるように、いまでも冷たい聖なる水を、涼しげにコンコンと湧き出し続けている。

## 第13話　結界

延暦20年（801年）夏。

空海は、四国剣山で、古ユダヤの神宝を発見した。このことは、誰にも話せない秘密だ。

空海は智泉を連れ、一旦平安京に戻った。太秦の秦保国に、神宝発見の報告をした。秦保国はそれを聞き、興奮して叫んだ。

「エンヤーレルヤー（我れは神を褒め讃えまつらん）

空海はん、でかした。やりおった。おおきに、ありがとさん」

空海は、それを聞き嬉しかったし、晴れ晴れとした気持ちになった。

「いやいや、こちらこそ。いろいろ学ばせていただきました」

しかし剣山のどこに隠されているかは、秦保国合意のもとに明かさないことにした。空海にとっては秦氏がそれを知ってしまえば、自分は必要なくなる。ひょっとすると消されてしまうかもしれないほど、ことは重大であった。秦氏も秘密の漏洩を懸念して、剣山に確かにあると大まかに知ってさえいれば、細かいことは空海に任せるという信頼関係がこのころにはできていた。できるだけ知る人数が少ないほうがよかったので、保国はあえて聞かなかった。秦保国は民族のリーダーらしく、自分にもそれを課したほど大きな男だった。しかし、掘り出すにはレビ族の手を借りねばならないことも計算づくであることは、お互い暗黙の了解事項だった。

そこで、空海は思い切って提案した。

「保国どの、これからの重要な課題は、契約の箱を掘り出すまでの間、その場所を世間の目から隠さなくてはならないということです。剣山自体も、できるだけ人々の関心から遠ざけなければならない。そこで提案があるのです。『四国剣山を遠く囲み、秘匿する結界』の案です。

人々を遠ざけるために、周囲を寺社の結界で囲みます。その結界を人々がたどりながら巡拝することで、結界がより強くなっていくという順路を作るのです。その道以外に人は通らなくなるように仕向ければ、やがて剣山に行く人は少なくなる。せいぜい山岳信仰の行者しか行かなくなるでしょう。したがって結界を巡拝してまわる人々にも、菩薩・仏の光明がもたらされるように功徳を説き、遍路といたします。いかがなものでござろう。

それに剣山の周辺には近づかないよう、山岳地帯に空白結界を設けようと思います。官道も下の海岸を回るように作ってもらえれば完璧です」

それを聞いて秦氏は、大いに感じ入った様子であった。

「ややっ。それはよいお考えだすなあ。空海はんやっておくんなはれ、空海はんにお任せするによって、よしなにたのんます」

たったそれだけだったが、一つだけ注文というか提案があった。

「空海はん、神（ヤー）の結界を張るんやったら、ヤーヤー、八八（ヤーヤー）にするとよろしおまっせ」

そのとき秦保国はいくぶん悪戯っぽい笑みを浮かべた。

「なるほどヤーを守る結界が、ヤーヤーで八（ヤー）十八（ヤー）か。十はジュウでユダヤという意味か。八十八を『耶蘇（やそ）や』と読むとキリスト教ともとれる。うふふふ。語呂合わせにしてはよくできている。はははッ。憎いほど芯を突いていると言わざるを得ない。ふーむ」

空海は、この知的な提案に、微笑みながら感心した。秦保国はさらに説明を加えた。

「日本語の八（はち）の別の読みかたのヤーは、古ヘブライ語のＹａｈにつながる。それは『神』という意味だす。八十（はちじゅう）、八重（ヤハヴェ）はそれぞれ『ユダヤの神』。八重桜（ヤハヴェサークラ）は『ユダヤの神を隠す』という意味になりもうす。八は聖書の中でも、特に神を意味する数字として尊重され、さまざまに使われている例がおます。聖書の中には１３５と８が特に聖なる意味がある数字として使われておます。八十八は古ユダヤの神宝を隠すという結界に、ちょうどよい言葉や数だと思いますねん。どないだっしゃろ」

言葉に、暗号を盛り込む、調べれば調べるほど、空海は彼らのこの知的な謎かけのようなやり方が、好きになっていた。ほんとうの意味が、日本語の奥にしたたかに、そっと籠められている例が、たくさんあったのだ。

「なるほど、八十八ヶ所巡拝か。ヤーは神、すると八十八は神々になる。面白い！　まさに一神教と多神教の融合ではないか。洒落としても……ふふっ。古ユダヤの神宝を日本の神々、諸仏・諸菩薩が取り囲んでお守りするという構図も、じつに面白い」

空海は、このように、知的な謎かけを楽しむ人だった。

「八という数は、唐でも末広がりの字として重用される。日本でも古くから、何か意味がある数字として、尊ばれていたようだ」

「うむ、空海はん。八十八はいずれにせよ、面白い意味が込められますだしょ」

「確かに。では、八十八の結界聖地をつなげて、巡拝の遍路を作ってしんぜよう」

「空海はん、わかり申した。神宝を遠く結界で囲み、隠すという案は実に素晴らしい。必要な聖地に寺社を建立する資金は、わてが何とかしまっせ。大事な神宝を守るのやさかい、金に糸目はつけしまへん。思う存分やっとくれなはれ。あちこちに立派な寺社があれば、剣山よりそちらに敵の目を引くことになる」と勢い込んで言った。

十数年して、できあがった後でわかったことだが、建設資金は莫大な金額になった。しかし古ユダヤの神宝を秘匿するためには、金に糸目はつけないという秦氏の心意気を空海は感じた。人心の関心を分散させ、剣山に意識が集中しないようにすることで、神宝を何としても守らなければいけないという、秦保国の固い信念を空海は受け取り、結界作りに邁進した。秦保国は空海に向かって、

「空海はん、神宝の在り処がはっきりしたいま、私に少し考えがあるので、関係者で会議を持ちたいと思うとります。恐縮じゃが、そなたには屋敷に数日留まってもらいたい。なあに、手間は取らせしまへん」

そう言って、奥へ消えた。

「保国どのには、それなりに何かお考えがあるのだろう」

空海はそう智泉に言って、数日を太秦で過ごした。この間、智泉と四国結界の構想を練っていた。

1週間ほど経ち、秦屋敷の門の方から、たくさんの騎馬が発するひづめの音がとどろいた。そのあとで、空海は会議室に呼ばれた。そこには無骨な武人がいた。空海が驚いたことに、その人は肩に山背派の六芒星の肩章を付けていたのだ。秦氏の本拠地に供を引き連れ、騎馬団で乗り込

んできたらしい。

（山背派の肩章をつけているのは、武人が攻め込みに入るのではない、という配慮なのかもしれない）空海はそんなふうに感じた。そこで空海も以前秦保国からもらった山背派の肩章を袈裟から取り出して襟に付けた。

「やあ空海はん、お待たせして、えろうすんまへん。こちらにおわすのは、坂上田村麻呂征夷大将軍だす。この会議のために、わざわざ東北の対蝦夷戦線から極秘裏に抜けて、戻っていただきました。これから話すことは、国家の重大戦略になっていくので、すんませなんだが智泉君、それと将軍のお付きの方々はご遠慮願います」

供たちは辞し、３人だけが奥座敷に残った。坂上田村麻呂はこのとき43歳の働き盛り、27歳の空海より16歳年上だ。４年前の７９７年に、征夷大将軍に任じられたばかりだった。これより光仁天皇から、桓武天皇、平城天皇、嵯峨天皇へと4代の天皇に仕えることになる。秦保国は空海を坂上田村麻呂に紹介すると、打って変わった重々しい口調で話し始めた。

「我が一族に、代々口伝として伝わる指令がありんす。それは、

『この国のどこかに、古ユダヤの神宝が眠っているので、それを探し出し保護せよ』というものだす。

それともう一つ、

『神宝の在り処が分ったなら、それを秘匿防衛する措置を講ぜよ』

という指令だす。我々の祖先からの口伝で、それは四国の阿国、しかも剣山にあるらしいことまではわかっていた。したがって、影の防衛隊を組織して、怪しげな動きをする修験者たちを、見張っておりました。しかし、肝心のどこに隠されているのか、細かい場所が、長いことわからなかったのだす。だが、空海どののおかげで、神宝の在り処がはっきりわかり申した。わったからには、我々は次の指令を、忠実に実行しなければならないのだす。それを隠し、守れということだす。

既に空海どのから剣山を隠すように、四国内で遠く囲む結界を張るという提案がなされ、実によい案であるので、ただちに実行してもらいたいとご依頼申しあげた。民の目をそちらに誘導し、敵の目もそらす、よい案だと思われます。いざとなったときは、防衛の拠点とする。これがこの案の味噌だす。守れという指令を実行することになります。そこで、ここにおわす征夷大将軍に、軍事的見地から、拠点立地位置をご助言いただきたいこと。さらに、外敵の侵入に備え、どのような策を講じる必要があるか決めることが、今回の会議の目的だす」

「承知いたした」

その言を受けて、坂上田村麻呂から空海に、

「軍事上の要衝をどう考え、どうやって自然の地形からその位置を見つけ、砦をどう作るか、これから説明致すので、よく聞くがよい」

とくわしく講義が行われた。

空海は思ってもみない展開に、目をパチクリさせながらも、じっくり聞いた。聞き終えて、

「坂上将軍、大変勉強になりもうした。ありがたく存じる。今後も諸事、御加護を願いたい」

空海には、また違った面の知識と、人脈が増えた。次に、今後のことが秦氏から話された。

「皆さん、もう一つ秘密の話があります。実は我が一族に伝わっている口伝によれば、『大和朝廷が発足した直後に、日本の中でも四国のどこかに眠る神宝を、外敵から守らなくてはならないということを、秦河勝を中心とする秦一族が建議し、国の秘策として取り上げられた』というのだす。その結果、『外敵から四国のどこかにある神宝を守るためには、四国全部を隠してしまうほうがよい』とされたようなのだす。

そのために、『天皇家の出自も四国ではない』とされたのだす。それを史実や人々の意識から隠すために、わざわざ記紀の二書が編纂されたということだす。古事記は皇族の意思統一のための基本情報集として。また日本書紀は、一般人や外敵の目に触れる宣伝用にと、同じようなものが同時期に相前後して作られた訳は、そういうことだったというのだす。それによって、神話の古里が九州や出雲、畿内などに分散され、地元に伝わる逸話や伝説とまぜこぜにして、わざと不明瞭な表現までされて、真相が覆い隠されたと伝わっているのだす。その結果として四国は、その存在自体がかすんでしまったというわけだす」

秦保国は、ここでいったん言葉を切り、茶を含んで喉をうるおした。

「では、外敵とはどこのことか。それは、唐でありんす。唐が『世界的な宝が日本に隠されている』と知ったら、『世界一の帝国は我が国であり、その宝は我が国にあるのがふさわしい』という中華の思想から、『唐が必ず侵略して来て、宝を奪いに来るに違いない』という恐怖心が、奈良時代から東の小さな島国に芽生えたのだす。それは、唐の進んだ文化を手本に、さまざまな文化を受け入れ、影響を受けてきた日本という小国に生じた、特殊な感情だったかもしれない。先進大国への畏怖の念が高じ、尊敬の裏返しのような感情から生まれた、妄想だったのかもしれませなんだ。しかしその影響として、すでに古くから『四国そのものを隠してしまう』という政策が取られていたのだす。四国にはたいしたものがない、と思わせるために、四国の高貴なものにつながる情報は、徹底的に消され、ないものとされたのだす。ないがしろにされてしまった四国の民衆や力がある勢力からは、当然不満が生じたことは想像に難くおまへん。そのころ四国や奈良の都の神社仏閣に、不審火の出火が相次いだ。神火と呼ばれ、恐れられたのだす。朝廷の政策にたてつく勢力の仕業だというわさだす。はっきりわかりませんが、その勢力も宝をいまだに狙っているらしいのだす。

さて、いま神宝の在り処がはっきりしたので、より具体的な手を打つ必要がありもうす。まずは、『唐の皇帝が、神宝が日本にあることを知っているのか』確かめる必要がありんす。しかしこれは、やぶへびにならないよう、注意が必要だす。次に、『その皇帝がどんな性格の人物か、侵略的な政策を取るのか、平和的な政策を取る人物かを確かめる必要がありんす』この偵察情報の更新連絡は、今後定期的に必要になりもうす。我が秦氏一族には代々に渡って、そのことを確認するようにと警鐘が鳴らされていたのだす。ですから空海はんには、先遣隊として唐に渡ってそのことを確かめていただきたい、と考えているのだす。その機会は、必ずお作りいたす。

そして坂上将軍には、南の守りを固めていただきたい、と思うとるしだいだす。そのためには、東北の戦線をできるだけ早く終結させ、蝦夷と講和を結んでいただきたい。その上で、東北に当てている軍勢を割愛して、九州とその周辺の島々に防人を派遣し、偵察情報機構を作っていただきたいのだす。いずれ帝から勅が出されましょうぞ」

「なるほど、拝聴いたした」

田村麻呂は武人らしく言葉少なで「聞いた」と意志表示した。秦保国の話は、正式な命令ではないが、力のある人の言葉だと承知しているようだった。

「承りました」

空海も秦氏に答えた。〈なんと、貧道が唐に行く機会を作るとか言っていたが、本当なのだろうか。唐が日本に、侵略の兆候ありやなしや、皇帝に会ってそれを確かめることなど、実際できるのだろうか〉空海は、秦氏の話を半信半疑で聞いた。

「空海はん、もう1人、紹介したい人がおます」

そう言って、会議のあとで秦保国は、実直そうな壮年の職人を空海に紹介した。

「空海はん、こちらは金剛組の当主金剛都志高どのだす。聖徳太子様から四天王寺の建立を任されて以来、日本最古の社中（企業）として、寺社の建築工事を一手に引き受けておられる。いま寺社建築は金剛組の右に出る者はいない。任せるがよろし」

「空海と申す。よしなにお願いいたす」

「ややお願いしたいのはこちらやで、空海どの、わてらは寺社をお作りすることしか、能がないさかいに、何ぼでも、無理な注文出してくれなはって、よろしおますがな。わっはっはっ」

「ははっ、おおいに頼もしい限りです。四国の寺社建設は、貧道と弟子の智泉という、親戚筋の口が堅い人間が担当いたします。智泉はこの屋敷内に控えておりますので、後で紹介します。どうかよしなに。

建築予定地と建物仕様が決まった段階で、建築費用見積りなど、ご相談させていただきます。寺社の境内配置の標準仕様は、考えておきます。標準仕様といっても、各寺まったく同じというものではありません。正面にご本尊を祀り、その脇に拝殿があるという形を作ります。それでよいでしょうか」

「ありがたいこっちゃ」

金剛組の当主は腰が低い。金剛都志高は好人物だった。まさに『ノミと言えば槌』熟練した職人のにおいがした。しかし空海は驚いた。その肩に山背派の肩章があったのだ。金剛組は当時石組も手掛けていた。それにしても「石工の組合」とは、何かを連想させる。しかし、１３５０年以上前に発足し、現存する日本最古の企業金剛組がその組合員かどうかは定かでない。

この会議のあと、空海は智泉を供に、四国の剣山を守る結界を張る大事業に取り組み始めた。坂上田村麻呂の軍事的参考意見も折り込み、かつ鉱床を探しながらだったので、多少の寄り道があったのだが、この大事業はとおりいっぺんでは終わらず、結果的には弘仁5年（８１４年）に、ようやく遍路が完成するのだった。十数年かかったが、その後も改修を含め個別工事が続いた。

遍路を決めるため、まず空海は智泉を連れ、四国を約1年がかりで跋渉した。剣山を遠く取り巻くように山野を巡り、結界聖地の候補地を探した。できるだけ剣山が見えない場所を選んだ。

空海は初めの1年間で、民衆の中に生きた行基の足跡をたどった。行基は東大寺の大先輩に当たる。しかしそれは後に空海が、東大寺に深くかかわるようになってからの位置付けで、そのころの空海にとっては、行基はむしろ日本人として最初の地図を残し、人生の目標としたい生き方をした心の先達・尊師であった。

空海は以前、和気清麻呂の指導で測量術を学んだ。自身が行った測量時に得た聖地情報も参考に、四国でも聖地を結び付けることで、結界を強化することにした。

「智泉よいか、これからやることはこうだ。まず剣山を遠巻きにして、聖地の結び付けを行い、外敵の目を、他に向けるような結界を張るのだ。また剣山を中心に、二重三重の軍事防衛線を張るための要所を見つける。この二つを基本に四国を巡り、結界聖地を探すのだ。よいな」

「はい。お師匠様」

智泉は、自分の出番だと、目を輝かせて張り切っていた。空海は山野を巡りながら、民衆が喜んで参加してくれて、寺社にとってもためになるような仕組みを考えに考えた。空海は実践の人だったので、歩きながら考え、考えながら話を進めた。

候補が出そろったところで、2年目からは、すでに存在する寺には、協力をお願いして歩いた。その際、実に力強い基礎になった寺社がたくさんあった。それは心の尊師・行基が開基した寺社だった。その数なんと28ヶ寺。四国には、行基の偉業が輝いていた。それに山岳修験道の開祖、役小角（役業者）が開基した深山の寺が3～4ヶ所あった。

結界聖地に寺院がない場合は、新しく建立しなければならない。しかしこれには、私度僧の自分ではどうすることもできない、と空海は思い込み工事は後回しにした。寺院がない場合は、結界聖地となる場所を特定し、岩を置いた。その岩には時間があれば、亀の形を彫って念を込め、そこを仮の結界聖地とした。

空海は、最初という意味がある阿の国、阿波。鳴門の霊山寺に行った。行基の足跡を辿った空海は、この寺に特別の思い入れがあったのだ。

「霊山寺は行基先達によって開基されました。この地に漂う霊気はただものではありません。貧道はそれに魅せられ、ここで21日間修法を行いました。ここの霊気によって本尊の釈迦如来を、貧道が彫ることができました。天竺の霊山を和国にもたらすという意味で、竺和山霊山寺と行基師が名付けたこの寺が、巡拝の発願寺として最もふさわしいのだと考えました」

空海は霊山寺において、

「心ある者が四国中を巡拝して、八十八カ所全てお参り結願すると、弥勒の世界に行ける、という功徳を施す巡礼の遍路を作りたいと祈念しました。ぜひ協力をしていただきたし」

と趣旨を、管長に説明し賛同を得た。

「ついては行基先達に敬意を表し、貴山に発願の寺となっていただきたい」

これも賛同を得た。空海はこのとき、一介の私度僧にしては言うことが大きいのは、

「奈良・大安寺の勤操の近事男なのですが、使いでまいりました」

ということを伝え、信用してもらった。各寺社にとっても、畿内方面からたくさんの民が訪れ、参拝者が増えることは歓迎であった。

空海は尊敬する行基が開基したここ霊山寺を、発願の一番札所としたことで、偉大な先輩行基と心が通じたような気持ちになった。その後霊山寺は、「一番さん」と呼ばれ人々に親しまれるようになる。

空海は霊山寺を皮切りに、阿州吉野川を遡行するようにして、剣山の結界を入念に張った。特に吉野川は、渡来人たちが上陸するために通った道筋でもあり、細かく結界聖地を作った。10の寺を、霊山寺から八幡の地まで、ほぼ一直線の帯に入るように並べた。その立地は、淡路島第1峰・諭鶴(ゆずり)羽山(はやま)と阿国・八幡(やはた)（阿波・市場町）を結んだほぼ直線帯上にあり、第1の結界壁を構成している。

阿国・八幡の周辺には御所の原、天神、稲荷、御幸ノ北、野神、大石、立石など、古代の高貴な人々が住んでいたような、古のゆかりの地名がたくさん残されていた。

この結界城壁は、本州から来る邪気の侵入と、後から「魏志倭人伝」を情報源として、瀬戸内海

からかつての渡来の道筋を辿って、神宝を追いかけて来るかも知れない仮想外敵を防ぐ意図で作られていたのだ。吉野川流域が特に厚くなっているのはそのせいである。

こうして空海が作った四国八十八ヶ所の聖地は、有事の際には人が身を挺して神宝を守るための、砦ないし兵站であった。

四国には外敵の意識をそらすために、武人は目立たぬよう、地方の豪族の城に少数しかいなかった。しかし、坂上田村麻呂の指導で配された物見場所、すなわち四国八十八ヶ所の寺社には、秦氏の服部一族から忍びの者が派遣されていて、絶えず情報の収集と連絡交換がなされていたのだ。

外敵襲来有事の際は、ただちに寺社が駐屯兵の基地になるよう、食糧の備蓄や井戸が設置された。その配置はあらためて見てみると、地方豪族の城屋敷と合わせて、剣山を二重三重に守るように、軍事防衛線が張られる仕掛けになっていた。仮想外敵は平安京や奈良を陥落させた後に、畿内からなだれ込んでくることを想定し、まるで畿内を睨むように、幾重にも防衛線が張られた。しかし、普段は、なんでもない平和な山村と見せることが重要であった。これが、四国八十八ヶ所の別の顔である。

四国遍路は、空海の建議と調査、秦氏の財力・実行力、奈良時代からの朝廷の四国隠ぺい政策が残した、秘めたる役目を担った仕掛けであった。その存在自体が、後世に向けた暗号をなしていた。

こうして空海は、歴史に足跡を残していない「空白の7年間」に、四国に結界を張る事業を推進し、そのため数年を費やすことになった。

# 第14話　四国遍路

空海は智泉と四国中を回り、剣山を守る結界線の遍路を作った。

完成した結界線は、「四国八十八ヶ所霊場巡拝の遍路」である。

空海が自ら語る。

「次の図をよく見てください。これが完成した、剣山を守る結界です。全部歩くと３５０里（１４００㎞）あります。剣山を遠く取り囲むもので、同時にもし外敵の侵入があった有事の際、物見拠点として、または兵站場として、防衛線が幾重にも張られるように、設計してあります。よく見ると剣山の周りが集中的に守られています。

剣山から遠い場所はたとえ外敵が上陸しても陸の官道が少なく、途中を分断してしまえば進軍が不可能ということで、物見の性格が強いです。いまはやはり海上交通が主で、船による襲来と近所への上陸を想定しました。特に海から吉野川を遡上して上陸しやすい場所を守るのは、一番から十番、十一番から十七番までの寺が両岸から川を挟む砦となります。

瀬戸内海に面している場所も要衝です。そういう見方をすると、八十八ヵ所がまた違う意味を持って見えてくると思います」

【四国八十八ヶ所全体図】

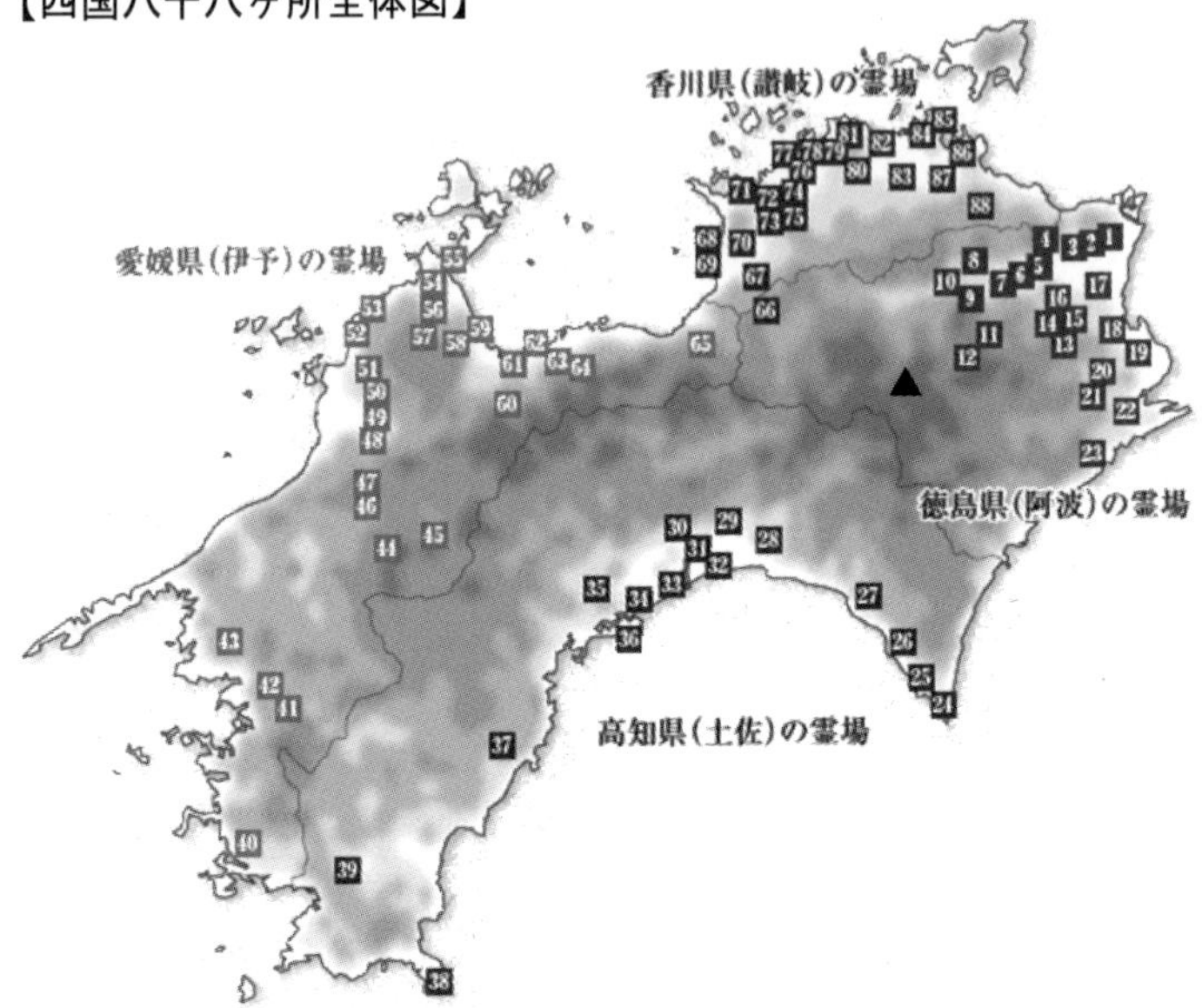


▲剣山は阿波の緑濃い山中の中心に当たる
（四国八十八ヶ所公式ホームページより）

空海が謎かけをした。

「十番札所までの寺の名前の頭文字をつなぐと、その中からある意味が読み取ることができます。暗号になっているのです。

霊、極、金、大、地、安、十、熊、法、切幡、などの文字から、どんな意味が出てくると思われますか？

霊が極まる金の大地を安らかにするよう、十字を熊の法で切る幡（秦）氏となります。

貧道がこの折句言葉（別の意味を折り込んだ言葉）にどんな意味を託したか、皆さん一緒に考えていただきたいです。

十字を切るとはキリスト教の作法です。ジュウとはユダヤの意味もあります。熊の法とは何か。もしそれが球磨の法なら、その出自には九州・熊本が関係するのかなど、いろいろな考えが浮かぶと思いますが、秦氏に聞くとこうなります」

秦氏いわく

「ああ、それはバニ族が住みついた土地を、熊鰐(くまわに)と書いてバニとかワニと読ませたのだす。熊や日本には居ない鰐は、古ユダヤの影響です」

「これ自体もまた面白い謎ではあります。したがって前述の十番までの寺社の頭文字からは、霊が極まる金の大地を安らかにするように、秦氏のバニ族ユダヤの法で十字を切るという意味を折句に入れました。ほかにも折句の中に、そっと隠した別の意味が込められた言葉がたくさんあります。この場合は、寺の頭文字に謎を仕組んだのです。暗号は、実はあちこちに仕組んであるのです。古ユダヤの神宝が隠されていることを指すのが、霊が極まる金の大地です。霊が極まるとは霊的に結びつけられた究極の場所、つまりは剣山のことです。古ユダヤには聖地ひも付けの理論があります。

さらに秋になれば讃岐などで実感できますが、金の大地は黄金色に色づく麦畑の大地、四国のことです。小麦は、唐から貧道がもとを伝えた、うどんに使われる大地からの贈り物です。

したがって、この暗号に込めた意味は、『霊が極まる剣山に隠された金色(こんじき)の神宝が安らかになるように、十字を切って祈り、古ユダヤの主意で四国に結界を張り、秦氏が守った』という宣言です。結界八十八ケ所巡拝路の最初の十の寺の頭文字に、そっと潜り込ませてあります。

このような暗号は、他にもたくさんあります。この遍路は、皆さんが弥勒菩薩に会いに行く旅でもありますし、巡拝の行為そのものが、剣山を護る結界線を、強固にする霊的な修行となっているのです」

空海の説明は続く。

「遍路が剣山を隠している設計思想は、実際歩いてみると実感できます。たとえば、遍路が第九番法輪寺（ほうりんじ）から第十番切幡寺（きりはたじ）に向かう途中、吉野川沿いの道を進むとき、ほんの百間（約200m）の間、左手奥に剣山はそのなだらかな山頂が挨拶をしてくれます。その地点のことを事前に知らなければ、ほとんどの人は剣山の存在に気が付かないと思います。この遍路はそれほど巧みに剣山を隠しています。

第十番切幡寺の奥の院に喘ぎ登ると、わずかに剣山の山頂が遠くに霞んでいます。しかし山々の間にちょっとしか見えません。山を余程知っていなければ、そこに剣山が見えていることすら分からないのです。

第十一番藤井寺から吉野川を渡り、対岸を第十七番の井戸寺まで、川の右岸を海の方向へ下ることになります。遍路は山に背を向け、剣山からどんどん離れていくようになっています。しかし阿国の札所が砦となり兵が守った場合、吉野川が両岸から囲まれるようになっています。また外敵が剣山へ至る官道は、すべてふさがれるように設計してあります。

奈良時代にできた太政官道は、唐の襲来を恐れる朝廷の意向で剣山を隠すように、海岸に近いところを遠く取り巻いて作られています。剣山に近づく官道はありません。剣山は自然の城壁である高い山々に囲まれ、そっと隠されているのです。

第一番霊山寺から第二十三番薬王寺までが、阿波国の範囲です。剣山はちょうど遍路の中心に、護られるように位置します。この間遍路からは、剣山山頂が２ヶ所からわずかしか見えません。皆さんには、第十二番焼山寺から第十三番、第十四番、第十五番、第十六番、第十七番井戸寺まで、ぐるりと気延山（矢野神山）を取り囲むように結界が張られていることに、特に注目してもらいたいのです。この空海暗号の意味は「ある高貴な方の墓がこの辺にある」という謎かけです。

ここから後は、剣山から遍路を離して、山の存在自体を忘れさせるように四国の南海沿いを巡るよう、遠巻きに遍路を設定してあります。剣山から遠いところは、たとえ外敵が上陸しても道が細く長く、剣山に陸路到達するのに時間が稼げるし、迎え撃つ要衝が途中たくさんあるので、砦としては間が疎になっています。いまは海上交通が主なので、むしろ海からの上陸地点を警戒しています。

これ以後遍路は、阿国を後にして土佐、伊予、讃岐とぐるり四国を右回りに取りまくように、結界が張ってあるのです。

讃岐の結界層は、剣山から見て瀬戸内海の前衛として、海からの侵入を何重にも壁を作って守るように配置されています。ここに兵が配置された場合、外敵が四国に上陸することも許さないような、強力な布陣となっているのです。そのときに寺社は、兵站所として機能します。

これで遍路は剣山を遠く取りまくように、四国をぐるりと一周したことになります。冒頭の四国

遍路全体の図をみると、何枚かの壁によって、阿国の真ん中の剣山を守るように、聖地と前線が配置されていることがわかると思います。陣地としての配置もさることながら、民衆が剣山の周囲を右回りで巡拝することで、結界が民の祈りによって強化されるようになっているのです」

空海はさらに続ける。

「四国八十八ヶ所を順に線で結んでいくと、面白い形が現われます。それは逆さまにして瀬戸内海側を下にした場合、まるで獅子か狛犬が、畿内（関西）を口をあけてにらんでいるような形になるのです。

仮想敵が、畿内からやってくることを想定して作ったのです。

もしこの口の中に入ったら「噛みつぶすぞ」という陣形です。ちなみにその口の中が、吉野川流域なのです。この形は、狛犬の阿形（あぎょう）にたとえました。阿は最初という意味があります。畿内に向けて、国造りは「こちらが最初だ」と四国が生き物になって、吠えているのです。貧道が後世に残したもの言わぬ故郷弁護の主張暗号の一つです。また口を開いた阿形の狛犬は、女性とされます。女性の胎内に大事な宝ものが隠されている暗示でもあるのです。

この結界図形は、頭の目のあたりがちょうど剣山にあたります。四国に貧道が残した謎かけの洒落です。いずれにせよ四国遍路は緑濃い剣山を中心に遠巻きにして、距離も意識も人々を神宝から遠ざけたのです」

関連した話だが、四国八十八ヶ所の寺社の屋根には、鬼瓦が乗っている。その鬼の顔はどことなく、西欧渡来人の顔立ちに似ている。鬼の顔でない場合は、社紋か卍の紋が乗る。卍が7ヶ所ある。卍はもともと古代ヒンドゥーや仏教で吉兆の文字とされていた。釈迦の胸にも和をもたらす左卍があったという。飛鳥、奈良時代から寺社の紋に使われている。卍紋の寺はみな空海が開基した寺であることが興味深い。まったく違った話として、卍は十字架の一種という説もあるからである。古代トロイの遺跡からは力の象徴右卍が発見され、キリスト教の十字架につながったと言われている。

十字架は、松山の第五十三番円明寺（えんみょうじ）や、高野山奥の院の灯籠にも、その形が取り入れられている。これも空海暗号の謎かけの一つである。キリスト教関係の石碑「大秦景教流行中国碑」が、高野山奥の院に立っているのもふしぎな取り合わせだ。中国でネストリウス派キリスト教が１２００年前に流行ったという歴史を刻んだ石碑（実物大複製）が、なぜ空海ゆかりの高野山に贈られたのであろうか。

ここでもわれわれは意味深遠な空海暗号に出会う。その石碑は大きな亀の背に乗せられているのも何かを暗示している。

さらに高野山奥の院には、御廟の塀の中に稲荷神社と丹生都姫ら四神が祀られる神社がある。ご廟近く、ときにパンパンという参拝の柏手が、静かな奥の院の拝殿の裏手に響くことがある。稲荷神社等の存在を知る人の参拝の音だ。仏を祀る奥の院に、稲荷や神を祀る神社があるというのも、空海の懐の深さを感じることができる。神仏習合の理想天国を作ろうとした空海の遺志だ。

## 第15話　封印

延暦22年（803年）2月、空海はこの前数年、四国にいた。

空海は、四国の聖地を決め、剣山の結界を張るのに数年を要した。

四国八十八ヶ所のうち、すでに寺があった場所は51ヶ所、これから新たに開基しなければならない聖地が37ヶ所あった。八十八ヶ寺と言わないのは○○院もある故の配慮と解する。

建設にかかる費用は、秦氏から提供してもらえる、ということだった。しかし多くは、空海自身が扱った水銀や朱砂の売り上げで賄った。ふと気が付けば、空海はことし29歳になる。

結界遍路づくりの最終段階のある日、突然星河が呼びに来た。

例によって「主人秦保国が、緊急に会いたい」と言う。

空海は星河と共に、最後の仕事場、第八十八番結願所・讃岐・大窪寺（だいくぼでら）から、京・太秦を目指すことにした。大窪寺は行基が開基した寺だ。

空海は、京へ出発する前に、１日仕上げのための時間をもらい、大窪寺奥の院に登った。そこからは、わずかに剣山が遠望できるのだった。

空海は大窪寺奥の院に壇を構え、四国結界を結ぶ祈祷を行った。護摩（ごま）を焚き、大日如来を呼び、大窪寺ご本尊の薬師如来を呼び込んだ。第一番札所霊山寺から八十八番札所大窪寺まで、順に結界聖地の寺社の名前を言霊となし、最終の大窪寺と最初の霊山寺を紐付け、結界を張る密教の真言を唱えた。

空海は、こうして剣山を遠く囲み、守る、結界を構築したのである。

それは四国全体を守る、結界でもあった。

赤い波動光が、剣山山頂付近から発せられ、大窪寺奥の院の空海を照射していた。それは空海には、まるで光が感謝の礼を注いでいるように見えた。空海が張った、四国を取り巻くような結界と赤い波動光は、このときつながった。空海の修法によって全体が剣山の中心と結ばれたのだ。

剣山を中心に強い力が出ていた。それを時計回りに人が回ると、さらに中心に集まる力が強くなり、中心のものも守られるし、回っている人自身も運気が上がる。やがてその力はご先祖さまにも繋がって行き、代々の霊格向上に寄与するようになる。遍路を時計回りで回るように一番から八十八番までが設計されていた。他方逆打ちは難しいので、より困難を伴い、さらに強い力を追い求める人には向いている。

「さあ、兎も角も、これでよし」

と空海は自らを納得させた。

こうして空海の張った結界・四国八十八ヶ所は、全体として命を吹き込まれたのである。

古ユダヤの契約の箱は、空海の残した暗号と共に、四国に秘匿・封印されたのだった。

# 第4章　入唐（にっとう）

## 第16話　密教灌頂（かんじょう）

延暦22年（８０３年）、ここで空海は、突然歴史の表舞台に躍り出る。空海は東大寺戒壇院で出家得度し、試験を受けて官僧となった。このとき、空海は29歳になっていた（出家の記録が存在する）。

秦氏の支援で第16次遣唐使船に留学僧として乗りこむことになった。大日経、密教を学びに行くことが空海の渡航目的だ。このときの遣唐大使は旧知の藤原葛野麻呂（かどの）。第１船に一緒に乗り込んだのは橘逸勢（たちばなのはやなり）、第２船には最澄が乗船した。最澄は桓武天皇の勅命で国家特権請益僧（しょうえきそう）として国を代表して天台経典を収集しに行く。４船団はいったん出帆したものの嵐で九州から引き返し、翌年再出帆した。第1船は東シナ海で遭難し、他の船とバラバラになりながらも、空海は唐の都・長安に、命がけで渡った。空海は約2400㎞陸路を走破して長安の都に入った。本州を往復する路離だ。

長安では西明寺に寝起きした。到着したとき、前室僧永忠と出遭う。また秦氏の紹介で、国際山背派の事業家窪清鈴氏から数々の支援を受けた。窪氏の美人秘書莉倮に出会い交流を楽しんだ。また、鉱山事業主羽哲雄から最新の冶金技術を学んだ。

長安では中国密教第七世法王・恵果阿闍梨に入門、わずか1年で密教両部の免許皆伝・伝法灌頂を受け、第8世法王阿闍梨の灌頂も授けられた。そのとき「遍照金剛」という密号をいただいた。また大唐帝国皇帝にもまみえ、筆の秀逸さから「五筆和尚」の渾名をいただいた。憲宋皇帝の性格も良くわかった。また、景教寺院大秦寺にて景浄司祭と懇意になり、ネストリウス派キリスト教の奥義アガペーの愛を学んだ。

空海に定められた留学期間は20年だったが、2年後に高階大使の乗る、謎の遣唐使船と歴史家から言われる船が出て、期間を短縮して帰って来ることができた。

大同元年夏、空海は唐から密教の正適伝承者として、経典や曼荼羅図、法具など全てを支援者からの私費で整え、明州（寧波）の港から日本に向け出帆した。途中浙江省・越州（紹興）の町で密教の高僧順暁師を竜興寺に訪ねた。そのとき、1年前に特権請益僧最澄がここに立ち寄り、国家予算で密教経典を収集、結縁灌頂を授かって帰国したことを知り愕然とした。

明州の港では、桓武天皇崩御の訃報に接しご冥福を祈った。

空海は明州の海岸で「密教を広めるにふさわしい場所に飛んで行きそこを示せ」と念を込め、仏具三鈷杵を投げた。三鈷杵は彩雲に乗り日本の方向に飛び去ったと伝わる。

空海は明州の沖合に出た船の甲板で、天を仰ぎ、日本に向け語りかけた。

「さあ、これから貧道が、新しい日本を作って行くぞ。密教を集大成し、国家護持と衆生救法を成し遂げる。

古ユダヤの神宝を探しだし、必ずや契約の箱に納め秘匿する。

大日如来様、我が生涯にご加護を」

大陸からの順風を帆にはらみ、船は一路日本に向け疾走し始めた。

# 第5章　凱旋

## 第17話　上洛

空海は、唐留学から高階の遣唐使船で九州に戻ってきた。浪速（なにわ）（大阪）・難波の津を出帆してから、2年後の大同元年（806年）10月ごろのことだった。唐・明州からの帰路途中、嵐にあった。このとき、空海は神と波切不動（なみきりふどう）に無事を祈った。その後、空海は無事に九州・那ノ津（博多）に上陸した。空海は太宰府に行き、太政官から指示された観世音寺（かんぜおんじ）に入った。ここで上洛の許可願いと御請来目録（ごしょうらいもくろく）（持ち帰った品の目録）を書き、平安京へ向かう高階に託した。一緒に帰国した橘逸勢も上洛願いを出した。

数週して、橘にはすぐに許可がおりた。しかし空海には沙汰がなかった。空海は太宰府に留め置かれたのだ。命がけで唐から戻ったというのに、さらさらと虚しい日々が流れた。

しばらくして、空海が居住する観世音寺に、星河と智泉が訪ねて来た。

「何っ、よくここがわかったものだ」

空海は、星河の犬の嗅覚のような能力に脱帽した。秦氏から情報提供があったのだろう。秦氏の情報網のすごさが測り知れた。智泉は、

「お師匠さまお帰りなさいませ。唐はいかがでしたでしょうか。こちらは四国八十八ヵ所の工事が順調に進んでおります」

と嬉しそうに報告した。星河は、秦氏からの手紙をたずさえていた。

「主人・秦保国からだ」

相変わらずぶっきらぼうに言いながら、星河は手紙を空海に手渡した。その手紙は代筆させたものらしいが、京の危ういようすが書かれていた。

《空海殿　このたびは唐からのご帰朝、大義でありました。

さっそくですが、いま平安京では、とんでもないことが起こっております。

昨年、最澄和尚が唐からの帰りに立ち寄った越州（紹興）で、唐密教の高僧順暁（じゅんぎょう）和尚から仕入れたという密の経典が、最澄の将来目録報告書を見た桓武天皇の目に留まりました。桓武天皇は、大いにこれに興味を示されました。実は、出発前に勤操や我々が貴僧を推挙する際、桓武天皇に密

教の素晴らしさを強調してよくよく伝えたのです。天皇はそれが印象に強く残っていたらしく、『南都仏教勢力に対抗する教学はこれだ』、とお考えになられたようです。

桓武天皇は、20年後に帰国予定の貴僧を待つことなく、なんと最澄に対して天台ではなく『ただちに密教を布教せよ』、と勅を出されることになってしまいました。天皇はよほど強烈に、奈良勢力との力関係をはっきりさせたいと、腐心なされたのでありましょう。

勤操大徳をはじめ、奈良の長老たちが京の高雄山寺に呼ばれ、日本の密教法王を任じられた最澄阿闍梨から、密教の結縁灌頂を授かりました。桓武天皇御自身も、最澄阿闍梨から密教の灌頂を受けられました。いまや最澄阿闍梨が、日本の密教第一人者となっているのです。

桓武天皇御崩御後は、新帝平城（へいぜい）天皇は政事自体に関心がないような…》、という内容であった。

「なんということだ。はたしてこれで密教の真髄が伝わるのだろうか…」

空海は心配になり、この状況に、半ばあきれた。それでも秦氏が、

《ただいま各方面に手を打ち、空海殿が唐からもたらした密教が、仏宝を授けられた正適の純粋密教だということを調べ、正当に評価してもらいたいと、工作を進めています。しばしときを…》

ということなので、少し安堵した。

（なるほどそういうことか。ということはだ。朝廷が貧道の持ち帰った密教の価値を正確に認識するまでは、へたに動けないな。貧道は日本での扱いは、国の定めた留学期間を勝手に短縮して、さっさと帰って来てしまった一留学僧だ。ここに留まれというのも、言うことを聞かない厄介者扱いだ。

桓武天皇がお隠れになってしまい、その後の政権の挙動が読めぬ。くやしいが、いまは、朝廷からお呼びがかかるまで、次に出る機会を待つしかない。よし、流れにゆだねようぞ）

運を自分の力で切り開く運自力（うんじりき）が通じない場合は、天に身をゆだねる。空海は、そう腹をくったのだった。空海ははるばる京からやって来た星河に、唐の土産をあげることにした。

「星河どの、ご足労でありました。せっかく九州まで来てもらったので貴殿の役に立つ、貧道が唐で修した密教の『九字の秘法』を授けよう。

よいかな。まず右手の人差指と中指を伸ばして二本で手刀を作り、腰に当てた左手の鞘に収める。気合いで抜刀し横に払う。次ぎに縦と、９回横縦に十字を切る。空中に格子を描き、結界を張る。

このとき『臨（りん）、兵（ぴょう）、闘（とう）、者（しゃ）、皆（かい）、陣（じん）、烈（れつ）、在（ざい）、前（ぜん）』と鋭く唱え、邪を払う。手刀が実際光を発して、邪を切り倒す強い想念を放ちます。最後に腰の左手に刀印を納め印を解くか、左手の手刀で右の指を胸前で包み、瞑想します。この九字切り以外に、各字の個別印もあります」

星河は、空海から手刀の所作の指導を受け、自分でやってみた。

「うむ、おもしろい。各々の字に対応する印は難しそうだが、手刀は邪を払い、精神統一するときに使えそうだ。ありがたく頂戴する」

そう言って帰って行った。珍しく星河から感謝の言葉が聞けた。

「ほう、しばらく見ないうちに、少し変わったな。ははっ」

このとき、空海が教えた秘法を星河は大いに気に入ったようで、門下に広めた。以来、忍びの者が精神集中をするときに、印を結ぶようになった。手で印を結ぶ秘法は、密教では祈祷（きとう）・儀式、行の重要な所作として位置づけられている。

しばらくして空海は、秦氏からの紹介で観世音寺から住居を移した。紹介された先は、田中八月（はちつき）麻呂（まろ）という太宰府国府の一介の官吏の家だった。その家を初めて訪ねたとき、田中八月麻呂はその胸に山背派の小旗を付けていた。指定の居寺・観世音寺には、南都仏教勢力からの出向者や、最澄が唐出発前に1年間滞在し修行をしたこともあり、比叡山関係者らしい僧も居て監視の目があるような気がした。それを逃れ、自由な活動をするためだった。しばらくして田中氏から、

「亡き母堂の、一周期ん法要ば、やっち欲しか」

という依頼があった。

居候でやっかいになっている空海は、山背派仲間の申し出を快く引き受けた。このときの観世音寺の使用願文が、この間の唯一の歴史的空海史料として後世に残されている。

「よし、よい機会だ。この法要を好機と捉え、純粋密教の真髄を表してやろう」

空海は、曼荼羅図の諸菩薩像を1枚1枚丹念に描き始めた。それをできた絵から観世音寺の講堂に、張り出していった。空海のもとに留まっていた智泉も、健気に手伝った。それを見ていた奈良から派遣されていた観世音寺の出向僧たちが、ただならぬ雰囲気を察知し、出身の寺にこの様子を手紙で伝えた。噂を聞きつけ、朝廷の官吏も視察に来て、見た様子を平安京に伝えた。

「何やら空海という密教僧が、唐からもたらした純粋密教式の本格的な法要をやろうとしている。

本場の密教を知る良い機会だ」

という噂は、奈良や京都でだんだん関係者の口々に広がって行った。

やがて法要の当日を迎えた。中央から大勢の視察者が、はるばる九州・太宰府まで見学に来ていた。その日空海は田中家の法要を、密教儀式に則って厳粛に勤めた。講堂は人であふれ、香がたかれ、読経が満堂を揺るがした。それは地方ではこれまで見たこともない立派な法要だった。

空海の狙いは、むしろそのあとに計画されていた。空海は法要のあとで、国家護持の願禱を行った。この儀式には、密教独特の護摩が焚かれた。他の仏教宗派では、儀式に火は使わない。壇上で焚かれた護摩の火を初めて目にした視察者たちは、一応に驚嘆の声をあげ、純粋密教の呪術、幻想的な所作に魅了された。さらに視察者たちは夜の懇親会で、中国密教第八世法王・空海阿闍梨から、じきじきに純粋密教教学の真髄を講義された。純粋密教の奥義はこれまでの南都仏教と違う解釈で、宇宙の真理が説かれていた。空海の講義からは、その違いが際立って理解された。

「いや、これで良い復命報告書が書ける」

視察者たちは喜悦し、したためた備忘録を小脇にかかえ、いそいそと奈良や平安京に帰って行った。

間もなくして空海は、「上洛するように」という勅宣を受けた。

大同2年（８０７年）夏も盛りのことだった。空海はこのとき33歳。しかし空海は、上洛してもよいが、この沙汰が出てもなお、中央の期待が完熟するにはまだ不十分だと考えていた。さらに自分にもまだ準備不足だ、と感じていることがあった。それは、

1　密教の総合体系を、日本流に組み上げること。

2　密教を、最澄阿闍梨の手から取り戻すための、戦略の立案。

3　秦氏の課題に、復命するに当たり、

①「四国結界」の件

②「契約の箱」の件

③「新しい宗教概念」の件

空海はこれらに関して、まだ準備が完全には整っていない、そう判断した。「少しの間、上洛を控えさせていただきたい」という言葉を周囲に漏らし、そのように取り計らってもらった。表向きは持ち帰った膨大な経典の整理ということにした。僧の人事を扱う奈良・僧綱(そうごう)所の長老たちには、この作業が大変な労力を要することは経験上直ちに理解してもらえたようだ。

朝廷からの問い合わせに、そのように答えていただいたようで、朝廷から許可がおりた。ようやく、その年の中秋になって空海は太宰府を出発することになる。

実はこの間、空海は、九州での秦氏の聖地に関する確認作業をするため、太宰府に居残った智泉を伴い、何度も現地に出掛けて行った。その調査と内容のまとめで、九州での日々は忙しかった。

空海は、同年10月に太宰府を発つことにした。秋晴れの日だった。唐に出かけていたのが約2年

間だが、その後九州で約1年を費やしたことになる。空海の帰朝後謎の3年間の前三分の一は、こうして九州で忙しく過ぎていった。さらに空海は、中央で活躍するいわゆる表舞台に躍り出るまでに、どこかで謎の2年間を過ごすことになる。このとき、日本では、空海は留学帰りのまだ無名に近い1人の僧だった。

出発した太宰府のなだらかな山々は、紅葉の色付きによってやや遠慮勝ちに秋の彩りになっていた。名残の金木犀の甘い香りが、空海を見送ることになった。

唐から請来した経典や曼荼羅図は荷にまとめ、京太秦の秦保国宛に送った。そこが一番安全だ。送るに当たっては、事前に京の秦保国に手紙を出し、星河に太宰府まで今一度ご足労をかけるお願いをした。

星河には唐から請来してきた、国家の財宝に相当する貴重品の荷駄に、智泉と一緒にしっかり付き添ってもらった。これで安心して重要な品々を送ることができた。星河と智泉はよほど仲の良い友人になったようで、荷を大事そうに守るも、楽しそうに平安京に向け太宰府を出発した。

空海は上洛するに当たって、西欧からの渡来人たちの足跡をたどることにした。太宰府から那ノ津に出て漁船を雇い、魏志倭人伝に記されたかつての末蘆国と思しき北九州・宗像方面を目指した。

そして、先端に織幡神社が祀られている、海女発祥の地・鐘崎へ上陸した。鐘崎から松林の松路をそぞろ歩いて宗像大社に詣でた。この過程で空海は、北九州・宗像でたいへんな発見をした。

「この国には古ユダヤの暗号文化があるぞ。宗像という地名は、『ムナ・カタン』の漢字当て字だ。唐で習ってきた古ヘブライ語アラム方言で、『待ち望んだ花嫁』と読める。本を『ムナ・ケテー』とすれば、『王権を持つ者の定め』と解することができる。宗像大社の『ムナ・カタ』という言葉は、『待ち望んだ花嫁・ユダヤの民よ、王権を持つ者の定めとして、この国に王国を打ち建てよ』という、渡来した同胞に向けた沈黙の暗号発信だ。なんということだ。そのことを強く名前の中に秘めた古ユダヤの暗号文化があるではないか」

と、空海は看破した。さらに、

「遠く大陸を横断して、日本に渡って来た第3波のユダヤの渡来人たちは、輿入れする花嫁に例えられ、先に着いて住み着いた第2波の古ユダヤの先輩渡来人たちが、温かく、しかし暗号にした強い激励伝言と共にここで迎えていたのだ。すごいことだ。この宗像と近所の鐘崎が大陸からの渡来人の上陸地点だったのだろう。海神を祀る海人族の、島々の本拠地もそれを雄弁に裏付けている。神の港、神湊(かみみなと)港が宗像大社と繋がっているのは、王族が上陸するときに、最も近い港として作られたのに違いない。釣川の対岸には八幡宮もあるぞ」

空海は宗像大社で驚いたことがもう一つあった。

「宗像大社の門には、巨大な菊のご紋章がついている。菊のご紋章は日本皇室の御紋章だ。いつか秦氏から聞いたことがあった。菊華16紋は、エルサレム神殿の西にヘロデ門があり、その上にも飾られている紋章であるということだ。これは古ユダヤの民を迎え入れる聖なる場所として、まさしく象徴的に何かを暗示しているぞ。

　さらに宗像大社の裏社紋は、葉脈もようの意匠が入った桐紋だ。また奥宮は伊勢神宮遷宮の際、御用済みとなった御神材で造られており、皇祖を祀る神社と結びつきが強いことが伺い知れる」

　宗像とその港、神湊港や鐘崎港は、大陸からの渡来人たちの玄関口だった、と空海は理解した。神の湊（秦）の港とは。言い得て妙だった。この海域の島々には文化遺産が多数秘蔵されており、海の正倉院とも呼ばれる。海を行き交う海人族が住み着いた地域だ。

　宗像をあとにした空海は、魏志倭人伝にある伊都（いと）国、奴（な）国、不彌（ふや）国の跡と思しき場所をたどった。綿都美（わたつみ）神社の前からまた漁船を雇って、鳥居と境内の亀石が真っ直ぐに指す方角に進み、宇佐の八幡神宮近辺に上陸した。

　空海は宇佐・駅館川（やっかんがわ）の船着き場から、和気清麻呂が「道鏡排除のご神託」を受けたという、長尾山の社の前に立った。そこで唐に出発する前、延暦18年（７９９年）に亡くなった和気清麻呂師の偉業に触れ師を偲んだ。宇佐では八幡（やはた）神宮に参拝した。八幡神宮は、丘の上に厳然と建つ幾つもの社で祀られていた。遠くの山の上に、奥宮が望めた。

　空海はまた船を雇い、駅館川の船着き場から海にでた。海を南下、奈多宮（なだぐう）の海上鳥居を目印に、豊後（ぶんご）水道の最も狭い部分である、速吸瀬戸（はやすいのせと）（豊予（ほうよ）海峡）を対岸の佐田岬沖に渡った。八幡神宮の向い側の四国・佐多岬の付け根に、八幡浜という集落があるというのも、すごい取り合わせだと空海は感心した。

瀬戸内海を東に進み、今治平野の二つの岬を向こう側に回り込むようにして四国に上陸した。アイヌ語で二つの岬はドゥマという。空海は魏志倭人伝の投馬（とうま）国の特徴らしき様子を、今治で観察した。投馬は、アイヌ語のドゥマから派生した地名ではないかと思われた。

空海はここからさらに船出し、讃岐・屏風ヶ浦でいったん善通寺の実家に寄った。年老いた母に元気な顔を見せ、入唐（にっとう）に当たって資金を合力してくれた縁のある豪族たちに、土産の品を届けてもらうように、母にお願いするためだった。

「おや、そこに立っているのは真魚とちゃいまっか？　真魚でっしゃろ！　ひゃぁ〜」

母玉依は玄関に立つ空海を見るなり目を見開いて仰天し、大喜びで抱きついて来た。もうこの世では会えないと思っていたらしく、母は本当に嬉しそうだった。思わず讃岐言葉が口を突いてでた。

「まあまあ、りっぱなおじゅっさん（お坊さん）になりはったなぁ。なんしょんな？　どななんな？（何をしているの？　どんな様子なの？）」

空海は、「母上、たいへん御無沙汰いたしております。唐から帰りました。これは記念のほんの気持ちの品です」

と言って、持ち帰った七宝の香炉と、白檀の扇子を母に土産として差し上げた。

「ひゃあ、ほんにうれしいわあ。うまげな扇子やのう。真魚や、ちょっとこま唐のようすを聞かせまい。（素敵な扇子だこと、少しの間、唐の様子を聞かせておくれ）」

空海はさまざまな唐の見聞を土産話に、長年の無沙汰を埋め尽すように、夜遅くまで母と語りあった。母は楽しそうに眼を輝かせて空海の話に聞き入り、思いを遠い唐の都・長安に馳せていた。空海も話しながら、長安の都の情景が走馬灯のように脳裏に浮かび、恵果師匠のやさしい笑顔が母親のやさしさと混じりあった。それは心に滲み渡るように、懐かしく思える夜だった。

そのとき、母の口から思ってもみない言葉が出た。

「真魚や、やはり血は争えまへんなあ。遠くの国に出かけて旅をするのは、きっとお前の中に阿刀家伝来の渡来人の血いが流れとるさかいにや。実家の阿刀一族は、大陸の奥から来た渡来人の末裔やと、聞いておますえ」

「えっ、と言うことは、私の中に古（いにしえ）のユダヤの血が流れているということなのですか？」

「さあ、どこぞの血いかは、詳しくわかりしまへんがのお。たぶんそういうことなのかしらん。心しておくことだねえ。ほほほほ」

母の言葉が空海の脳裏に残った。夜空には、中秋の名月が輝いていた。

翌日、空海は縁のあった豪族たちへのささやかな土産として、七宝の香炉をいくつか母に託し、船に乗って讃岐を出発した。母の前では、空海もつい讃岐弁が出てしまう。

「ほんだらな。いってきますー」

「いってかえりー」

母は、実家の河内弁で、空海を送り出してくれた。

のちに空海は、支援をしてくれたこの地域の豪族たちには、領内の田を潤す満濃池を修復する長官として赴任し、仕事でお礼をすることになる。空海が唐から持ち帰った土木技術はたいへん優秀で、満濃池は前任者が2年かけても修復できなかったが、空海は短期間で周辺の田を潤す、氾濫しない農業用水池となし、地元に貢献した。このとき、長官として赴任する郷土の英雄空海を讃岐の民は総出で迎えた。

畿内への航海の途中瀬戸内海から、神宝が眠る剣山が遠望できた。空海は、ここに戻って来たという実感がわいた。古ユダヤの民も、瀬戸内海を舟で東進しながら、聖書に示された「東の島々の国」に到着したと肌で感じたに違いないと、空海は想像した。そのとき剣山の山頂から、赤い波動光が空海に向け照射されていた。空海の帰りを喜ぶかのように、赤い光は輝きを増した。

空海は、剣山には神宝の状態を確かめるために、すぐに登らなくてはならないと感じた。落ち着いたら秦氏に話し、神宝に触ることを神から許されたというレビ神官たちと、すぐに掘り出しに行くほうがよいと感じた。赤い波動光は気持ちが通じたとばかり、その強さを一瞬強めた。

空海は、四国阿波手前で鳴門の大渦を避け、淡路島方向へ左に進路を変え、島伝いに北上し明石海峡を横切って神戸・須磨に上陸した。さまざまな解釈があるが、神戸は神の国淡路島ならびに「神国・四国」への、入り口の戸という意味だ。神戸から見ると、拝殿・淡路島を経て、島全体が奥の院である「神国・四国」を拝するという、配置になっていたのだ。

(四国は元々、神国と言われたのだ) とこのとき空海の脳裏に言葉が浮かんだ。

空海には、神戸・須磨でやらなくてはいけないことがあった。空海は、遣唐使船出発前に願をかけた寺、六甲山に連なる多々良山の大龍寺に登った。無事帰国させていただいた御礼を奏上した。この寺の開祖は和気清麻呂師だった。その霊にもお礼を申し上げた。空海は寺に詣でた後、裏の池に連なる平らな原で、密教を広めるための修法を７日間行った。

空海はこれからの戦略を、この山奥で静かに練った。このとき空海は、大龍寺裏山の奥の院に登った。さらに山の頂上に行き、日本の国生み神話の中心地古ユダヤの先遣隊が日本の聖地の基点として位置付けた淡路島・神籬石（ひもろぎいし）・伊弉諾神宮（いざなぎじんぐう）方向を望み、長い時間眺めた。淡路島の遥か先に、『神国四国・阿倭』が霞んで見えた。

剣山からの赤い光が空海とつながっていた。空海はここで、光と会話をした。

「必ず貧道が契約の箱を掘り出し、お守りいたす」と誓った。それを表すために、多々良山頂上のすぐ下の神坐と思しき巨岩に、空海は自ら石ノミを振るい亀を掘った。掘り終えてから岩上に座し、重要な密教供養を行った。空海はこの亀を、重要な結界聖地として念を込めたのだった。この亀は１２００年経った現在にも、空海の石ノミの跡を伝えている。

空海がなぜ、ユダヤの象徴である亀をここで掘ったのか、詳細は謎だ。少なくともこの亀は正確に、ユダヤの先遣隊が聖地の基点とした、淡路島を向いている。亀の頭が指す方角は、南南西２００度。その方角に伊弉諾神宮（イザヤ宮）があり、そのはるか向こうの直線延長上に、剣山がある。

空海は聖地の結界を張る重要地点として、この亀を彫った。このことの重要性は、後に徐々に明らかになる。7日間の修法を終え、空海は和気清麻呂師の開基した大龍寺を辞し、山を降りた。後にこの道は「弘法道」と名付けられた。山頂池の周辺は後に「修法ガ原」と呼ばれるようになった。

多々良山は空海が再び来訪した山ということから、その後「再度山（ふたたびさん）」と呼ばれる。

こうして空海は神戸・須磨から改めて舟に乗り、ようやく難波の津に戻って来た。ここを遣唐使船に乗って出帆してから、約3年半の歳月が流れていた。発つ前と、帰って来た今では、空海の心の充実感には、雲泥の差があった。

空海はこのときの気持ちを、「虚（むな）しく往き、満ちて還（かえ）る」と御遺告（ごゆいこう）(空海の言を弟子がまとめたもの)の言葉に残している。

「よし、これからが勝負だ。唐という地上最高の情報都市に行き、この身体と頭脳の中に詰め込んで来た宇宙の智恵を、全部吐き出し、日本で何ができるかやってやろう。ともかく、やれることはすべてやる。そのことが宇宙の必然なら、神、仏が、貧道のこの身体を使い、必ずや何かを成し遂げさせるに違いない」

神、仏は、準備が整った人に降りるという。空海の新しい凱旋の人生が、ここから始まった。

## 第18話　槙尾山寺

大同2年（807年）秋。空海は、難波の津から畿内に上陸した。

平安京に上洛するのかと思いきや、空海が向った先は逆方向だった。

当時の平城天皇からの命令書勅宣によれば、「聖教を流布せよ」ということだったが、その沙汰には続きがあった。それは、「槇尾山寺に入られよ」という。空海は考えた。（この沙汰の裏には、謹操師匠の存在を感じるぞ）

なぜなら、槇尾山寺は謹操師匠管理下の私寺だった。槇尾山寺は、かつて空海が私度僧になるとき、剃髪して僧形になる仮の出家式を謹操師匠がやってくれた。それほど、空海にはゆかりのある寺だ。槇尾山寺と、名指しで居寺が沙汰されたのは、謹操師匠から僧の管理機構僧綱所への強い働きかけがあったのだ。それに加えいま僧綱所には、空海の旧知如宝や秦信、唐西明寺の前室僧・永忠らがいた。重鎮となった彼らは皆、空海の理解者だった。

（ありがたい。あそこなら我が家同然だ）

空海は勅宣に従い、和泉国槇尾山寺に入った。

空海はここにようやく畿内で活動の本拠地を得た。ここはあまり目立たずに出歩けそうな、しかも平安京や奈良から、適当に遠い場所だ。むしろ和泉国にもこんな辺鄙な山里があるのかと思えるような山奥で、昔は役小角など山岳修験者が跋渉した自然の道場だった。この付近は自分も真魚の時代にさまよい歩いた山野だ。

地理的には向い側に、高野の山々が対座している。この寺は古く、開祖はその役小角と伝わる。江戸時代の寛永年間に天台宗に改宗し、施福寺となる。この人里離れた山上の寺は空海にはなじみの寺だったが、ここで謎の約2年を過ごすことになる。空海は、むしろ人里離れたこの寺をよしとした。

事実このとき空海には、天竺発中国経由の純粋密教そのものの存亡が掛けられていた。もし空海がこれから鳴かず飛ばずであったなら、恵果の流れを汲む純粋密教は途絶えていたことになる。それに代わり、最澄がもたらした雑密が、日本での主流になっていただろう。その後最澄の天台密教は、弟子が唐で伝法灌頂を受け直し、重厚さを増し更なる発展を遂げた。

あにはからんや、確かに空海はそういった危機感も持ち合わせてはいたが、天才空海は荷が重いことをこれっぽっちも深刻がらずに、平然としていた。いやそれどころか、もっと大きな課題を幾つもこなそうとしているほどだった。

（まず第一、真っ先にやらなくてはならないことは、秦保国に復命の報告をし、今後の策を協議の上戦略を立てることだ。

第二に、唐から持ち帰った密教を、集大成する仕事、流布するための道筋を作ることだ。これは『聖ナル教ヲ流布セヨ』という恵果師匠の遺言や、天皇の勅命、秦氏の密約にも応えることである。

そのためには、密教両部を集大成させ、日本語の解説書を作る必要がある。

第三の課題は、古ユダヤの神宝・契約の箱に関する対策を打つことだ。

さらに、結界四国八十八ヶ所の完成も急がなくてはならない）

空海は、こう頭の中を整理した。空海は槙尾山寺で数日落ち着いた後、住職にお話しした。

「ご住職、貧道私度剃髪のときに、お世話になったままです。その後貧道は出家させていただき、空海と法名を名乗り、一沙門として唐に法を求め、このたび帰朝いたしました。これから、またしばらくやっかいになります。この御恩は必ずお返し申します。よしなに頼みます。

ところで、早々誠に恐縮なのですが、明日からしばらくの間…山に入って修行をいたしたく…」

「空海どの、唐まではるばる御苦労さまでした。貴僧の好きにするがよいよ。ここは葛城の山の中、だれも気にしないじゃろう。ははは」

それを聞き空海は、さっそく翌日には隠密行動に出た。

空海は編み笠を眼深に被り、京の太秦に秦保国を訪ねたのだ。

太秦の屋敷で、秦保国は満面の笑みを湛えて空海の前に現れた。

「五筆和尚、ようお帰りなはった。はっはっはっ」

「なっなんとっ、なにゆえ唐での貧道の渾名を御存じなのか？　日本人には同船した者しか知る者がいないはずですが…」

「はっはっはっ、星河から聞きもうした。貴僧の活躍ぶりは、現地から中間報告があったのだす」

秦保国は、ここで悪戯っ子のように笑い、

「実はでんな。星河は第1船に潜り込ませ、唐でそなたを常に遠くから、見守っておったのだす。何か必要なことが生じれば、すぐさま支援するように命じておいたのでんが、その必要もなかったようでおますな。まぁ、それはそれで、よろしゅおましたな。あっはっはっ」

（おーッ　何としたことだ）

空海は、国境をもまるで意に介さない、秦氏の空間認識の大きな世界観に驚嘆した。

「お陰で、星河もよい骨休みができ、またいろいろ勉強もさせてもろたようだす。良い人材に育って帰って来おった。彼にとっても、長安は人生の節目となる町になった。

星河は、貴僧が両部二回の灌頂と、阿闍梨法王の灌頂を受けたのを確認したとき、貴僧が目的を達したと判断し、中間報告をしにいったん日本に戻って来おった。窪清鈴（わしょうれい）氏の商船に乗せてもらい、那の津・博多に上陸し、そこから京に駆け戻ったのだす。

その報告で、我々は臨時遣唐大使高階を、迎えの使者として表向き朝貢（ちょうこう）の臨時大使として、派遣したのだす。星河は高階と共にまた唐に渡り、再びそなたの影になっておました。

何はともあれ、皆無事に帰れて良かったどすなあ。しかし、2年とは早かったと思う。大義であったどす。うむ」

「はあぁ…かたじけない…」

（うーむ、何ということだ。星河が、長安で身近に居たとは…）

空海は秦保国の力と、星河の忠実な実行力に思わず鳥肌が立った。空海ほど観察力が鋭い人間にも、星河は唐で全くその気配さえ感じさせなかった。存在感を人に与えない完璧な影になっていた。

そこに、星河が部屋に入って来た。軽く空海に会釈した。空海は、

（ほう、行儀がよくなったな）

それにしてもこの男は、20年間長安に住むつもりだったのだろうか？　忍びとはそういうものか。いや、保国どのからは『数年で迎えを出す。その迎えの合図を出す時期は、自分の観察で判断せよ』とでも言い包められていたに違いない。貧道が密教を極め、阿闍梨位をいただいたときがその時と判断したのだな。それにしても秦氏は国策を曲げてまで、2年で遣唐使臨時船をしたててしまったのか。また星河は、毎年のように荒海を超え、大陸を往復していたことになる。命を張った凄い行動力だ。空海は感心した。

しかし感心するのは、まだ早かった。そのとき部屋の奥の扉が開き、ひとりの美女が入って来た。唐で会った窪清鈴(わしょうれい)氏の美しい秘書が、お茶を持って現われ、身体にぴったりの中国服で空海を見て、魅惑的な目でにっこり笑ったのだ。身体香らしい懐かしい良いにおいがした。

「ええっ、まさかっ、夢ではないでしょうね…」

「ああそれから空海どの、これは星河の嫁だす。莉倮(りら)と申す。いやもう貴殿はよくごぞんでんな。ハハハハッ。実はでんな、星河は長安に行き、窪清鈴氏に宛てた協力依頼の密書を歓楽街狭斜の二階事務所に届けた。そのとき2人は初めて出会い、それから何度か会ううちに恋に落ちたそうな。2人は結婚して、星河が連れ帰って来たのだす。以後よしなに…」

と保国が言うではないか。

「はぁー」（なんということだー、先を越された。貧道は金輪際…）

言葉にもならなかった。ため息交じりに、ポカンと口を空けた空海を見て、

「わっはっは」

3人は楽しそうに笑った。そう言えば、星河が笑った顔を、空海はこのとき初めて見た。

(そうか、あのとき街で見かけたぞ。莉倮さんと一緒に歩いていた相手は、星河だったのだあ。いやはや…)

空海は、星河の後ろ姿を見たことがなかった。いつも星河は、空海の半歩後ろにいた。ある日空海は、長安の雑踏の中に莉倮が男と楽しそうに歩いている姿を、垣間見た。そのとき遠目に見た後ろ姿の編み笠を被った中国服の男を、空海はてっきり、(中国人の青年だろう)と思い、声かけを遠慮した。というより激しく嫉妬した。空海は長安で莉倮と何回か昼食を共にし楽しい時を過ごした。体力のある空海は性欲の処理に悩み、莉倮を思って夜自慰に及んだこともあった。また夢精も何度か経験した。しかし空海はその心の動きを自制封印し、『理趣経』を学び愛欲を去る修行としたのだった。

「ははは」

空海は空気が抜けるように、力なく笑いながら言った。

「いやぁー、みごとに、一本取られてしまうたなあ」

「あははははっ」

今度は皆大声で笑った。もはや遠い長安となってしまったが、異国の街角には、さまざまな想い出が沁み込んでいた。(貧道は金輪際…)以来、空海は一生不犯(ふぼん)であった。のち高野山を女人禁制とした。空海はこのとき秦氏の陰の力に畏怖の念を抱いた。

（秦一族の世界観・構想力は凄い。しかし一歩間違うと恐ろしい連中だ。この先も注目しよう。世界に貢献するのか、制覇するのか…）

そうは言いながらも、空海の湊一族との付き合いは、秘密裏にどんどん進んで行った。

## 第19話　計画

空海は太秦で、秦保国と直ちに打ち合わせに入った。まずは、秦保国に対する、唐からの復命報告を行った。報告事項は、次のとおりである。

1. 大唐皇帝の人物像と神宝に関する事項
2. 景教の唐における現況と将来性について
3. 景教の教義の中でも、特にアガペーの愛という概念について
4. 現状の日本での、景教キリスト教布教の可能性に関して
5. 唐における他教の現状について
6. 密教の相伝について
7. 一般的科学知識について
8. 九州の情報その他

これらを踏まえ、今後のことをじっくり相談した。２人は検討課題を列挙し、話し合いながら次々に決めていった。しかし、それは相当な時間を要し、討議は日に日を重ね約1ヶ月に及んだ。

この間空海は、湊屋敷から一歩も外に出なかった。正式にはまだ上洛を許されていない。

平安京は城壁がないので、山城盆地全体は大唐帝国長安の都よりも大きかった。日本情緒に溢れてたいへん美しかったが、空海は自制して過ごした。菊の香りが新京にただよっていた。

復命報告の内容については、これまで見て来たとおりだ。

秦氏が提供した資金の使途については、空海はきちんと報告し、秦氏の了解を得た。空海は生涯周囲を利する事を大げさに堂々と行ったが、いわゆる私腹を肥やすことには頓着がなかった。

今後の進め方に関する討議の結果は、次のような概要になった。

空海が秦氏に実行計画として報告した。

「1. 密教を今後どのような方向で、集大成させて行くべきかについては、両部を合わせて、日本人に受け入れやすい『真言密教』として集大成させます。大日如来の仏國土、『密厳(みつごん)国土』を実現するつもりです。
2. その中に景教的な要素は、どのように取り入れていくべきかは、アガペーの愛を大いに参考にして、他人を思いやる慈悲の心を取り入れまする。
唐で景浄司祭から教えを受けた『愛(アガペー)』という概念と、恵果師匠の遺告『人々ノ福(さいわい)ヲ増ス』ことを目指し、慈悲の思いやりが人々の心の拠り所となるように組み立てます。ただし、一神教のキリスト景教そのものは、今は一緒にはできないと考えました。精進し信心すれば神・仏になれるという、日本人の宗教観を生かすようにしたいです。諸仏、諸菩薩というように多神仏の教義のほうが、いまの日本には合うと思われるからです。それぞれ拝する仏、菩薩に選択肢があるほうが、民に親しみやすいのです。

アガペーの愛の概念が、日本人の中に精神風土として滲み込むには、さらに歳月が必要でしょう。ですが、この概念は重要です。神の御子イエス・キリストや、その上のヤハヴェの神、即ち一神教の祖神は、密教で言うところの宇宙万物の祖神・弥勒菩薩、その具現仏・大日如来に相対しますが、日本の風土に合うようにこれをうまく溶け込ませて、密教にも反映させていきたいと考えます。

３．密教を、日本で流布していく為の方策、特に朝廷向け根回しについては、新帝平城天皇は、仏教に対し淡白のようです。いや、政治そのものに対しても同様らしい。したがって、次の帝になるまで様子を見たいです。その間に充分な準備を進めます。平城天皇の素晴らしいところは、歴史書・六国史（りっこくし）の編纂を強化されていることは注目すべきです。

方針としては、国家鎮護と衆生救済を前面に押し出し、密教は実践的に効能がある法として、それを朝廷や民に宣伝示唆していきます。

４．天台密教との関係性。最澄阿闍梨対策と、純粋密教布教の筋書きについては、最澄阿闍梨が持ちかえった密教は、よく聞くと三部三麻耶の灌頂で、いわば雑密（部分的な密教をこう呼ぶ）

の断片に如かないのです。朝廷が精査すれば、当然純密（密教全部）一式を持ちかえった貧道の密教に、必ず流れが来ます。しかし、最澄阿闍梨は立てなければなりません。なぜなら前桓武天皇から勅命のあった最澄阿闍梨が、現在日本における密教大法王であるからです。もはや天台宗となった比叡山には、天台部門とは別に、密教を修業する『遮那業』（大日如来教程）を部門として新設し、年歩度者（国が給金を支払う僧）一名分の枠があてがわれています。

現在、国が容認している密教の中心は、やんぬるかな比叡山なのです。当然、今密教の主流は、最澄阿闍梨の天台密教（台密）ということです。が、流れはいずれ取り戻します。今後できるだけ機会を作り、純密の効用を主張していきます。最澄阿闍梨が欲しがっている純密の情報は、経などを提供しながら流れを引き寄せ、朝廷の理解を得られた段階でやがて逆転させるつもりです。その間貧道は恵果師匠から授かった二つの密教体系を統合させた新しい真言密教を集大成します。時期をみて真言宗の創設と、日本における密教布教の申請を上申するつもりです。

5．最澄天台仏教対、奈良仏教界との確執の分析と対策については、最澄阿闍梨は、前帝桓武天皇の寵愛を賜ったので、この間存分に力を発揮した感があります。しかし天皇の力を笠に持論を大いに隆盛させ、奈良仏教を旧勢力として色を付けてしまった。それは多分に、桓武天皇の意向で、奈良勢力は疎んぜられ、その結果対立の火種を蒔いてしまいました。

貧道は、奈良仏教は『華厳経』において、宇宙の構造に近づいている教義を有していると考えます。この『華厳経』を梃子に、奈良仏教に勢いを盛り返すような、新風を吹き込むことができると思われのです。奈良仏教勢力はまだまだ力がありますので、今後密教を奈良勢力に理解してもらう為に、『華厳経』をかけ橋として関係を深めていくようにいたします。

6. 新帝候補との関係性については、平城天皇の弟神野親王（後の嵯峨天皇）は、皇位継承順第一位の皇太弟です。勉学に励まれたお方で、若くして唐の文化にも造詣が深い国際人であり、漢文や書にも長けていると聞きます。この教養高い皇太弟に期待したいです。

7. 四国・剣山の神宝、契約の箱の取り扱いについては、唐で親しく朝貢させていただいた皇帝が、神宝の存在を知っている可能性は低いとみました。28歳の現帝・憲宗皇帝の温和な性格からしても、我が国に奈良時代から極秘裏に伝わる『唐が、宝を奪いに日本に攻めてくる』とは考えにくいことです。皇帝からも直々、『密教をもって、唐日親善の絆とせよ』とお言葉を承りました。貧道は、『友好的な関係を今後も構築していくべきである』と結論しました。今後唐の皇帝に関する情報は、窪清鈴氏から定期的に届くように依頼して来ました。

神宝に関しては、可及的速やかに契約の箱が隠されている剣山へ行き、神宝に触れることができるレビ族の神官が、箱の中身を確認する必要があります。中身が確認できた場合は、剣山から運び出し、取りあえず安全に管理が出来る場所に移すことが緊急の課題です。その際は祭礼を装い、その祭礼は偽装のためにその後も続けることが望ましいと考えます。最終的な神宝の安置場所は、最もふさわしい場所を探し後で定めることにします。

8. 四国・結界、八十八ヶ所の建設計画と、完成に向けた工事工程、及びその後の生かし方について。いま弟子の智泉が総連絡役として頑張り、新たに必要な37ヶ寺の基礎工事をしています。金剛組に頑張ってもらい、速やかに寺社建物を完成させます。資金は秦氏からの寄進で賄うことを前提に進めていますが、丹取引で得た独自資金も合力します。現寺社の伽藍配置を標準に整え直す工事も合わせて行い、結界を完璧に完成させます。

その後の生かし方は、当面唐が攻めて来そうもないので、神宝を守る軍事的要衝というより、民の為の密教・即身成仏思想の実践道場として位置付けます。遍路への旅だち発願（ほつがん）を促すことから、結願（けちがん）したときのご利益までの筋道を立て、多くの民に普及するように企画します。参拝のやり方など、誰でもわかりやすい標準作法集作りを進め、普及を図ることといたします」

以上が、空海と秦氏との討議の結果決まった。

「空海どの、たいへん御苦労はんでおました。これからがまた一仕事やさかいに、あんじょう（うまく）やっておくんなはれや」

秦保国は、空海の肩をたたきながら笑顔で言った。

「おまかせあれ。明日からでも取り掛かりましょうぞ」

空海はただちに、この実行計画を実施することにした。空海は表向き、槇尾山寺に居ることになっている。朝廷からの京への上洛の勅は相変わらずない。しかし課題は山積されていた。

空海はこのあと2年弱、歴史に記録を残せない隠密行動で、数々の課題に取り組み、解決しようとしたのだ。もちろん太政官に見つかれば、捕えられる危険があった。

# 第６章　謎解き

## 第20話　発掘

空海は、秦保国と討議して決めたことを、さっそく実行に移した。大同2年（８０７年）晩秋、空海33歳のこと。真っ先に手を付かなければいけないことは、古ユダヤの神宝・契約の箱を剣山に確認しに行き、無事を確認できたら神宝を掘り出すことだ。空海は唐に行っている間、また帰国直後も九州に留め置かれたために、数年時間（とき）が空いた。そのため、墓泥棒に盗まれていやしないかと心配だった。

また、この神宝を探している他の勢力もいる、という話を秦氏から聞いた。その連中には、『この神宝を手に入れれば、世界の富と権力を手中にできる』と信じられているとのことだった。いつの世にも強欲な人間がいて、自分の欲を通そうとし、世界を混乱に巻き込むのだ。空海は鼻から相手にしない。

「そんなばかかな。どうやったら神宝で、世界の富と権力が手にはいるのか、教えてもらいたいものだ。神宝は、世界の平和のために存在する。そのように役立てるのが天に報いることだ」

空海はそう信じてやまなかった。しかし他の勢力が狙っているとは、余程注意しなくてはならないと思った。空海は洞内の累累と横たわる白骨や、つぶされた白骨を思い出していた。あのなかには、墓泥棒が哀れな姿になったものもあるのだ。

空海は、神宝を掘り出すために、古ユダヤ渡来人の中でも、レビ族が扱わなくては神の祟りを受けてしまうということなので、秦保国に6人のレビ族の人間を選抜してもらった。長老格のコーヘン司祭は、秦氏を守る神官として日本・太秦に常駐しているので、副官と共に陣容の核をなした。他は若い神官たちだった。秦保国が、一番信頼する族長の司祭を派遣するという姿勢に、空海はその真剣さを感じ取った。

「コーヘン司祭、よろしくお願いいたします」

「こちらこそ、お願いいたします。神のご加護を…」

今回の発掘行には、星河に最初から同行してもらうよう、空海が秦保国に要請した。

「星河がいると、本当に助かります。それに他の何者かが、神宝を狙っていると伝わりますゆえ」

集められた陣容は、申し分なかった。準備が整い、翌早朝一行8人は人目につかぬよう、編み笠を深く被った修行僧のいでたちで、平安京太秦の朝靄を切り裂くように、凛として出発した。皆、鉄製の釈杖を携えていた。背中に背負った箱笈には、祭礼用の白装束も準備していた。

空海を先頭に修業僧の一団は、難波の津から船で淡路島に渡り、国産み神話の伊弉諾神宮に行った。古ユダヤの神官たちは、伊弉諾神宮をイザヤ宮と呼んで尊んだ。古ユダヤのレビ族の中でも指導者の司祭は、伊弉諾神宮神主に会い、秦保国からの手紙を手渡した。神主は山背派の人間だった。

『空海殿が契約の箱を掘り出したら、ここまで祭礼を装い神輿として運んで来るので、しばらく安置してもらいたい』という手紙の内容を、伊弉諾神宮の神主と確認しあった。

それから一行は淡路島を陸行南下し、南端の福良丙港を船で出て、鳴門海峡の激しい渦を避け、大廻りしながら阿波に向った。阿波・粟津港からは旧吉野川を遡行し、大麻町津慈の板東谷川が合流する辺りで、川から上陸した。渡来した古ユダヤの民たちも、このように旧吉野川を遡上して、ついに水行の旅を終えたのかもしれないと、空海ははるか古の民の姿に思いを馳せた。秋の高い青空が気持ちよかった。掃いたような白い雲が美しい。

ここからいよいよ、四国結界の始まりだ。

一行は上陸地点から近い、結界一番札所竺和山霊山寺に入った。一行は行基大僧正が開基した古刹で、空海が彫った本尊の釈迦如来像様に、仕事の成就と四国結界がますます強固になるよう祈願した。霊山寺の宿坊で、一晩の宿を提供していただいた。

翌日早朝、空海は釈迦如来像の前で朝のお勤めを済ませ、一行は霊山寺を出発し、吉野川左岸を遡行して歩いた。二番極楽寺、三番金泉寺(こんせんじ)、四番大日寺（このときは四番から十番までが建設中）、五番地蔵寺、六番安楽寺、七番十楽寺、八番熊谷寺(くまだにじ)、九番法輪寺、十番切幡寺と願をかけ、建設中の場所では、結界聖地を清めるための祈祷をしながら進んだ。

途中四番大日寺から、工事全体の総連絡役を務める弟子智泉が案内し、金剛組が建設中の寺を空海が視察する形で、結界聖地に念を込めながら回った。空海は智泉が結界聖地となる新寺の建築工事を、うまく仕切っていることを認め智泉の労を労い褒めた。

「お師匠様、ありがとうございます。とにかく頑張って、早く建物を完成させます」

優秀な智泉は、このとき弱冠18歳だった。空海が唐で阿闍梨位を授かったので、智泉は正式に空海に弟子入りし、後に灌頂も授かり十大弟子の1人になった。高雄山寺では真言宗として認められて配置された、国が給金を支給する最初の年分度者となった。

一行は十番切幡寺から出て、重要な聖地に行った。そこは、撫養街道の野神、御所の原・八幡(やはた)という地にあった。八幡神(ヤーのかみ)を祀る八幡神社(はちまんじんじゃ)にお参りしたのだ。レビ神職もキリスト教式に祈りをささげた。空海一行は、十一番藤井寺（同建設中）で、智泉に別れを告げた。ここまでが新たに作る寺が多く、結界の重点箇所連続線だ。一番から十二番札所までは、かなり距離もあったが、一行は黙々と歩いた。ここから山に入り、しばらく険しい山岳道の登りが続く。

十二番焼山寺(しょうざんじ)では、ご本尊虚空蔵菩薩を拝して、その日一行は役小角が開基した焼山寺の宿坊に泊めてもらった。この辺は、役小角が修験道を広めたこともある山中で、山岳修験者も多くいた。
このときも数人の修験者と同泊となった。数人のいかつい身体つきをした修験者たちが、怪訝そうな顔つきで近寄って来た。外人の集団が、この山奥に入って来たことが不可解のようだ。交流した結果お互いが和んで話が弾んだ。このとき古ユダヤのレビ族神官の額の『ヒラクティリー』と、日本の山伏の『頭襟（ときん）』とが、共通点が多いことが話題となった。着ける位置も、色や形も、聖書の言葉や経典の一部を書いた紙を折って中に保管するという使い方も、神や自然の霊力に関わる人達が着けるということも、古ユダヤの風習が日本に伝わって残っていると言っても過言でない程だ。

古ユダヤの神官たちも、山に入って修行することが多かった。日本の山岳修験者は、天狗の鼻を持つ姿が絵に描かれていることがある。また天狗の逸話は、各地に残っている。顔が赤く、鼻の高い外国人の神官の顔が、天狗の顔に見え、いつしか山の逸話になったのかと思える一晩であった。

翌早朝、空海はご本尊虚空蔵菩薩を拝し、朝の勤行（ごんぎょう）を済ますと、早速一行と共に出立した。

焼山寺から山道は徐々に険しくなり、山に分け入った。ここから結界遍路道と別れて、さらに剣山に向かってどんどん山奥に進む。山道はやがて山上の粗谷の村を通過した。一行はなるべく人目に付かないように、人家のある場所は黙々とさっさと通りすぎた。剣山麓の園福寺の前を通過した。

ここから山岳道をさらに登る。しばらくきつい山坂が続いたので、一行はあえぎながら山頂を目指した。あたりが森林限界を超え、高山の景色になったころ、一行はついに剣山の稜線に出て、山頂に近付いて行った。

山頂がすぐそこにせまった。が、空海は山頂に行くことなく、一行を山頂から百間ほど下の獣道に導いた。巨岩をよじ登った神官たちは、さらに奥へと山頂を巻くように進んだ。すると空海が見覚えのある、松の木が生える泉があった。泉は枯れることなく、また大量に土石を押し流すでもなく、ほどよくチョロチョロと中の圧力を逃がしていた。松が植え変えられた様子がないので、空海の留守中誰もここを掘り返したことはなかったようだ。

空海一行は、ここで森に隠れ、夜を待つことにした。

大勢が穴を穿っていたのでは、誰かが見たとき怪しむに違いないからだ。洞窟の中は昼夜いずれにしても暗いので、夜の作業でも同じことだ。一行は夜間の仕事に備え、森の下草に身体を横たえて暫時休憩した。着いたのは夕方だったので、西の空が夕焼けで茜色に染まっていた。横に長く棚引く幾筋かの雲が、沈みゆく太陽の光を下から浴び大きく金色（こんじき）に輝いていた。瑞雲（ずいうん）とも取れる吉兆だ。空海はこんなに広い空と雄大な夕焼けを、久しぶりに見た。星河が食料をどこからか調達して、届けてくれた。相変わらず自分のやることがわかっていて、黙々と実行する頼もしい男だ。

夜の帳（とばり）が剣山を覆った。空海達は腹ごしらえも済み、作務衣に着替えて待った。星河が見回りから帰って来た。しかし、いぶかしげな顔をしている。

「おかしい、この森には、誰かいる。人の気配がするのだが、正体がわからぬ。我々を見張っている感じがする。

仲間の警護連なら、とっくに仲間内の合図を出しているはずだ」

そう言って皆に「いったん作業を中止し、森に身を隠すよう」小声で命じた。皆に緊張が走った。一行は現場を黙って離れ、場所を悟られないよう遠くの森に移動した。星河は見えない敵を探しに、また森の奥へ消えて行った。しばらくして星河が皆のもとに帰って来た。

「追い払った。仲間でもないし、武者（もののふ）の気配ではなかった。しかしこれではっきりした。我々は見張られている。ここの重要さを知っており、近づく人間を見張っている者がいる。いまは大丈夫だ。彼らは遠くまで追い払った」

そこで一行はひそやかに泉に移動し、物音を立てぬよう慎重に仕事に取り掛かった。周囲は目が慣れると、月の光で充分明るかった。まず、鉄製の錫杖（しゃくじょう）で崖を突き、それから泉の穴を徐々に大きくしていく。手や板で土石を掻い出し、数メートル進むうちに水の出が多くなり、しばらくして水圧に耐えられなくなった壁はドドッと崩れ、大量の土石流を噴出した。このとき赤い光が穴から漏れ出したのが、空海には感じられた。空海が唐を往復し、その後もここを離れていた3年間に、内に溜まった水は、ドオーッ　ドオーーーとしばらくの間流れでた。

一行は水の流れが細くなるのを待って、ろうそくを燈して穴にはいり、周りを大きくしていった。以前、空海が智泉と穿った跡が掘りやすかったので、穴は次第に大きくなり、やがて人が這って通れる位の大きさになった。空海が九字の秘法で印を結び、洞内の邪を払った。空海は横穴を掘り進みながら這って行くと、以前のように洞窟内の池の壁から、内側に顔を出す恰好になった。

もし内側から見ている人がいたら、ボコッと外から洞窟の横壁に水面すれすれに穴が開けられ、空海を先頭にレビ族の神官たちが次々に池の中に這い出て来た格好になった。まるで地中の穴から、人が次々に生まれ出て来るような、妙な光景だ。空海は右手で手刀印を結び、邪を払う九字の真言を唱えながら池に入り、皆を待った。全員揃ったことを確認した。星河は外を守っているようで、あえてついて来なかった。（さすがだ）空海は今更のように、この男のつぼを心得た行動に感心した。（決して主役にならない、しかし要所は押さえておる。このような男も、世の中に必要なことを、星河との長い付き合いで学んだ）空海は、心の中でそうつぶやいた。

空海はろうそくをかかげ、光明真言を唱えながら神官一行を池の奥に導いた。

「オーン　アボキャ　ベイロシャノウー　マカボダラ　マニ　ハンドマー　ジンバラ　ハラバリタヤ　ウーン」朗々と真言が岩に沁み入る。秋の水の冷たさが一行の気を引き締めた。

やがて池は浅くなり、膝の深さになったとき、ろうそくの光が揺れた。前方に、六つの洞穴があった。今回は空海の事前探索のお陰で迷うことはなかった。たくさんのしゃれこうべを、司祭たちには見せないほうがよいと空海は考えた。一行は水から上がり、微かに奥のほうから来る空気の流れを感じながら、一番左の小さな鍾乳洞を、奥へと空海の先導で進んだ。暫く鍾乳洞を進むと、前方にろうそくの光にボウッと映る物体が見えてきた。傍に近づくとそれは横長の木箱だ。中からうすく赤い光がさしているのが空海には見えた。

そしてついに、古ユダヤ・レビ族の末裔は、失われた聖櫃アーク・契約の箱に辿り着いた。紀元前数世紀に、忽然とエルサレムの第二神殿から姿を消した契約の箱は、いまここにある。はるばる極東の日本の地に運ばれていた。このとき大同2年（８０７年）。千数百年以上のときの彼方で、数千里の地の彼方で、彼らはついにその箱を発見した。

「エンヤーレルヤー」（我は神を褒め讃えまつらん）それまで慎み深く、黙々と無言で仕事をしてきた、高貴な魂のレビ族神官たちの口から、この言葉がほとばしり出た。

「エンヤーレルヤーー」

「エンヤーレルヤーー」

「エンヤーレルヤーー」

…エンヤーレルヤーー

…エンヤーレルヤーー

…エンヤーレルヤー　ヤーヤー

彼らの魂は、余程歓喜に打ち震えたのであろう、その言葉は口々に唱えられ、洞窟内に木霊して響き渡った。ろうそくの揺れる光に、外木箱が照らされている。彼らは感極まり涙している。

ユダヤの祈りが、正統なレビ族神官により、千数百年ぶりに神宝に奉げられようとしている。

その前に「中を確認しなくては」と、長老格のコーヘン司祭が皆を促した。一行は手分けして、外側の木箱を取り除いた。中から金色に輝く契約の箱が出てきた。空海も前回外木枠を除け、契約の箱の外観は見た。確かに秦氏から聞いているとおりの形状をしていた。が、その中はまだ見たことがなかった。

長老が若手のレビと力を合わせ、ケルビムが相対してひざまずき羽を広げる贖いの蓋を取った。赤い波動光が中からブオッと出たが、全員気が付かなかった。空海にしか見えない赤く透き通った波動光は、箱の中にある六芒星の中心から出ていた。全員の目が箱の中に走った。中を食い入るように見つめた。

「オオッ」

暫く洞窟が鎮まりかえった。

皆が食い入るように覗いた箱の中には、何もなかった。そこにあるのは空っぽの空間だけだった。箱は、蛻(もぬけ)の殻になっていたのだ。暗闇の洞窟の中で、全員が茫然と立ち尽くし、ろうそくの明りに照らされた、金色の箱を見つめていた。誰も言葉を発することができなかった。確かに、契約の箱はあった。しかし、中の神宝が消えてしまっている。

(いったいどういうことだ。これは幻か?)空海も暫く思考が停止状態となり、ぼう然としていた。皆同じ思いだったに違いない。空海が、気を取り直して箱をよく見ると、ところどころ金箔が薄くなっており、千数百年の保管によく耐えてはいるものの、それは一見写しのようでもあった。よくできた模造品のようにも見える。金箔もろうそくの光では真偽がわかりにくいが、黄金の光に少し陰りがあるようにも見える。それはただ単に、長い年月風化に耐えた箱の自然な雄姿なのかも知れない。さまざまな考えが、洞窟内をよぎった。(中身の神宝は、ここに来る以前にどこかに保管され、箱だけがここに隠されたのか？）（全部が一旦ここに隠されたが、何者かが、中の神宝だけを持ち去ったのか？）（その場合、神宝に触れるレビ族神官が他に居たのか？）（単なる墓泥棒の仕業か？）（だとすれば、その者は当然、神の怒りに触れたはずである）（最初からここには模倣品の写し箱が置かれ、本物の契約の箱はどこかに隠されているのか？）（いや契約の箱など、日本にそもそも来ていない。これは話を聞いたもの好きが仕組んだ、手の込んだいたずらなのか？　それにしては、周囲の祭礼に神輿を山頂に担ぎあげる風習にまでなり、それが数百年、いや千年以上も伝承されているのは、冗談や作り話では済まされない）

「いずれにせよ、契約の箱は今ここに発見された。しかし、中身の神宝が消えている」

これが、今言えることの、全てだった。さまざまな憶測が、空海たちの脳裏を巡り、重苦しい沈黙が洞窟を支配した。レビ族の神官たちは、ただ黙ってしばらく項垂（うなだ）れていた。やがてコーヘン司祭の司式により、全員で神宝のために祈りをささげた。空海も頭（こうべ）をたれ、祈りに加わった。

## 第21話　追跡

洞窟の中で、空海はレビ族神官たちと話し合った。

「さて、どういたそう。箱だけを掘り出して持ち帰るか、中身の神宝の行方を追及すべきか」

皆で話し合い、

「この際せっかくだから、中身の神宝の行方を追跡しよう」
ということになった。身を軽くするために、箱は後で掘り出すことにした。神宮たちは、契約の箱を元あったように外木箱に納めた。一行は外に出て洞窟入り口を元通りに修復した。そして古ユダヤ・レビ族神官たちは、剣山山頂に登った。宝蔵石、少し下がって鶴岩、亀岩などの巨岩を見学した。長老のコーヘン司祭は、長いこと亀岩の前に佇み、何やら感慨にふけっている様子だ。やがて、

「なるほど……」とつぶやいた。

それから一行は剣山を下り、淡路島の伊弉諾神宮（いさなぎじんぐう）に戻って、山背派仲間の神職に内密に顛末を告げた。伊弉諾神宮の神職は驚き、中身の神宝がいったいどこへ行ったのか一緒に考え始めた。

社務所で落ち着いた空海は、この伊弉諾神宮と、近くの神籬石（ひもろぎいし）が、特別な起点であるということを秦保国から聞いていたことを思い出した。

古ユダヤ先遣隊の測量によれば、聖なる地を直線で結びつけて、新たな聖地とする考え方が古ユダヤにあるということだった。

彼らの間では、地図上の位置を緯度、経度という天文学の知識を導入して捉える科学的な技術が一般化していた。その技法を知るからこそ、世界規模ではるばる民族の旅をして来たのだ。大まかな世界地図も描いてもっていた。エルサレムから世界地図上に横に線を引いてくると、日本の地に直線が交わる点があるという。その場所は、鹿児島の西方にある島・中甑島（なかこしきじま）のヒラバイ山だ。また北イスラエル王国のあった場所と、地図上一直線上にあるのは、唐の星の観測所がある陽城、対馬・

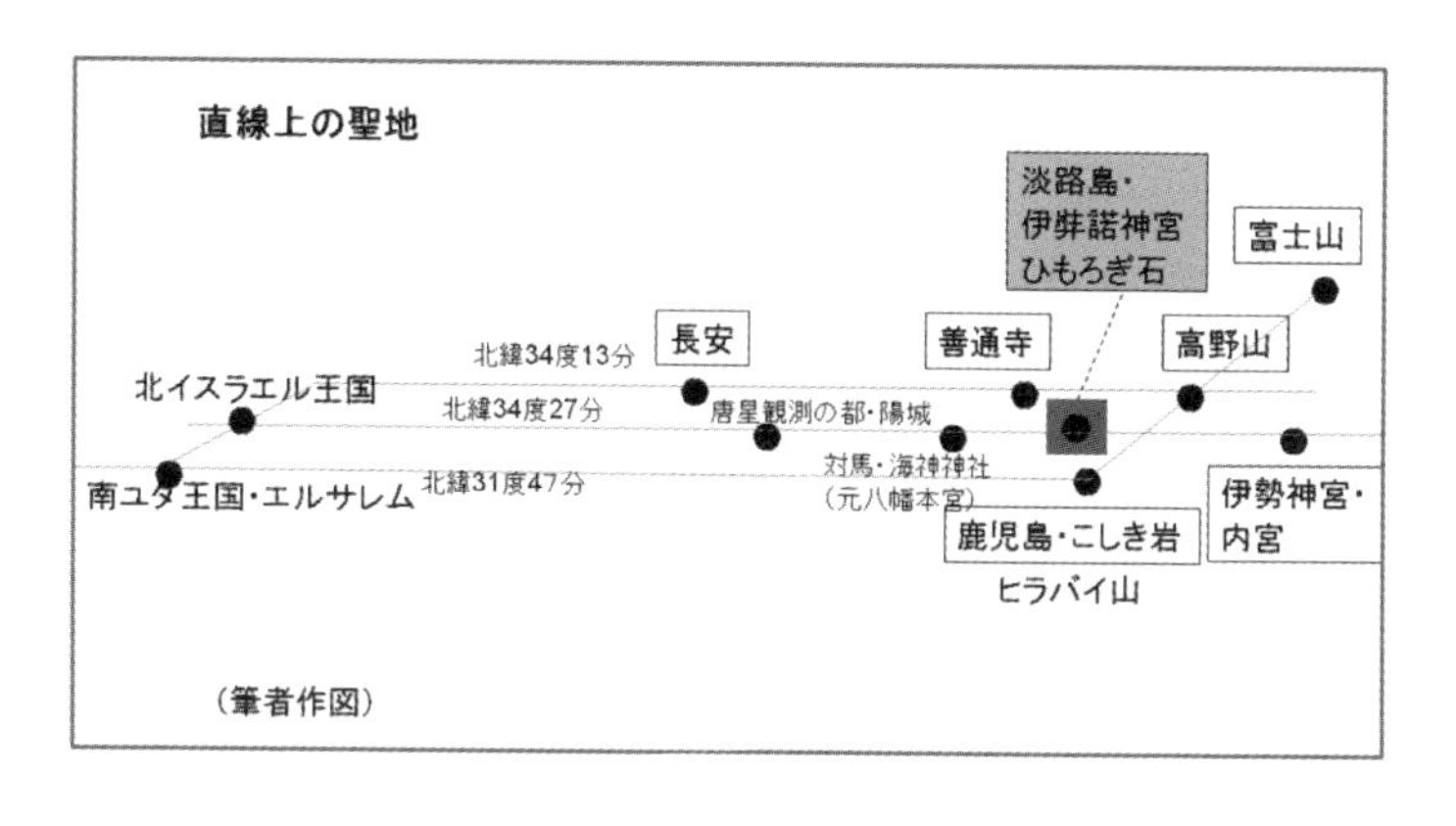


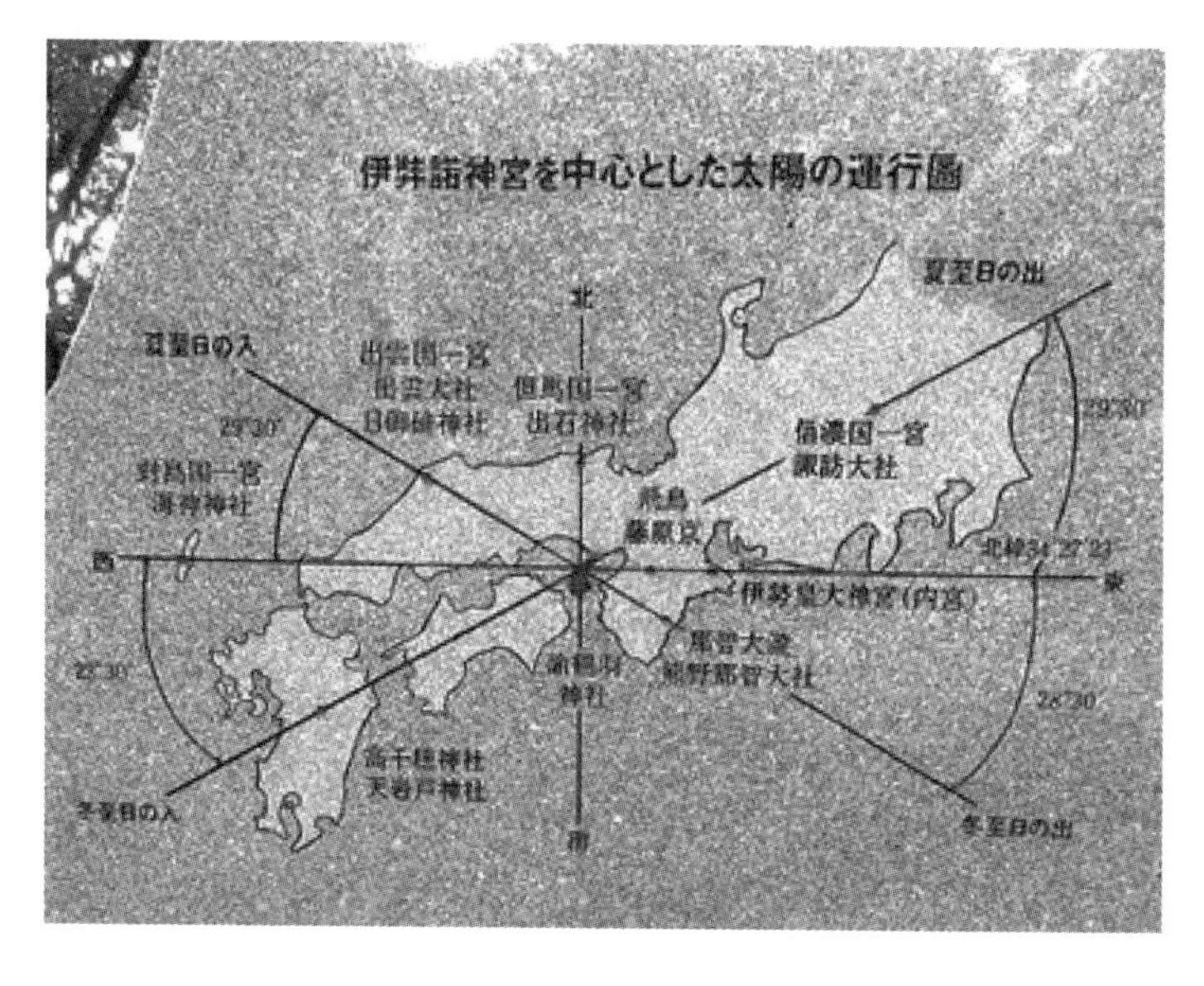


伊弉諾神宮石碑より（同緯度線上、直線上、夏至線上、冬至線上等に重要な聖地があてはまる）

海神神社（元八幡本宮）、淡路島・伊弉諾神宮と近くの神籬石、伊勢神宮・内宮などで、貴重な聖なる場所がきれいに並んでいるということも彼らは知っていた。

後になってわかったことだが、唐・長安の都―善通寺―高野山が直線上にある。またヒラバイ山と富士山の真ん中に高野山が入る訳は、今でも謎だ。淡路島・伊弉諾神宮は、日本神話の国生みの神話で、日本の中心地として位置付けられている。また古ユダヤの先遣隊は、高さ12mの淡路島・神籬石を、北イスラエル王国と同緯度線上の聖地として祀り、この岩を起点として、日本の聖なる地点を直線で結んで、聖地としたという。

空海は、数々の聖地が直線で結ばれている秦氏の地図を思い出した。事実淡路島のこの地は、北イスラエル王国、対馬・海神神社（元八幡本宮）や伊勢神宮内宮と同じ（北緯34度27分）線上で横に並んでいる。

空海は、聖地を結ぶと幾何学的な模様、図形ができるという秦氏の話も思い出した。そこで、唐に行く前に測量をした当時のことを思い浮かべながら、以前和気清麻呂から写させてもらい持参した地図の上に、古ユダヤの亀の六角形と、日本の魔除けの五角形を描くことができないかと、あれこれやってみることにした。

まず基本になるのは、起点となる聖地だ。空海は関係すると思われる、畿内周辺の聖地を列挙してみた。伊勢神宮、平安京御所、高野山、再度山、剣山などが列挙された。

空海は、これらの地点を、持参した地図上に線で結んでみた。地図の測量方法は、生前の和気清

【聖地・石上神宮を守る六芒星結界・籠目紋】

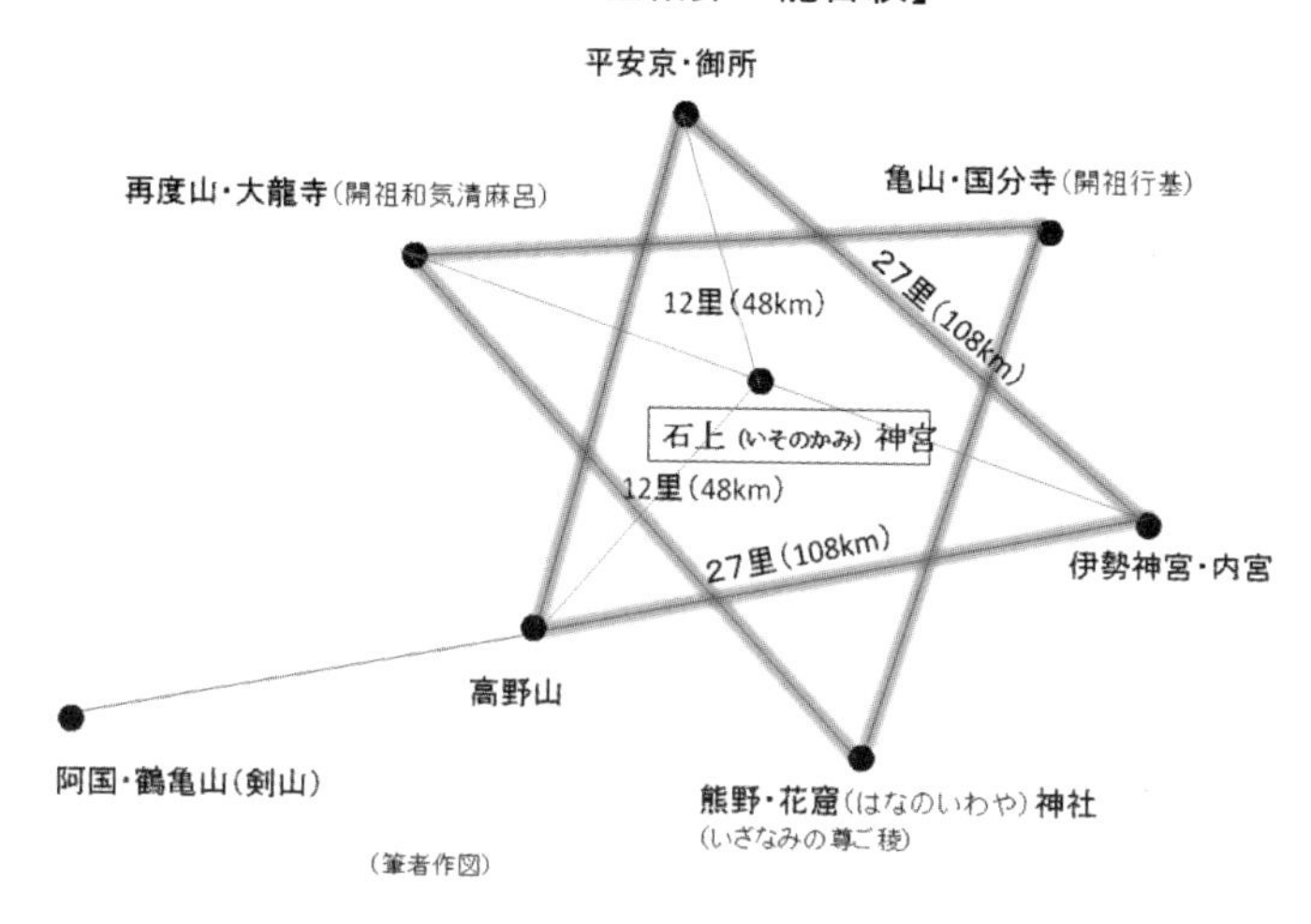

（筆者作図）

麻呂にならった。和気清麻呂は、渡来人の測量方法に通じていた。再度山に大龍寺を開基したのも、その位置が聖地をつなぐ重要地点であることを、測量で看破していたからであろうと、後からそれを知った空海は師の技術に感服した。その方法により測量したときにわかったことだが、伊勢神宮、平安京御所、高野山の三点は、綺麗な二等辺三角形になった。伊勢神宮と平安京御所の距離はちょうど27里（108km）、同じく伊勢神宮と高野山の距離も27里（108km）だった。畿内を取り囲むように三角形ができ上がった。これに互い違いになるような三角形はできないものかと探したところ、再度山を頂点にして地図の右上方向約28里（約113km）の所に亀山・国分寺があった。

亀山・国分寺は743年行基が開山したと伝わる寺で、虚空蔵菩薩がご本尊だ。結界聖地としてふさわしかった。

一方、地図の右下方向に同じ距離を取ったところ約28里よりも少し距離があったが、熊野の花窟(はなのいわや)神社がそれに当たった。イザナミノ尊(みこと)（古ユダヤ人はイザヤ神と呼んだ）が葬られ祀られていると伝わる古い神社だ。聖地にふさわしい。これらの聖地を結ぶと、見事な三角形となった。ほぼ二等辺三角形だ。さらに二つの三角形は、互い違いに組み合わさって、畿内を大きく覆う✡六芒星の図形となったのだ。古い時代に、誰がこういう配置を考えたのか。偶然そうなったのかは、謎である。

その六芒星のほぼ中心地点、伊勢神宮内宮と再度山大龍寺を結ぶ直線上に、奈良・石上神宮(いそのかみじんぐう)が該当して浮かび上がった。周囲の聖地と巧妙に直線で結びついている。

石上神宮は、京都御所から12里（48㎞）、高野山から同じく12里（48㎞）の等距離にあった。成立の経緯からすると言い方が逆だ。

「神代からの神社石上神宮を中心に、上12里の所に秦氏が開いた山背葛野(やましろかどの)・後の平安京御所が造られた。そして石上神宮から同じく下12里の所に、高野の山々があったのを、貧道が狩場明神の導きにより発見した」

そう言うべきなのだ。空海は今更のように驚いた。

「すごいことだ！　コーヘン司祭どの、古い時代に誰がこんな図形を考えて配置をしたのでしょうか。見事な図形になっています。悪戯にしては規模が大きすぎると思われませんか。いったいどうなっているのでしょう。秦氏は山背盆地（京都盆地）を開墾して町を開いたとき、この位置関係がわかっていたと思われますが、貧道は、丹生明神(にうみょうじん)様のお導きで高野山一帯を発見させていただいたというのに、気味が悪いほどこの図形にはまっていますな。はははっ」

「はははっ、空海どのたしかにその通りですね。やはり天の神様が導いてくださったのでしょう」

コーヘン司祭も、うなずいて笑った。

「司祭、以前測量して歩いたときにはさほど気に留めなかったのですが、図形に現れた線上の聖地として、伊勢神宮と剣山を結ぶ線上に高野山があることも、はっきりわかりました。こうしてあらためて地図上で見ると、高野山一帯が如何に重要な聖地であるか、際立って理解が進みました。ところで、奈良の石上神宮は、日本最古の神社と言われる中に挙げられるといいます。昔から謎の多い神社、と聞いていますが…」

空海は、石上神宮にはきっと何かあると睨んだ。図に書いてみてこの神宮は、いわば六芒星ユダヤの象徴ダビデ王の紋章、その象徴・カゴメの紋、亀の結界で囲まれている。

なお、神籠石（ひもろぎいし）が境内にある淡路島の岩上（いわがみ）神社は、後の天文10年（１５４１年）に石上神宮から布都御魂（ふつのみたまの）大神の分霊を祀ったものである。

更に、日本古来の陰陽道の魔除けの形・5芒星ではどうかと見たところ、淡路島・伊弉諾神宮を振り出しに、一筆書きで星の紋が画ける聖地の循環が見つかった。

淡路島・伊弉諾神宮　↓　伊勢神宮内宮　↓　元伊勢内宮皇大神宮（京都府福知山）↓　熊野本宮大社　↓　日本武尊（やまとたけるのみこと）伝説の伊吹山（滋賀県米原）↓　淡路島・伊弉諾神宮と線を引くと、星型の五芒星が描けた。

【五芒星で結界が張られた石上神宮】

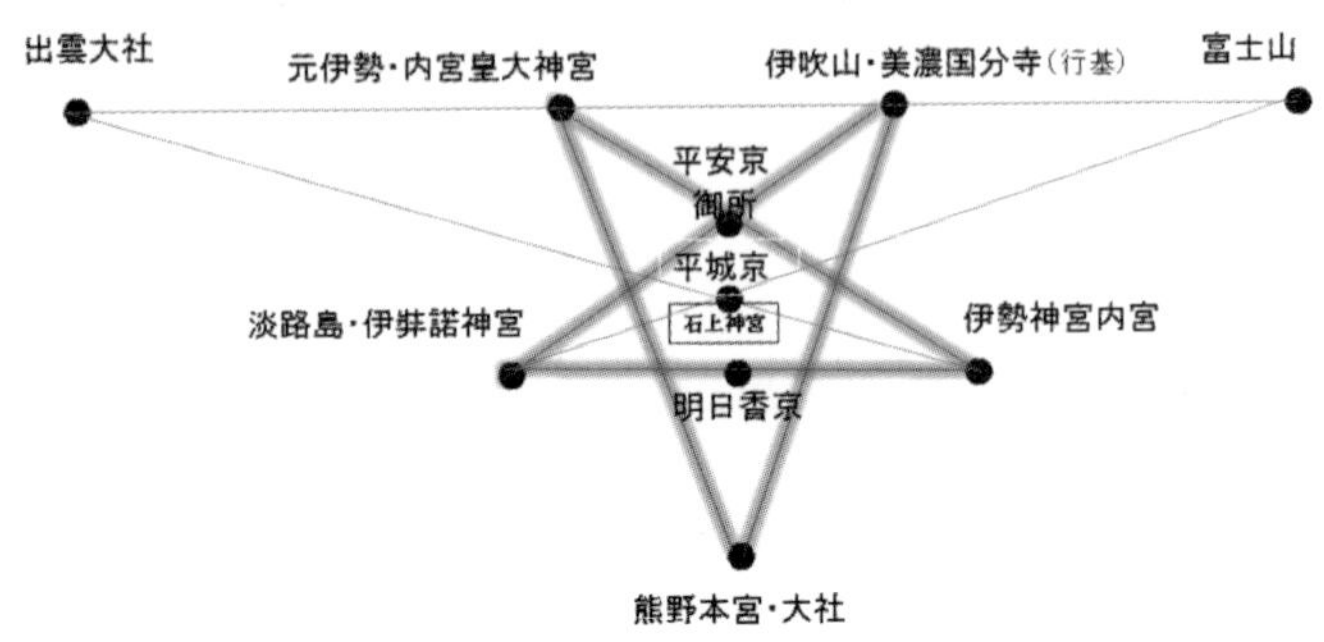


（筆者作図）

まるで羽根を大きく広げた鶴が、上から下に飛来するようだ。

見方を変えると、元伊勢に飛んで行くようにも、また富士山から国生み神話の伊弉諾神宮（イザヤ宮）に飛んで来たようにも見える。

伊吹山には、行基師が開基した美濃国分寺があり、また東山道（とうさんどう）の関所不破関（ふわのせき）が設けられていた。東山道不破関は畿内の都「飛鳥浄御原宮（あすかのきよみはらのみや）」を守る目的で、天武天皇２年（６７３年）、天武天皇の勅命により作られた重要聖地であった。しかも富士山、伊吹山・美濃国分寺、元伊勢・内宮皇大神宮、出雲大社は、一直線上にある。

またこの結界聖地伊吹山から、伊弉諾神宮へ直線を引くと、なんと秦氏の葛野屋敷後の平安京・御所を真っ直ぐ貫いた。同時に御所は伊勢神宮と元伊勢・内宮皇大神宮を結ぶ線との交点にあたる。ほかの聖地も直線で貫かれている。

ますます聖地が巧妙に結ばれていること、秦氏が当初住処とし、後に天皇に献上した平安京・御所の位置が、絶妙に他の聖地と連携する聖地であることを、空海は改めて認識させられた。

「コーヘン司祭、この星型の五芒星結界は、明らかに畿内を守る包囲陣です。そして、ほぼ中心に平城京・石上神宮がある」

「すばらしい！」コーヘン司祭も興奮して叫んだ。

空海は驚いた。

「古ユダヤを象徴する六芒星と、日本で古くから陰陽道で魔除けとして使われている五芒星の両方で、結界が張られている地点。そこに日本最古に挙げられる、格式高い古い神社がある。どういうことでしょう？　この暗号謎かけには、何か相当な意味が込められているに違いありません」

余りに見事な結界の張り方に、空海は先達の智恵者に対し畏敬の念を禁じ得なかった。空海は早速、和洋二重の結界で守られた聖地、石上神宮に行ってみることにした。

レビ族神官に相談したところ、石上神宮であるなら、伊弉諾神宮の神職が古い神社なじみなので、そこの宮司を知っているということだった。そこで恐縮ながら紹介状を書いていただいた。

翌朝、勇んで伊弉諾神宮を発った一行は、淡路島から船で難波の津に渡った。

空海と長老のコーヘン司祭、副神官の２人がここで皆と別れて空海と一緒の船に乗った。星河や他の神官たち４人は、秦保国にことのてん末を報告するため、平安京太秦に向かった。

空海と神官２人は、難波の津から上陸し、一路奈良斑鳩（いかるが）の里のさらに奥、山野辺の里を目指した。

石上神宮は、奈良・天理の郊外、山野辺の道の途中にあった。

こんもりとした鎮守の森で隠されるように、ひっそりとそこにあった。龍王山の西の麓で、270m弱の布留山の北西、高台に鎮座していた。長い坂道を登っていくと、境内はうっそうとした緑に包まれていた。尻尾の長い大きな鶏が、何羽か境内をわがもの顔で闊歩していた。

石上神宮は、渡来人で武門の大統領・物部（もののべ）氏の総氏神神社として神代の時代に建立された。我が国の最も古い神社のひとつと言われる。神社は高い塀に囲まれ、まるで砦のようだった。

物部氏の出自は謎が多い。四国・阿波には物部川と名付けられた川があり、四国と阿波物部氏の関係が濃いこともうかがえた。剣山の南側に阿波物部氏が住んでいたという跡がある。しかしはっきりしたことはわからない。

ここのご祭神は「布都御魂神（ふつのみたまのおおかみ）」、「布留御魂大神（ふるのみたまのおおかみ）」、「布都斯魂大神（ふつしみたまのおおかみ）」の3神が祀られている。「布都斯魂大神（ふつしみたまのおおかみ）」のご祭神は、須佐之男命（すさのおのみこと）が八俣大蛇（やまたのおろち）を退治されたときに使ったとされる、十握（とつかの）剣（つるぎ）とその霊威だ。この御神宝のことは、古事記・日本書紀などに神話として残っている。

空海たちが石上神宮を訪ね、紹介状を取り次ぎに渡ししばらく待つと、宮司が出て来た。ご挨拶し、お互い自己紹介し合った。そのときレビ族の神官たちが、

「なんと、片言の言葉が通じる」

と驚いた。石上神宮の宮司の顔立ちは、日本人に同化していたが、

「代々口伝で、古いヘブライ語が片言伝わっていた」

ということだ。中に案内されて、空海たちはさらに驚いた。訪れたとき石上神宮には、拝殿はある

が、本殿がなかった。広々した本殿用の御敷地には、先が三角にとがった石のハシラの石柱が、たくさん並べられるように立っていた。レビ族神官たちが語った。

「古ユダヤ教ではここと同じように、石のハシラを立てて、その中に聖霊が宿ると信じられていました。日本で神様の数え方ハシラとは、古ヘブライ語の神アシラ（アシュラ）が本の由来です。古ユダヤでは、その石にオリーブの油を注ぎますが、日本では御神酒が注がれます。古ユダヤでは山に巨岩を置いたり、荒野に石を積み上げたり、円形状に置いたりして、霊を祀る習慣だったのです。巨岩に神が宿るとされたのです」

コーヘン司祭の話に、空海が呼応する。

「石上は、古くは石の神と、書いたのかもしれませんね。淡路島にも石を聖地とした場所があります。そこの大きな神籬石を、古ユダヤの民が日本測量の起点としています」

石上神宮の石のハシラには、「布留社」と彫ってある。ハシラ一本一本に彫られている。そのハシラが横に肩を寄せ合うように並べられ、真っ白な三垂れの紙垂が付いた〆縄が張られていた。宮司によれば、

「フルとは、朝鮮の歴史書『三国遺事』に伝わる、高句麗を建国した朱蒙の息子の名前、沸流であると言われています。沸流は自ら命を絶ったとも、極秘に東方に行き、行方不明になったとも伝わります」

沸流は、案外日本のここに来ていたのかもしれない。物部氏の出自とも関係がありそうだった。

石上神宮の宮司によれば、

「ご神体は、『石柱で囲まれた御敷地の隣、禁足地地下に埋められている』と伝わります」

レビ族神官たちは、じっと地下の御神体が埋められていると思しき場所を見つめていた。

「地下のご神体は、決して開いてはならない、との不文律が神社に伝わります。一度は桓武天皇が極秘に掘り出されたようですが、やはり祟りを恐れて、すぐに返納されたと言われています。ご神体は六つの支刃が本体から枝のように出て、六叉の鉾として伝えられてきた鉄剣であります。全長約2尺5寸（74・8㎝）。製造地は中国とされ、七支刀とも呼ばれています。神剣渡御祭に使われます。これがご神体のお姿の摸写図です」

「おや、ちょっと待ってください。この形は、古ユダヤの象徴メノラーを彷彿とさせます」

ご神体の姿を見せられて、またレビ族神官たちが驚きの声を上げた。

「空海どの、メノラーとは尖塔の一つを加えると、7本のろうそくが立てられるように枝分かれした聖なる燭台のことです。七枝燭台と呼ばれ、まるで樹木か葉脈のような形です。

ここの剣の支刃は、左右に互い違いに出ていますが、確かに古ユダヤの象徴メノラーと似ています。渡来人がこの剣の意匠を見れば、『古ユダヤここにあり』という暗号発信と受け取れます」とレビ族神官たちが話していた。


メノラーは四国の山奥、美馬の倭大国魂神社では、その意匠がご神紋に取り入れられている。

石上神宮
国宝・七支刀

石上神宮のお守り
（筆者撮影）

（福娘．COM「世界遺産めぐり・日本の国宝」ＨＰより）

（七枝燭台・福生バプテスト・キリスト教会ＨＰより／メノラーはｗｅｂメノラーより）

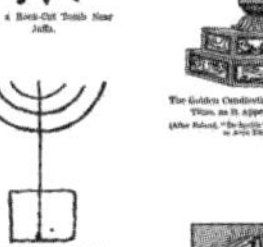

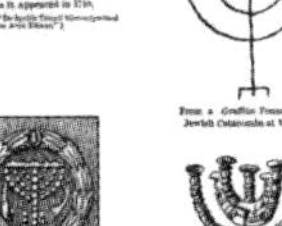

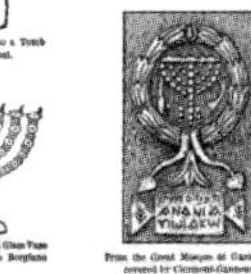

（ユダヤの象徴メノラー・イスラエル国章）

諏訪大社のご神紋も、同じようである。宗像大社の裏社紋も同じ意匠の桐紋である。後の日本国政府の紋章桐紋にも、その意匠を見る。

日本国政府の紋章・五七桐紋

島津家家紋・十文字

（古紋は○がない）

（ザビエルが十字紋を見て驚いたと伝わる。裏紋はメノラー入り）

牡丹紋

諏訪大社・御神紋（筆者撮影）

（いずれもメノラー入り）

「石上神宮では、毎年10月15日に最大の祭事、『ふる祭り』が執り行われます。この祭りでは立派な神輿が使われます。町中の旧田村まで、神輿が渡御されるのです。片道1里（約4㎞）を往還され、戻ってから還御祭（かんぎょさい）が行われます」

宮司の話に、コーヘン司祭が反応した。

「この祭りの意味するところが、『神宝が行って、戻る』ということを表しているとしたら、大変面白いです。解釈次第では、世界の宗教史の認識を変えるかもしれません。その象徴する意味は、日本から出て、外国に行き、また日本に帰ってきたという新説です」

司祭から謎の言葉が出た。

空海は、

「すごい説ですね。が、詳細の検討は別の機会に譲ります。

ところでここは渡来人と言われる物部氏の総氏神神宮というからには、古いユダヤ系渡来人たちの奈良における活動の中心だったのでしょう。建物の佇まいがどことなく武将たちが出入りする、砦の様相を呈していることも、さもありなんと頷けます。物部氏は渡来人の中でも、武を取り仕切っていた一族と聞きます。剣が御神体ということも、よくその出自を象徴しています。剣山も阿波物部氏が守る山という意味を発信しているのかもしれません」

そして最後に空海たちは、さらに驚くべきことを宮司から聞いた。

「昔ここに、幕屋の神殿があったと伝わっています」

と宮司が言うのだ。本殿がない、謎の理由が明確になった。

かつてここの本殿は、移動式の幕屋神殿だったのだ。それを聞いて、広々とした本殿がない御敷地を見るレビ族神官たちは、ここに幕屋の神殿があったときの姿を脳裏に彷彿とさせているようだった。

「御神体を祀る壇は、幕屋神殿の中で、西の方角にあったといいます」

「それは古ユダヤのエルサレムにあった神殿の様式、また遷御をする幕屋の神殿としても、仕来りどおりです」

コーヘン司祭が驚いた。いやひょっとすると、横の禁足地の地下に、いまでも古ユダヤの神宝が隠されているのかも知れなかった。

しかし、「その後神殿の幕屋は、どこかに移されて行った」ということである。

空海は、（かつてここに、古ユダヤの神宝が安置されていた可能性は、かなり濃厚だ）と感じた。

神官たちは、石上神宮の布留高庭の前で、厳粛な面持ちで敬虔な祈りを捧げていた。

空海はその様子を眺めながら、しばらく呆然として禁足御敷地の前に佇んでいたが、やがて神官たちと一緒に祈りを捧げた。

大同2年（８０７年）の秋は、こうして深まっていった。

# 第22話　彷徨

空海は古ユダヤ・レビ族神官2人と、石上神宮の外に出て、池のほとりに座り協議した。空海は、

「神宝捜索にあたり、情報を分析して今後の方策を立てましょう。まず現状分析です。貧道は、ここには本殿がないこと、それと先ほどの宮司の話の中で、『幕屋の神殿があったが、どこかに移動した』というのは、信憑性があると思いました」

「空海どのは、そのときに、神宝が一緒に移動した、とお考えですか？」副官が質問した。

「たぶん、そうでしょう」

「なるほど、どこに行ったのでしょうか？」

「それがよくわからないのです。それと、『ご神体を、一度は桓武天皇が極秘に掘り出されたようですが、やはり祟りを恐れて、すぐに返納されたと言われています…』という宮司の言葉が、貧道にはすごく気になります。特に桓武天皇は山背派ともいわれ、畏れ多いが我々のお仲間なのかもしれませんが、たいへん穿った見方で恐縮ですが、もしかすると秦氏からの圧力で無理やりご神体を掘り出し、『摸写したものを作って、それを戻したのかもしれない』、とも考えられるのです。そして掘り出したものが神剣ではなく、古ユダヤの宝だったら、その神宝はどこか他に隠され、安置されているということになります」

「なるほど、そう言う見方も、できるかもしれませんな」

司祭は少し首をかしげながら、そう言った。

空海たちはさまざまに検討を重ねた結果、神宝がここにあったようだが、どこかに移された」という結論になった。そこで神宝の行方を追い、さらに追跡・捜査を続ける方針にした。

「追跡・捜査といっても、いったいどこへ行けばよいのか。かいもくあてがないですなあ」

副官が困ったという顔。そこで、空海は知恵を絞った。、

「石上神宮を結界で護っている重要な聖地を、もう一度見直してみましょうぞ。

それは、伊勢神宮内宮、再度山大龍寺奥の院、平安京御所、淡路島伊弉諾神宮、亀山・国分寺、熊野花窟（はなのいわや）神社、熊野本宮大社、元伊勢内宮皇大神宮又は籠（この）神社などが聖地として上がります。昔からある古い寺社仏閣が、長年管理・保管するには有力でしょう。この中で数百年前からの寺社は？」

「うーむ、すでに訪れた場所を除くと、伊勢神宮内宮、熊野神社、元伊勢内宮皇大神宮・籠神社などが残ります」司祭も考えていた。

空海は、「伊勢神宮が、天皇家の祖神をお祀りしていることに、注目する必要があると思います。ここに古ユダヤの神宝が持ちこまれた可能性が、高いと考えられるからです。行ってみましょうぞ」と提案した。

皆合意して伊勢神宮に行ってみることになった。石上神宮の宮司に紹介状を書いて貰い、一行は伊勢神宮に向かった。伊勢神宮は、皇祖神・天照大御神を祀る内宮と、食の神・豊受大神を祀る

外宮（げくう）を中心に、周囲125社の総称である。以前秦氏から聞いたが、内宮近くの伊雑宮（いざやぐう）はイザヤ神を祀る神社だという。そのことを示すように✡六芒星がご神紋だ。参道の灯籠には十六菊華紋と六芒星と思しき紋があった。

伊勢神宮内宮は、伊勢湾の袂（たもと）五十鈴川のほとりに深い森が広がり、その森の中にゆるぎようのない確固さで、天照大御神が厳かに鎮座されていた。しかも堂々とした佇まいは、あくまで高潔で清楚な神さびた雰囲気が漂っていた。伊勢神宮は、正式名称は地名の付かない「神宮」で、神社の格は本宗（ほんそう）である。

現代の伊勢神宮参道の灯籠（上に十六菊華紋、下に伊雑宮（いざやぐう）の神紋六旁星）

伊勢神宮は、八幡神（やはたしん）を祀る八幡神宮（やはたじんぐう）（宇佐）と、京都八幡（はちまん）・石清水八幡宮（いわしみずはちまんぐう）と一緒に最重要な神社とされた。時代を経ても常に二所宗廟（そうびょう）となっている。宗廟とは皇室が先祖に対する祭祀（さいし）を行う場所のことである。八幡神と皇祖・天照大御神、その二神を祭祀する神社が日本で最重要とされるのは、八幡神を尊崇する渡来人と、皇室との濃厚な関係性が空海には感じられた。

空海は皇祖神を祀る内宮の社務所に行き、紹介状を神職に取次いで貰い、拝殿内に通された。対応していただいた神職はご神体八咫鏡（やたのかがみ）と契約の箱について次のように語った。

「たしかに内宮には神宝として、八咫鏡が祀られていますが、古ユダヤの契約の箱のことは小職ではわかりません。ただし二十年ごとの遷宮の仕来りがありまして、渡御の儀のときは、幕屋を彷彿とさせる絹の布でご神体を覆い、隣の御敷地に準備された新神殿に神輿で渡御されます」

「八咫鏡は、古ユダヤの神宝の中の、石盤を彷彿とさせる」

と空海は思いだした。神職によれば、

「伊勢神宮の歴史は古く、この地に鎮座されるまでに、各地の鎮座候補地を転々と遷られました。その痕跡がある神社を元伊勢といいます。そこは皇大神宮（内宮）と豊受大神宮（外宮）が、現在地へ遷る以前に、一時的にせよ祀られたという伝承を持つ神社・場所のことであります。伊勢神宮内宮のご祭神・天照大御神は皇祖神であり、第十代崇神天皇様の時代までは、天皇と『同床共殿』であったと伝えられます。すなわちそれまでは皇居内に祀られておられましたが、その状態を畏怖し、また疫病を鎮めるために、宗神天皇が皇女・豊鍬入姫命にそのご神霊を託して、倭国笠縫邑に遷したと伝わっております。これに始まり、更に理想的な鎮座地を求めて各地を転々とされ、第十一代垂仁天皇の第四皇女・倭姫命がこれを引き継いで、およそ90年をかけて現在地に遷座したとされます。遷座の経緯について、『古事記』ではこれを欠きますが、『日本書紀』で簡略に記され、『皇大神宮儀式帳』にはやや詳しく、そして『倭姫命世紀元本』においてより詳しく記されています。天照大御神が遍歴する説話は、『旅する神』の典型的な例であるとされています」

これを聞いてコーヘン司祭は、

「『旅する神』とはまさに言い得て妙です。古ユダヤのエルサレムを発ち、幕屋を神殿とした『旅する神』は、聖書に記された『東の島々の国』まで旅してやって来た、ということと符合するお話です。『旅する神』の習慣が今も色濃く残っている国が、日本であるといえます。神が移動を繰り返すという概念は、他の国には決して見られません。古ユダヤと日本にしかない慣わしです」

司祭は詳しく聞き、いくぶん気が晴れた様子だった。伊勢神宮神職はさらに、

「元伊勢と言われる神社の場所は、合計二十八ヶ所、『日本書紀』にのみ出て来る神社を加えると29ヶ所を数えます。実際候補になる神社や場所は、それぞれに数ヵ所から数十ヶ所あるとも言われています」と詳しい研究を披露した。空海たちは、元伊勢といわれる神社に注目した。

『旅する神』の後を追うように、神職から聞いた元伊勢と言われる神社の場所を検討した。空海たちは、『倭姫命元本（やまとひめのみこともとほん）』が一番詳しいので、この情報を元に一つひとつ対象の神社を吟味した。元伊勢は全部遷宮のために回ったとすると、その移動距離は四百里（約１６００㎞）以上にもなる。たいへんな長旅だったはずだ。日本列島を縦断するに等しい。

『倭姫命元本（やまとひめのみこともとほん）』に出ている元伊勢と言われる神社が79ヶ所、寺社が2ヶ所、森、三輪山等山全体が御神体とか森しかわからないという場所が3ヶ所、特定できないどこそこ周辺とか未詳という所が4ヶ所、合計すると八十八ヶ所になった。（ほうっ八十八ヶ所か。偶然の一致としては面白い数字だ）空海は思わぬところで感心したのだが、

「まてよ、八十八ヶ所を巡っていたとはある意味、結果的に鎮座されるいまの皇大神宮の場所のために、『結界』を張っていたのかもしれないぞ。しかもその範囲はかなり広い。対象地は伊勢国(三重)、紀伊国(和歌山)、大和国(奈良)、尾張国(愛知)、飛騨国(岐阜)、近江国(滋賀)、吉備国(岡山)、安芸国(広島)、丹波国(京都)にまで分散している。最遠候補の安芸国(広島・福山)から尾張国(愛知・名古屋)までは直線距離で150里(600km以上)、古い時代の細道を考えれば陸路200里(約800km)は離れている。天照大御神の荒御霊(あらみたま)は、これらの地を約90年かけて、鎮座するに相応しい場所を求めて巡幸されたということか。ご滞在は長い場所で33年間、わかっている短い場所では、2年間で遷宮されておられる。滞在先でいったい何をなされていたのだろうか?」

空海はしばらく心を澄まし、じっと感じた。

「そうか『呪術(じゅ)』だ。案内役の姫君たちは、ただの付き添い人ではない。『呪術』の力を伝承された、その能力のある姫だったに違いない。1000年以上通用するような、伊勢神宮の強力な結界を張っていたのだな」空海は、大日如来からの信号を受け取った。ひらめいたのである。

『旅する神』は確かに日本にかつて存在された。伊勢の五十鈴(いすず)宮に鎮座されてからは、隣の御敷地に20年ごとに遷宮されるに留まっておられる。しかし『旅する神』の習慣は、1000年、2000年の時を経て、現在も日本古来の神事として伊勢神宮で古式に則り厳かに継承されている。旅する習慣、所作を忘れないように、民族の末裔に『旅して来たことを忘れないように』と伝える謎かけとして、また民族の出自を物語る暗号の謎かけとして、遷宮の神事があるという見方もできる」これが、空海と古ユダヤレビ族神官らが出した答えの一つだった。

「どこが有力かだ」

空海は的を絞ることにした。

## 第23話　謎の神社

空海とレビ族神官たちは、元伊勢と呼ばれる神社の中で、神宝の中身が隠されていると思しき神社を絞り込んだ。空海が特に関心を持ったのは、丹後国・天の橋立の近くにある籠神社だった。こも神社とも呼ばれる。空海は次のように考察し、神官たちにその訳を説明した。

「丹後国一宮の籠神社には、元伊勢としての数々の伝承が伝わっています。『倭姫命元本』によれば、天照大御神の荒御霊は33年間大和国（大倭国）に鎮座されました。そして遠い日本海側の丹波国に遷宮されたそうです。陸路１１０里強（約４５０㎞以上）離れています。なぜ、いきなりそのような遠い所に遷宮されたのかは、まったくの謎です。しかし、それなりの理由を見つけると、天照大御神の荒御霊はある神様に会いに行かれたのが、主な目的ではないかと思えるのです。そのある神様とは、豊受大御神です。今は伊勢神宮の外宮に祀られる、食の神・御饌津神のことです。

豊受大御神は、九州方面から巡幸されて来られ出雲大社に寄って、更に東の天の橋立の近くの籠神社に入られ、古くから鎮座しておられたと伝わります。もしかすると古ユダヤの別の種族が、日本海側を水行し、この辺りに住みついて神を祀った、という象徴なのかもしれません。コーヘン司祭、その可能性はありますか？」

コーヘン司祭は少し考え、

「空海どの、確かに大陸から舟に乗り、南に向った種族が、沖縄から九州に着き、それから潮に乗り、北九州沿岸を東進したことも考えられます。そのまま日本海側をさらに東に進んだ支族が、出雲や丹後に流れ着き、そこに上陸したことは充分考えられるでしょう」

「なるほど、ありがとうございます。籠神社は、有史以前からの古社と伝わります。現地には幕屋神殿が置かれたかもしれない、縦10間（18ｍ）、横3間（5・4ｍ）が充分取れる、広い場所もあるそうです。また、欄干を飾る『五色の座玉（すえたま）』は、伊勢神宮と籠神社にしか建物に使うことを許されていないという、由緒ある意匠があるということです。両者の関係性の強さがうかがわれます。その辺をぜひ現地で聞いて確かめてみたいのです。ご足苦労ですが、皆さん籠神社に行ってみませんか？」

「たしかに興味深い神社です。神宝の謎解きに行ってみましょう」

司祭も身を乗り出した。空海一行は、伊勢から丹後・天の橋立に向った。陸路約１３０里（約５２０㎞）、歩いて1月弱かかった。

空海は籠神社を訪ね、宮司の海部氏（あまべし）から話を聞いた。

「主祭神は彦火明命（ひこほあかりのみこと）です。極秘伝によれば、同命（みこと）は山城の賀茂別雷神（かもわけいかずちのみこと）（上賀茂神社ご祭神）と異名同神でして、その御祖の大神（下鴨神社ご祭神）も、併せ祀られていると伝えられます。
彦火明命は別の古伝によれば、十種神宝を請来された、天照国照彦天火明櫛玉饒速日命であるともいい、また彦火火出見命の御弟、火明命ともいい、更に大汝命（大国主命）の御子であるともいい、一に丹波道主王ともいいます」

日本の神様は、さまざまなお名前で、いろいろな場面に登場される。宮司からこの話を聞き、コーヘン司祭がこれまでに聞いたことと合わせて話した。

「私は日本の歴史や神話に、たいへん興味があります。私が聞いた神話の中では、ここの別宮に祀られている彦火火出見命は、竜宮伝説の主人公として、助けた亀に連れられて竜宮城に行ったと伝わる神様です。彦火明命はたしかに天照国照彦天火明櫛玉饒速日命のことで、宮司の話にもあったように、この方が十種神宝を請来されたということです。請来したとは、大陸からあるいは海の外から持って来られということです。何を持って来られたのでしょう？」

コーヘン司祭は、副官の顔をみた。副官は、

「それは、端的に言えば、古ユダヤの神宝を持って来られたことを彷彿とさせます」

それを受け、コーヘン司祭がたたみかけるように言った。

「たしかに。これはあくまで言い伝えですが、そのお宝は西欧の聖なる言葉を彫った石版のことである、という話があるくらいです。とすると、それは神宝・モーセの石板そのものということになります。古ユダヤの神宝は契約の箱に入っていたでありましょうから、日本神話にも『古ユダヤ

の契約の箱が日本に請来された』と、遠回しにそれを示唆する内容が籠められて残っているということになります」

それを聞き、空海は思わずうなった。

「うーむ、にわかには信じ難い話です。しかし、石板だけと言うのが貧道には引っかかる。その話がもし本当なら古ユダヤの3種の神器は、契約の箱から出されてばらばらにされ、その一つがここに来たということでしょうか?」

「言い伝えからは、そう受け取れますな…」

(うーむ…)皆、頭の中が混乱し、ややもやが募った。

籠神社の相殿に祀られるのが、豊受大神と天照大御神だった。神社によれば、

「豊受大神は食物を司る神、御饌津神(みけつのみこと)とも申されます。天照大御神は、あまねく萬物を育成され、皇室や日本民族の大祖神と仰がれます。御饌津神は、天照大御神が崇祭された大神であります」

ということだ。コーヘン司祭は、自身の次のような解釈を、空海に語った。

「天照大御神と豊受大神は、同じ古ユダヤの十二支族を出自とする人たちが崇めた神ではなかろうか。お互い違う部族が祀る同じ神ではないかと思えるのです。我々西欧からの渡来人は、ヤハヴェ―の神・一神教なので、名前が違うが元を糺(ただ)せば同じ神をあがめていた、ということです。その違う部族が、遠い東の国日本で出会った。籠神社で会いお互いを認め、同じ伊勢神宮に遷宮され、最終的に一つの神宮の内宮と外宮に鎮座されたということです。空海どのは、どう思われますか?」

「ふむ、なるほど。ユダヤ渡来人からみると、そういう解釈の仕方ができるのですね。日本人には八百万の神は、別々の神々と考えられるので、元をたどるとおなじという考え方には至りません」

空海はそう答えた。また、次の考察も加えて司祭に伝えた。

「天照大神はその後も遷宮を重ねたということは、結界を張ると同時に、地方に分散した他の支族に挨拶、あるいは遊説に回られたと考えると、遠回りの謎の遷宮の意味も見えてきます」

コーヘン司祭はうなづいた。空海は先ほどの司祭の話に反応した。

「コーヘン司祭、ユダヤを象徴する亀が、日本の神話に登場することも、実に興味深いです。籠神社に残る、浦島太郎伝説の主人公と目される彦火火出見命は、『助けた亀に連れられて竜宮城に行った』と伝わりますが、これは浜辺に辿りついた古ユダヤの民を助けて支えた功績により、古ユダヤの移動式神殿に招かれ、接待を受けたということなのでしょうか」

「ハハハッ、空海どのは面白いことを言いなさる。もしそうだったとしたら、西欧からの渡来人たちが、『やすらぐ里』という意味で名付けた里、那覇があります。彦火火出見命は琉球の首里城宮に招待された、ということなのかもしれませんな。竜宮と琉球は語感がよく似ている。ハハハッ」空海と司祭たちは、想像を楽しんだ。海に関して、籠神社には海神神が祀られている。海部氏は海を司る部の民と書く。空海の調査では、

「海神は大元霊神の御徳を分掌し、航海の安全、漁業の満足などを司る神です。海部氏の始祖及び末裔は、その名前にも出自が込められているように、海のことを司り海に生きる海人族でした。

海人は渡来人と関係が深そうな、九州・宗像、鍾崎にもいました。海女発祥の地で、また海の彼方の島に宝物がたくさん奉納・秘蔵され、海の正倉院と言われる程です。ここで海の安全を守る神が尊崇されていてもおかしくありません。また宮司によれば、『日本古神道の初めは、太陽神・唯一神信仰でした』とのことです。

この概念は徐々に衰退し、やがて多神教になっていったとのことなのです。豊受大神のウケは古ヘブライ語で食べ物のことです。天御中主神（あめのみなかぬしのみこと）とウケノミタマなど名前は違っても同じ神のことで、宇宙の大祖神のことを意味します。

『大元霊神（おおもとのみたまのみこと）・大元神（おおもとのかみ）は、一神教だった』大昔は、日本人の神概念と、古ユダヤ人の神概念が同じだったのです」

空海はここでも学んだ。空海がコーヘン司祭に説明する。

「これは密教における宇宙の真理・大日如来の概念と、近いとも考えられるのです。八百万（やおろず）の神と伝わる日本の神が、古い時代においては唯一神だったとは意外でしたが、あり得ないことではない。凄い考え方です。いつか秦保国どのから聞いたことによれば、古ユダヤの人間が、日本に大勢流入して来た時代があって、彼らが持って来た古ユダヤ教の神は、ヤハヴェ神一神だということです。

弥生時代の同じころ、それまで1万年続いた縄文日本の神は、太陽神一神でした。宇宙創造の神天御中主神（あめのみなかぬしのみこと）がその代表的な神の流れを汲むのではないかと思われます」

空海はいったん話を切った。丹後の夏の空気を胸いっぱい吸って、改めて祭礼の話をした。

「籠神社は京都の賀茂社とゆかりが深く、葵祭りの元とも伝わる藤祭りが行われます。賀茂社は上賀茂神社と下鴨神社の総称で、奈良時代は一つの神社でした。賀茂社の葵祭りが我が国の《祭り》の原点とも言われています。かつて《祭り》と何も付けずに言った場合、賀茂社の葵祭りのことでした。が、そのまた元祖が、籠神社の藤祭りだったのです。葵祭りのとき、新婦のお輿入れ行列を表現した祭礼の行列は、あくまで煌びやかであり、参加する神職は葵の花を頭に飾ります。一方で籠神社の藤祭りは、神職が頭に藤の花を飾るのです」

空海は次のことも知った。司祭にこう伝えた。

「籠神社は、籠宮（こもみや）という発祥の名の如く、大元の神社らしいさまざまな秘密が籠められていて、凄いと思います。しかし更に興味深い神社が奥にあったのです。それは眞名井神社（まないじんじゃ）です。

眞名井神社は、籠神社の奥宮摂社として、220間（約400m）ほど奥まった一段と高い場所にあり、そこは眞名井ヶ原と呼ばれ、御敷地全体が幕屋のための別宮のようでした。国生みの伊弉諾神（いざなぎのかみ）と天津彦根命（あまつひこねのみこと）を祀っています。

眞名井神社の神紋は✡六芒星です。絵馬には六

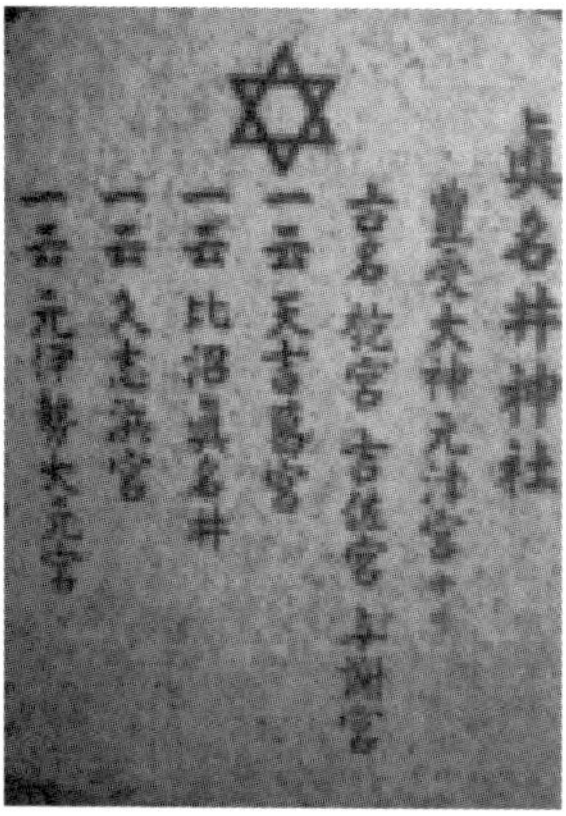

**眞名井神社旧石盤**
（現在は裏神紋の三つ巴紋になっている）

芒星の社紋✡が残されています。

眞名井神社には、奈良・山野辺の石上（いそのかみ）神宮と同じように、拝殿はあるが本殿がありません。本殿の代わりにいくつかの聖なる巨岩が祀られており、二つの鳥居で結界が守られています。聖なる巨岩は磐座（いわくら）と呼ばれ、神様の象徴として祀られています。これは日本に古くからある、自然崇拝（精霊崇拝）であり、基層信仰の一種であると考えられています。同じく巨岩に神が宿るという、古ユダヤの神崇拝と考え方が一緒です。

眞名井神社の名前「マナイ」は、契約の箱に入っていると言われるマナの壺のマナを彷彿とさせます。マナは、あなたがたが聖書と呼ぶ本に記されているそうですが、小麦から作られた焼き菓子状の食物で、移動中マナの壺から取り出されたマナで、多くの人の飢えが満たされ救われたという奇蹟が書き残されている、そのように秦保国どのから聞きました。マナの形は勾玉に似ていますね。

またマナの壺は、仁徳天皇陵の島の形です。丸いほうを下に見ると巨大なマナの壺のようだと、人伝に聞きました。円墳の丸い部分が、四角く口を拡げるように変わる真ん中の位置には、紐を通す小さな丸い穴の耳状の突起まで付いています。高いところから見た人がいたのでしょうか。それは空の上から見ることができる時代へ向けた、古ユダヤ人が残した謎かけとも考えられます。

そのマナという言霊を、名前の中に持つ眞名井神社とは、謎だらけの神社といえます。眞名井神社の磐座主座には、食の神、豊受大神が祀られています」

空海の説明が、佳境に入った。

「神社資料にこうあります。『豊受大神はまたの名を天御中主神、国常立尊、その御顕現の神を倉稲魂命（稲荷大神）と申す。天御中主神は宇宙根源の大元霊神であり、五穀農耕の祖神であり、開運厄除、衣食住守護、諸業繁栄を司られ、水の徳が顕著で生命を守られる。相伝に、罔象女命、彦火火出見命、神代五代神を祭る』と。古ユダヤの神宝の一つマナの壺は、ここに密かに安置されているのかもしれません。『豊受大神が、またの名を倉稲魂命（稲荷大神）と申す』ということが、貧道にはひっかかったのです。

この神様は八幡神ではなく、別名稲荷大神であるということは、天照大御神と豊受大神は、違う渡来人部族同士が祀る、同じ大神であるということの、左証です。『イナリ』とは元来古いアラビヤ語で、尊いもの、光輝くものの意味、ということでよろしいのでしょうか、コーヘン司祭」

「はい、たしかに」

「秦保国どのから聞いたところによれば、稲荷神社は、古ユダヤ人が祀った神社ということです。古ユダヤ人たちは、信奉する神が八幡神か、稲荷神かで、出身部族を暗号識別していたのかもしれない、そう思えたのですが、いかがでしょうか」

「なるほど。そういうことも、充分考えられます」

コーヘン司祭はうなずきながら答えた。空海はさらに続けた。

「神社資料には、『磐座西座には、天照大御神、伊射奈岐大神、伊射奈美大神が祀られています。この磐座は日之小宮と申し、主神は天照大神であらせられる。奈岐・奈美二神は大八州（日本）の国生みの伝で有名であらせられる。当社奥宮境内真名井原に降臨せられ、天橋立（天地通行の梯）をお造りになられた大神で、…』とあります。ここには、皇祖と国生みの2神が祀られていることを、貧道は今回知りました。さらにそのわきに産だらいと呼ばれる巨岩が鳥居で祀られていました。『産む』ということは、何を産んだのか気になるところです。神社の資料から推察すれば、国を産んだことの象徴と思えます。その象徴するところは、奈岐・奈美二神は大八州（日本）を産んだ。磐座主座と磐座西座に祀られる天照大御神と豊受大神は、ここ真名井神社でお互い和合した。さらに奈岐・奈美二神とも和合して、日本の国産みを継承した。天照大御神は代表して日本皇室の祖になり、その後伊勢神宮に遷宮して国を護ったということでしょうか。そしてさらにその元をたどると…その神は古ユダヤの神に通じておられ、一つの神に行きつく…」

空海は、籠神社は相当奥が深いと感じた。調査・聞き取り等の結果、数々の情報を携え、一行は神社を辞した。

一行は真名井神社、籠神社をあとに天の橋立てが一望できる丘の上に登った。そこで今までの調査を踏まえ分析した。空海が考えをまとめた。

『旅出の神』はかつて日本に存在された。そして今は伊勢神宮に鎮座されておられる。しかし『旅出の神』の伝承を確かに後世に伝えるための暗号信号として、元伊勢の名前と、遷宮の神事として、20年ごとに遷御の儀を残されたのだと思います。伊勢は元々古ヘブライ語の『イセ』、『イサ』が語源で、イエスを意味するそうですよね。司祭。これは古ユダヤの民だけが理解する暗号だったに違いないと思うのです。『イセ、イサ、イエス神宮』。どうですか？」

「そう言われれば、そう受け取れます」

古ユダヤの神宝は、その旅する過程でどこかの神社に隠された。

一ヶ所に、三つの神宝ではないかも知れない。

一ヶ所に一つずつ、３ヶ所に分散されたのでしょう。

なぜなら、この国土全体が、神に祝福された『東の島々の国』、『聖なる高い山』であり、神殿そのものという位置づけかも知れないのです。

しかし、神が旅に出る前には、神宝は『御所に同床されていた』と言う神主がおられました。もちろん日本の神宝のことでしょうが、古ユダヤの神宝も同じように扱われていたのでしょう。

ということはですよ。コーヘン司祭よろしいですか。それまで神宝は、天皇が管理されていたということなのでしょうか。もちろん天皇が手ずから管理されるはずはなく、お側仕えが実質的に管理していた。とすれば、側仕えはどの一族であったかが重要になります。そこで、それはどの部族かを物知りの長老に聞いたことがあるのです。そのかたが言うには、めったなことは言えないが、どうやら鴨族がこの任に当っていたのではないかということです」

「かもぞく？　鳥の鴨のことですか」

コーヘン司祭が聞き返した。

「そうです。日本神道では、鳥に関係する名前が、尊ばれてきたそうです」

また空海は、取材で聞いたときの情景を思い出した。

「籠神社海部宮司の話は、大変興味深い内容で、面白く聞きました。宮司の出自に関連して、貧道が聞きたいことがあったので、失礼ながら質問しました。そのときの受け答えはこうです。

『海部様たいへん不躾ながら、海部氏は物部氏を出自とする、西欧渡来人の末裔なのですか?』

『はい、どうやらそのようでありました』

海部氏神職の答えはそうだった。さらに貧道は聞きました。

『物部氏は、秦氏と敵対関係か協力関係か、どちらだったのですか? 物部氏は蘇我氏に駆逐されたと伝わり、さらに神社も秦氏に乗っ取られたとも言われています。関係性はどうだったのでしょうか? これも知りたかったことです。

また極秘情報によれば、海部氏はもともと鴨族であるとも言われています。これは本当なのでしょうか? 鴨族とは、いったい何者なのですか? 天皇家に関係する家系と聞きますが。秦氏と物部氏は、遠い昔の出自は同じ古ユダヤの出身で、部族だけが違う仲間ではなかったのでしょうか?』

と貧道は聞いたのです。しかし、これらの真相を神職から聞きたかったのですが、全ての答えを聞くことはできなかったのです。

鴨族と秦氏の印象は、限りなく近く重複して貧道の脳裏に残りました。そこで神職に重ねて質問しました。

『唐突ではありますが、この機会に聞かせてください。別の話として、物部氏は、徐福と共に日本に来たと言う情報もあるのですが、どう考えればよいのでしょうか？　徐福は、激しい気性であった秦の始皇帝をも煙に巻いたほど、強か（したた）な男であったらしく、東の国の須弥山（しゅみせん）（仏教での最高の霊峰）に不老長寿の理想郷と不老不死の妙薬を探しに行くと、秦の始皇帝から多額の活動資金と良家の３０００人の童男童女、優秀な技術者等を得て、そのまま行方不明になったと伝わる人物です。その徐福が日本に来て、天皇をお守りする影の集団の祖になったということなのでしょうか？』と貧道は聞いたのです。すると、『そういう話は、噂としては面白いですな』という答えでした。

そこでさらに貧道は詰め寄りました。

『その集団の名は八咫烏（やたがらす）というらしいのですが。謎の影の集団は、一体どういう人間なのですか？』

『なんと、貴僧その名をどこでお聞きになられた。私からは、これ以上なにも申し上げられません』

というのが海部宮司からのお答えで、詳しく聞くことができなかったのです」

空海にはまた一つ、謎が生まれた。

「これらのことは、天皇陛下にお話願うのが一番理解が早いのではないかと感じました。しかし不敬にも天皇陛下に、すぐに近付いて聞くというわけにいきませんな…」

皆の前だが空海はつぶやくように言った。しかし空海は後にこのことを実現するのであった。

空海は、神宝追跡調査を、一旦ここまでとした。

空海は秦保国に報告しようと思い、ただ報告するのみならず、これらの情報を共有した上、秦氏からさらに詳しい西欧からの渡来人の話を聞くと、参考になることがたくさん出て来るかも知れないと改めて思った。空海はいったんこの神宝追跡の有意義な旅を終えることにした。

最後にコーヘン司祭が、

「この旅は日本の文化の本を辿る有意義な調査でした。我々は今後も調査を続けたいと思います。それと、空海どのに、あとで帰って落ち着いたら、聞いてみたいと思う疑問がいくつか湧きました」

と言った。

空海の感想としては、

「日本の神社は、古ユダヤの暗号信号そのもののように思えてきました。『その周りには、まだ発見されていない暗号がたくさんある』という思いをますます強くしました」

空海はそう言って、追跡調査を終えた。

## 第24話　大祭の妙

大同4年（809年）夏。1年9ヶ月に及ぶ神宝追跡調査の旅を、いったん切り上げた空海と2人のレビ族神官たちは、天の橋立・籠神社から平安京・太秦の秦保国の屋敷に向かった。伏見に寄った道の都合で平安京へは南から入った。季節は夏真っ盛り。7月17日、折しも「八坂神社祭礼・神輿渡御」が、祇園（ぎおん）の八坂神社を中心に行われており、街は賑かだった。また山鉾町主催の「山車巡行」も行われていた（後に平安後期869年この祭りは「祇園祭」となるが、この頃は単に「八坂神社大祭」と呼ばれていた）。空海たちは、祭りで楽しそうな人々でごった返す祇園を通りかかった。ちょうどそこに、繰り出された山車（だし）が巡行してきた。山車の正面や横腹には、大きな絵が描かれている。一台の絵を見て、レビ族副官がにこにこと嬉しそうに笑った。そこには男女が着飾って甕（かめ）を持って話している一場面が描かれていた。日本人が見たのでは、何の意味かわからない。さして変哲もない普通の絵だった。

「空海さん、あの絵は我々に向かって、何かを語りかけていると思います」

レビ族副官がそう言った。その他にも砂漠を行く駱駝の絵、草原の絵など、東欧から大陸の西にかけての風景の絵が、正面や側面に描かれた山車が、次々と目の前に巡行して来た。山車にはいたるところに、鳥や波のしるしが施されている。人々はメノラーのような木の枝をかかげていた。

「空海さん、日本の平安京でなぜこのような絵が描かれるのでしょうか。どのようにしたら、この光景が、思い描けると思いますか。想像でしょうか。誰か見た光景を、覚えているのでしょうか。一体だれが何のために、何を伝えたくて、このような絵を描くのかわかりますか？」

などなど、副官は空海に問いかけるのだが、空海にはわからなかった。しかし考えただけでも、それは楽しい謎解きであったが、空海一行は先を急いだ。山車の歓迎を受けた後、空海と神官たちは夏だが涼しげな鴨川に沿って遡行し、三条大橋を西に向かい、三条通りにぬけ、太秦を目指した。

空海は、神官2人と太秦に着き、秦保国の館に入った。

だが、秦保国は八坂神社大祭に公務として出かけているということで、すれ違いの留守だった。一行は帰りを待つことにした。接客に出た召使いに案内され、応接間に通された。そこで空海たちは、さっき見た祭の山車の絵のことを話し始めた。レビ族の副官が語る。

「空海さん、さっき見た山車側面の絵は、聖書の中の一場面です。イサクに水を供するリベカの絵です。あの山車は一番古いものらしく、以前からあの絵が描かれていたようです。我々も以前ふしぎに思い、いろいろ聞いてみたことがあるのですが、古いことなので原画を描いた者のことはわかりませんでした。しかし確かにあの絵は、聖書の一節、イサクの嫁選びの物語が、絵として描かれています。間違いありません。イサクはアブラハムの息子です。あの絵は、古ユダヤの末裔がここにいることをわかる人間にだけ伝える、暗号を発信しているようです。その他の西域の絵も、自分たちの出自とはるばる渡来してきたことを忘れないようにという、わかる人間にだけ通じる暗号の発信だと思います」コーヘン司祭が続ける。

「山車の語源は、古ヘブライ語の『デシ』またの発音が『デシュ』が、その元ではないかと我々には思われます。『デシ』『デシュ』、は、若葉という意味です。山車をダシと読ませるのはむしろ無理があります。漢字が入って来たときに、デシの言葉に山のような車という漢字を当て無理やりデシと読ませた。それがなまってダシになったのでしょう。

山車側面の幕に書かれている絵には、平安京は山中の盆地であるにも関わらず、海の波や鳥が多く書かれています。そのため『山車はノアの箱舟を象徴しているのだ』、という者も仲間にいるくらいです。漂流するノアが箱舟から二度目に放った鳥が、葉っぱを銜えて戻って来たことで、ノアは陸地ができたことを知った。そしてアララト山の中腹に、上陸したと伝わります。その記念すべき人類再出発の日が、今日7月17日です。山車に画かれている波や鳥、葉っぱが、重要なカギ言葉になることがおわかり頂けると思います。

元々祇園という地名は、古ヘブライ語が理解できる人間には、エルサレム神殿があったシオンの丘から取った名前だと連想されますし、八坂神社はヤーのサカで、YA・SAKHA神の信仰という意味だと、我々にもすぐ理解できます。古ユダヤの民は神殿ができるまでは、幕屋テントの小屋で礼拝をしていました。ヤーサカは神が降臨される神聖な場所という意味です。

空海どのが基本設計された、平安京・御所大内裏の正庁・朝堂院（ちょうどういん）（西暦818年以降は八省院（はっしょういん）と呼ばれる）が完成し、遷都されるまでは、八坂神社が神への信仰を司る仮の都、礼拝所だったのです。

ここ太秦（うずまさ）もウズは光、マサは賜物、光の賜物という直訳が、古ヘブライ語アラム地方（古イラン）の言葉で伝わります。その意味するところは、イエス・キリストのことです。

もともと古い時代、日本には文字がありませんでした。後に漢の字が当てはめられ、漢字が使われたので、当初表音の当て字はなんでも良かったのです。それを利用して、我々は折句を日本語に盛り込みました。特に平安京は、都エル・平安シャライムで、東のエルサレムの意味であるということは、秦保国からお聞き及びのことと思います。

我々の聖書に記されているように、今日7月17日は、ノアの箱舟がアララト山の中腹に流れ着いた日であります。生まれ変わった地上で、人類が改めて一歩を踏み出したという、祝福すべき復活の日です。古イスラエル・エルサレムの都でも、この日に祭りが行われています。それはツィオン祭と言い、1ヶ月の日程で祭りが行われるというのも、平安京の八坂神社祭礼、山鉾町山鉾巡行（後の祇園祭）と同じです」

すごい話にしばらく沈黙があった。コーヘン司祭が切り出した。

「ところで空海さん、旅の途中でも申し上げましたが、あなたに聞きたいことがあります。空海というお名前は、どういう経緯でお付けになったのですか？」

突然の質問に空海は口ごもった。

「あっ、はい、私のことですか。実は、土佐で虚空蔵菩薩求聞持法を修したときに、明けの明星・金星が私の中に飛び込んできたのです。そのとき、洞窟の中から一体となった空と海が美しく見えました。その光景が何かを語りかけているようでしたので、そのときに見えた空と海から、空海と名乗ることにしたのです」

「なるほどそうでしたか。不躾けながら私には空海というお名前から、別の意味が感じられたのです。空は天、宇宙、宇宙の真理。海は大海原、地上、大地のことだと思いました。空と海は、天と地を結ぶ、または、神と人を結ぶ、と意味が取れたのです。我々の世界では、αアルファー・AとΩオメガ・Zは世界の最初と最後の究極を現わし、そこから転じて、暗号で天と地を結ぶという意味に使われることがあります。天と地を結ぶ役を持って来られた方が、我々の世界ではイエス・

キリストです。ひるがえって、日本の神社の狛犬は、阿形と吽形の対になっています。これも、「あ」と「ん」の意味を持たせてあると、我々には伝わるのです。これは神社のみならず寺社の入口に立つ仁王様も同じように、阿行と吽行で世の中の最初と最後を意味し、世界全てを睨み邪から聖域や民を守るという象徴になっています。西欧のαアルファー・AとΩオメガ・Z、日本での阿アと吽ウンは、偶然でしょうか？　意味する表現構造が同じです。契約の箱の契約とは、神と人との契約の石板が入っているので、そう呼ばれるのです。旧約聖書、新約聖書も翻訳の訳ではなく、神との約束の約の意味です。契約とは、神と人をつなぐ絆です。我々のとても身近な神の使いイエス・キリストも、そのお役をいただいた方で、神と人をつないでおられます。

空海とは、我々の勝手な解釈では、神と人を結ぶイエス・キリストと同じ意味になります。それを意識されて、空海と名付けられたのですか。どうですか？」

「はぁぁ。うーむ、なるほどー。かたじけない、我ながら初めて知り申した。ははっ。ありがとうござる」

「いえいえ、お礼を言われることではありません。もう一つあります。鶴亀山の山頂下で、鶴岩と亀岩を見て、なぜこの山が最初から剣山ではなく鶴亀山と名付けられたのか、その意味がわかりました。鶴は、天空を飛びます。亀は地を這い、海に潜ります。天と地、神と人、つまり鶴亀山は剣では意味がなく、『鶴と亀の山で、イエス・キリストの山と暗号で伝えている』、と我々には聞こえます。空海どの、その意味がわかりますか？

さらに鶴は、羽を広げた富士山・日本の象徴。亀は、六芳星ユダヤを意味します。つまり、鶴と亀が集まって混じった国、統率された国という意味が、我々には伝わってきます。鶴と亀が統べった国が、日本なのです。鶴亀山は名前自体でその暗号を発信しています」

「うーむ、すごい。なんということだ。そういう解釈があったのか、恐れ入った」

「もう一つ、空海どのに、率直にお聞きしたいことがあります」

司祭は真剣な中にも、優しい顔つきになった。空海も改めて、司祭の言葉を待った。

「空海どのは、留学先の長安で、キリスト教の洗礼をお受けになったのではありませんか?」

「えっ…なぜ、そうお思いになられるか?」

「遍照金剛という法名は大日如来の密号です。それは唐で密かにイエス・キリストを指します。なぜなら『あまねく世を照らす』とは、新約聖書マタイによる福音書第5章第16節にある『あなた方の光を人々の前で輝かせなさい』という記述の漢語訳に他なりません。

それに秦保国首領から聞いたところによると、貴僧が持ち帰った書物の中に、『景教聖典』があるそうですが、これは新約聖書のことですよね。景浄司祭からも人伝にですが、日本の僧に洗礼を授けたと聞いています。私も剣山の洞窟で一緒に祈りを捧げたときに、そう伝わってきました。感じたのです。自然の中で森羅万象に触れて生きていると、神さまからの信号を敏感に感じるようになるのです」

「…むむ…それは、…立場上何も申し上げられない。ネストリウス派キリスト教の奥義については、長安で秦氏に紹介された景淨司祭から、深く学ばせていただいた。いまはそれしか申し上げることができません…」

「そうですか…。これ以上聞いても、仕方ないようですな。それにしても、空海殿がキリスト教の奥義を正しく理解されている方だと知りとても嬉しいです。いずれにせよ、民と世界の平安のために、ともに働きましょう」

「いかにも…」

空海は、（うーん、秦一族の情報網はあなどれない。それにこの司祭はすごい。自然の中で生きていると神からの信号を強く受け取れるとは、まさに密教の奥義と同じ域に達している）と感じた。

逆に空海はこの際疑問に思っていたことを、親しくなったコーヘン司祭に聞いてみることにした。

「コーヘン司祭、私にもこの間ずっと気になっていることがあるのです。それは、あなた方の聖書に東の島々の国、山の上の聖地などの表現があり、それは東方の島国日本に違いないという思いで、西域の方々が日本を最終目的地にして大陸を横切り民族の大移動を果たした、ということですが、そのときなぜ、聖書に日本のこと、あるいは東の海沿いの国々という表現があったのかという、そもそも根本の話です。東の島々の国、そこに約束の地があるとだれがそれを伝えたのか？　誰がそのことを旧約聖書のイザヤ書に書き込んだのか？　そこが貧道には謎なのです」

「うーむ、空海どの、確かにそれは、重要な問題です。ですが、その件は、我々が生まれるずっと以前から、旧約聖書イザヤ書にそう記述がありました。

『それゆえ、東で主をあがめ、海沿いの国々でイスラエルの神、主の名をあがめよ（24章15節）』。

また、古ユダヤの預言書に、『東の島々の国、日のいずる彼方の国から、救い主メシアが現われユダヤを救う』とか、『聖なる高い神の山』などの言葉がありました。しかし仲間内の口伝によれば、『そのことはそもそも、太古の日本から伝わったことだ』、と言われています。

かつて太古の時代、『日本からスメラミコトが岩船にのって飛来され、日本から民を連れて来て各国を開き、王を任命して世界を理によって治めた平和な時代があった』という伝えです。『スメラミコトは東の島々の国におわし、世界を巡航されて統治された』、と伝わります。

その大本は東の日のいずる国日本だと。太古の時代において精神的な事柄は、すべて東の日のいずる国日本に行って、修行をする習わしだったというのです。

そして聖人は皆、魂の故郷に帰って行った、と伝わっています。四国阿波のコリトリも、古ヘブライ語でふるさとへの入り口という意味ですので、四国に到着した古ユダヤの民は皆、魂のふるさと日本に帰って来たと思い、安心したでしょう」

「おおーっ。なんということだ。そのようなことが、日本の太古の歴史に隠されていたのですか」

さすがの空海も、頭の中が混乱した。

空海は（このことは、もっと勉強せねばなるまい）と強く感じた。

このとき、空海は34歳。真理の探究とさまざまな謎解きに、果敢に挑戦する学僧になっていた。

# 第25話　日本文化

古ユダヤのレビ族神官の話は、いよいよ面白くなってきた。

「この2年弱の神宝追跡の旅で、我々が驚いたことがたくさんあります。一番驚いたことは、日本の神社境内の配置と、古ユダヤの神殿の配置が、ほとんど同じということです。

まず入口の手前に鳥居があります。トリは古ヘブライ語で入口の意味です。古ユダヤには入口のトリに、柱が2本立っていまして、その上が綱で結ばれ結界が張られています。日本でもたまにそういう〆縄が、２本の柱にかけられている姿を目にします。日本最古と言われる大神神社(おおみわじんじゃ)にもあります。一般の日本の鳥居は横木があり、古ユダヤ過越祭の故事にならうように、丹で赤く塗られています。古ユダヤ神殿には、入ってすぐに洗水盤がありますが、日本には同じ位置に手水舎があります。古ユダヤでは、手や足を清めました。日本では手を洗い、口を濯(そそ)ぎます。水が清く、豊富であるためでしょう。その奥に両方に共通して、願い事を書いた絵馬を掛ける札所が配置されています。さらに拝殿入り口に阿と吽の口をした、狛犬が2匹対で飾ってあります。阿が女性、吽が男性で、阿は始まりという意味の阿字で、吽は最後という意味です。その示唆することは、先にお伝えしたとおりイエス・キリストに通じています。

この狛犬はイスラエル十部族を表し、より大きく毛深い獅子は日本にはいないライオンのことで、ダビデ王家、または南ユダ王国まで含めた、古イスラエル王国十二支族の古ユダヤ全体の象徴です。古ユダヤ王国ではこの大きな狛犬と同じように、神殿の王座の両脇を獅子が守っていました。この獅子や狛犬は、沖縄では魔除けのシーサーとなって、より色濃く民の間に広まりました。

日本の神社には、神殿の手前に拝殿があり、ここで神に祈りを捧げます。拝殿の奥に神殿があります。古ユダヤの礼拝所では、神との会見の幕屋と呼ばれた場所が同じ役目をしています。古ユダヤでは、神殿に神器が祀られていました。拝殿と神殿が分けられているという配置も、両国同じです。古ユダヤでは、神殿に神器が祀られていました。ただし、これは偶像崇拝ではなく、あくまで神器であり、神の象徴でもあります。日本では鏡がよく用いられます。ただし、ご神体そのものは見てはならないとされ、何かはわかりません。古ユダヤでは神殿は南向きになります。日本でも南か東向きです。エルサレムに残る嘆きの壁は、西側の外壁のみが残って、国が失われたことを民族の嘆きとして象徴し、また民の嘆きを直接壁が聞いています。日本では神殿に相当するものが本殿で、同じように神器とご神体が祀られます。祀られている鏡などの器が崇拝対象の神様ではなく、これはあくまで神器で神霊が宿るとし、偶像や人物崇拝でない点､宗教上の考え方も古ユダヤと同じです。古ユダヤの神殿礼拝所及び移動式幕屋神殿と、日本の神社とは、その構造も配置も、霊を祀るという考え方も同じです」

コーヘン司祭は、いったん言葉を切り、茶をすすった。

「また遷宮という日本の神社の考え方も、移動式幕屋神殿で神の象徴が旅をするという、古ユダヤの風習と同じです。他の国には旅する神という概念や神事は、我々の知る限りではありません。

日本の神社に仕える神職たちの、亜麻布(あまぎれ)製の白い服は、ダビデ王が着た、亜麻布製の白い服エポデと、見まがうほどよく似ています。ダビデ王の時代、古エルサレムに契約の箱を運び込むときに、全員が白いエポデを着たと伝わります。日本でも神社の神輿を担ぐときに、白い冠頭衣を着て、掛け声をかけて街を回りますが、古くから聖書に伝わるこのときの様子と酷似しています。

日本神道ではお清めをするときに、榊(さかき)の枝に紙垂(しで)を付けて、神主がお祓いをします。

古ユダヤでもヒソプという榊に良く似た植物が、同じようにお清めに使われます。古ユダヤから渡来した神官たちが、日本でヒソプに良く似た植物榊を見つけて御神木とし、お祓いや神殿に奉げる玉串に使うようになったと考えられます。

契約の箱の姿はすでにご存じのように、日本の神輿が、まるで写しの様に良く似せて作られています。共通点を挙げると、箱の大きさが同じくらい。全体が金箔で覆われ、かついで運ぶ。かつぐための棒を通す丸い輪が両側面についている。その輪に通した棒は、保管するときも抜き取らないでそのままにして保管する。契約の箱の上には天使ケルビムが居て、羽を広げて覆い被さる様に箱を護っています。日本の神輿の上には、中国の想像上の神のお使い、鳳凰が羽根を広げています。良く見ると鳳凰は実った稲穂を銜えています。稲穂はこの国では五穀豊穣の象徴だとは思いますが、ノアの箱舟が大洪水の中を何ヶ月も漂流を続けているとき、放った鳩がどこからかオリーブの枝葉を銜えて戻ってきたことで、ノアは乾いた陸があることを知ったという、聖書の記述が表現されているものと我々の目には映ります。稲穂を加えた鳳凰は少なくなりましたが…。

日本の神輿と契約の箱のこれらの外観上の符合は、偶然同じようになったとは考えにくいです。また聞き伝わっただけでは、ここまで似かよった形の再現は、難しいと思います。ここで考えられることは、だれかが契約の箱を手本に、神輿を似せて作ったということです。

突き詰めて言えば、日本に契約の箱が来たので、これを見て作った人がいるということです。その象徴の複製を、全国の神社に配置して、自分たちの出自を忘れないように、神輿を担ぐという祭礼の形式の中に潜り込ませた。もっと深く考えれば、契約の箱を隠すために、わざわざ似たような複製神輿というものを作った。それを全国の神社で祭礼の際に担ぐということで、契約の箱の存在を隠すために、写しをたくさん作ったと考えられます。

多少極解になりますが、神輿は日本全国に散らばったユダヤの末裔に対する、自分の出自を忘れないようにという、祭りの中に滑り込ませた秦氏演出による暗号発信と考えると、ある意味わかりやすいです。『年に一回、五穀豊穣を神に感謝して、神を褒め称える言葉を叫びながら、皆で自分たちの出自を思い、渡来して来た当時の想いを再確認する機会とする』そういう意味合いが、神社に伝わる祭りや、神輿の原点と思えてくるのです。

神輿渡御の示唆行動は、『契約の箱はこの土地に在るのだよ。写しの神輿を見て思い出しなさい。日々勇気をもってこの土地に溶け込んで生きる糧にしなさい』と暗号で呼びかけているように、我々には思えるのです。このことが、秦氏がことさら祭礼や芸能の世界を、支配下におくようにしていること。そのことが、ユダヤの末裔に語りかけている神輿に込められた本当の暗号信号の意味だ、と思うのです」

　コーヘン司祭は、空海に同意を求めるように顔を見た。

「実は秦氏は全国の神社、祭礼、占、陰陽師、神楽、芸能などを、戦略的におさえて行き、神社に関しては、ほぼ全国の神社を本部が掌握しているようです。日本の政治の表舞台もさることながら、裏の世界や民の文化面で、秦氏の力は色濃く日本に影響を及ぼしているのです。日本の皆さんは、なぜ正月に神社に初詣に行くか、わかっていますか？　たとえば、陰陽師では奇数が表の陽の数ですが、その表の奇数の月と同じ日を五節句として、民が神社に行くように習慣づけたのも、秦氏の創作と演出です。

①　1月1日 正月元旦に初詣（年頭行事）
　　1月7日 七草の節句（自然の恵みに感謝する祭り）
②　3月3日 桃の節句（女子の祭り）
③　5月5日 端午の節句（男子の祭り）
④　7月7日 七夕の節句、（男女・夫婦の祭り）
⑤　9月9日 菊の節句・重陽の節句（菊に長寿を祈る大人の祭り）
　　11月15日 七五三・（子供の行事）（子が無事に成長した感謝の祭り）

などの節句や年中行事は、日本人の生活の中に、自然に溶け込んでいます。9が一番大きな重い数で、これが重なるので9月9日は重陽の節句といわれます。また、11は1の繰り返しの数なので、11月

15日の七五三は、節句ではなく行事となっています。また1月1日は節句ではなく、年頭の行事となっています。ですが、『何故正月に、神社へ初詣に行くのか』分からないまま、単なる年中行事になってしまった人々が多く見受けられます。本来の意味は、渡来人たちが、『自己の出自の再確認』と、『年頭に当たって、この国に溶け込んで生きて行くことの強い誓いを、神殿の前で神と共に再確認し、再契約する祈りのときを持つ』ということです。それは、『あらそわない誓い』でもあるのです。

神社は本来願い事をお願いする所ではなく、まず『感謝』し、『そうします』と神に誓う場所です。自分の決心がまずあり、それに力添えをという姿勢が肝要です。

渡来人の我々には、争ったら最後この国を追われる、という恐怖心があります。我々は争うことができません。しかしそのことは我々が弱いとか臆病とかいうことでなく、帰る場所がないからです。帰る場所がないということは、一度戦い始めたら、やるか、やられるか、のどちらかしかない。とことん壮絶な戦いになることがわかっているので、我々は戦わずに溶け込むのです。その国に解け込む、これが我々に課せられた生き方なのです。

そのためにはどんな犠牲もいといません。その覚悟を再確認するのが正月元旦の初詣で、そのとき神に約束し、改めて誓いを立てるのです。神様、日常の平和をありがとうございます。私はこの国・この地域に溶け込んで、皆と平和に生きて行きます。どうか神のご加護をと。そもそも祈りとは、『感謝すること』、『自分がこうしますという決意を宣言し、神の加勢を仰ぐこと』です。

『ああして欲しい、これを叶えて』と現状の足りないことを訴え、あれよこせ、これ欲しいと願を掛けるだけではありません。それは不平・不満を言っているだけです。自分がこうします、と決心することが大事なのです。また、他国に生きる仲間が、どういう状況かも常に情報交換します。いざとなったら、逃げ込める場所をいつも確保しておくためです」

空海はコーヘン司祭の話に、（なるほど）と感心した。

「さて、神輿上のケルビムに関しては、天使というものを知らない日本人が、中国の鳳凰を使ったということかと思います。しかし、神輿を担ぐ神事が、ユーラシア大陸、モンゴルや唐全土・朝鮮半島にないということがどういうことかと考えています。たぶん契約の箱は東ユーラシア・中国大陸を通らなかったため、鳳凰発祥の地が中国大陸であるにも関わらず、契約の箱を見た人が居ないので、その地域には神輿も何も伝わっていない。その形や風習も残っていない、ということだろうと思います。そうすると契約の箱は舟で海伝いに、東の島々の国、日のいずる国日本に運ばれて来た、と推理されます。旧約聖書の『海沿いの国々』、『東の果て』に従ったためでしょう。

この推理を後押しするかのように、ヒンドゥー教の印度支那・バリ島では、祭礼や葬儀のとき村人が大きな神輿を担ぎます。このとき大きな儀式では神輿に王様も乗ります。南の海の彼方に、同じような神輿の風習が伝わって残っているのです。東南アジアの海沿いの国々には、お神輿に似たような風習があることでしょう。契約の箱を担ぐ姿が伝えられ、風習としてこれらの国に１０００年以上も色濃く残っていると考えられます。契約の箱が島に上げられるとき、どこかで見た南方の人がいたとしたら、南方の海伝いに、契約の箱は船で運ばれて来たのではないかと思料されます。

南の海伝いの神輿風習調査をしたら、おもしろい結果が得られるでしょう。

すでに見ましたが、日本で神輿を担ぐときの『えっさ、えっさ』はヘブライ語で『運べ、運べ』。ちょうど今日7月17日に行われている、四国剣山へ神輿を担ぎ上げる祭りの掛け声、『エンヤーラ・ヤー』も、その意味は『我は神を褒め湛えまつらん』という古ヘブライ語です。また『エッサ』は古イスラエル人には重要な言葉で、『何かを上に上げる』という意味もあり、この場合『目を上に上げる』とも解釈できます。したがって『エッサ、エッサ』は『山の上にあるエルサレムの都を目指して、上のほうに目を上げて、気持ちも上に上げて、前に進もう』という意味になるのです。エルサレムは標高800mの山の上にある山岳都市です。また、上のほうの神に向かっていくという意味もあります」

コーヘン司祭の興味深い話は続いた。

「その言葉の意味とルーツを見出すだけで、古代史の見方が一変します。日本語の中には、古ヘブライ語が3000近く残っているという研究もあります。

『よいしょ』も『どっこいしょ』も、日本人は意味不明のまま日常的に使っていますが、古ヘブライ語では『神様の力を借りて、何かをどかす』という意味になります。『わっしょい』は御輿を担ぐときに民が力を合わせて『和を背負う』という日本語が元になっているという解釈もありますが、古ヘブライ語では『救い主が来る』という意味が隠されています。

日本の神官たちの亜麻布製の白い服は、古ユダヤ神官の服とまったく同じです。日本の神職が着ける、ゆったりした上着や袴、前に垂らす布など、古ユダヤの司祭の服と同じです。意匠の意味概念が同じなのでしょう。古から祈りのときにつける服の房ツツイートは、ユダヤ教の証でもあったのです。このように、神官の服は両国同じようになっています。また、神官が杓（しゃく）を持つという格好は、日本と古ユダヤの神職にしか見られない共通の慣わしです。類似性として決定的なのは、神宝を祀る神殿が旅をするという風習が、世界中どこを探しても、古ユダヤと日本の特殊な例です」

司祭の話はしだいに熱を帯びてきた。

「さらに加えるなら、山の修験者の頭襟（ときん）は、ヒラクティリーと同じ意匠、用途です。日本では経文を書いて、古ユダヤでは聖書の言葉を書いて中に入れます。彼らの法螺貝と古ユダヤの羊の角笛ショーファーとは、音も用途もまったく一緒です。古ユダヤの同じ風習が、日本の山の中に、なぜ残っているのでしょうか。そのわけは、『この文化は元を同じくしているから』です。彼らは同じ祖先を共有する、末裔同士だからです。古ユダヤでも山で修行する神官が多いのです。なぜなら、古ユダヤの民は山の上に住む、山岳民族だからです。

ここまで、さまざまなことが似ています。というか、同じ配置の神殿と神社、神職が同じ服の意匠、同じやり方で神を祀るという国が、他にあるでしょうか。小さな違いはあるものの、大筋で同じということが、１０００年以上に渡って伝わっているということ自体が、我々レビ族神官には神の祝福であり、何かを伝えようとする尊いご意志を感じることを禁じ得ないのです。それらは漏れ伝わって来た文化に似せたとか、偶然似ているという生易しい話ではなく、『元は同じ』と言ったほうが分かりやすい。そうです、『元は同じだった』のです。『古ユダヤの神官の末裔が、古い日本の神社の神職になった』、と考えたほうがわかりやすいのです。この間2年弱のユダヤの神宝追跡の旅で、私はこのことを強く感じ再確認しました」

コーヘン司祭はさらに続けた。

「日本の八幡神の起源として、大変興味深い話を聞いています。宇佐の綾幡郷の薦神社は、別名大貞八幡といい、宇佐八幡宮の元宮とも伝わります。ここの池自体が御神体という御澄池の薦草の上に、八幡神が立たれたことが、八幡神宮の始まりと伝わります。ですが、この伝承は、薦草＝パピルスの箱舟でナイル川に流されたモーセの聖書の一節とよく似た話だと、我々は連想させられます。出エジプト記として聖書に残された物語です。モーセ誕生の物語と、日本の八幡神の始まりが、同じ薦草・パピルスの物語で神話になっている点が、たいへん興味深いです。

また日本の御所の中で神器を入れる箱のことを、日本神道では御船代と言います。遷宮のとき神器はすべて御船代に入れて運ぶのです。一方、契約の箱という言葉アークは、古ユダヤにおいて、舟という意味で、神宝を入れる箱が舟と呼ばれることがまったく同じです。神宝や神器を入れる箱が舟という共通の概念があるということは、神宝が舟でこの国に渡って来た、ということを暗示しています。天の橋立ての籠神社又は籠神社というお名前や、境内に産だらいがあるのも、薦草パピルスに関係しているのかもしれません。こもはパピルスの薦。日本に昔文字はなく、すべて音に対する漢字の当て字だからです。この他にも古ユダヤと日本の文化には、驚くほどの共通点があり、暗号のように謎を発信し続けています」

空海は感じ入った。レビ族神官の話は続く。

「伊勢神宮の、伊勢と言う言葉が重要です。前にも申しましたように、伊勢とは古ヘブライ語で神の救いを意味するイェシュまたはイェシュアです。イエス・キリストのイエスも元はイェシュから派生した言葉で、神の救いという意味があります。イエスという名前は、世界各地でイセ、イサと呼ばれています。

伊勢とは、イセ、イェシュ、イエスから来た言葉と言えます。

伊勢神宮の神域を流れる川を五十鈴（いすず）川と言いますが、古来の呼び方は、「イスズ川」ではなくイエスの川、イスス川と呼んだそうです。日本のこの川で１０００年以上にも渡って、イエスの洗礼のような禊（みそぎ）が行われています。伊豆という言葉も、イス・神の救いという言葉が伊豆に変化して、日本語の中に溶け込んだのでしょう。三位一体を意味する三つ柱の鳥居がある対馬の伊豆山、関東・伊豆の伊豆山という地名は、後から渡来した人に神の救いという意味を込めて送った、古ユダヤの暗号信号でしょう。両伊豆ともみごとに同じ緯度直線上に在ります。

特に申し上げたいことは、伊勢神宮を守る神職、度会（わたらい）氏のことです。昔は内宮も外宮も度会氏が宮司でした。名前の度会（わたらい）は、渡来（わたらい）とも書くそうです。渡来人の意味が込められた名前の度会氏（渡来氏）が代々守る神社。これは渡会氏が西欧からの渡来人であるなら、古ユダヤが関係する神社と言えます。

天皇の公式名であるスメラ・ミコトは、古ヘブライ語アラム方言でサマリアの大王を意します。初代神武天皇の贈り名・和風諡号は、神倭伊波礼比古命です。カム・ヤマト・イワレ・ビコ・スメラ・ミコトは、『サマリアの大王・神のヘブライ民族の高尚な創設者』という意味です。サマリアとは、古北イスラエル王国の首都です。これら日本語に隠された意味をどう感じますか？」

レビ族副官の話は、一旦ここで終わった。空海はレビ族神官たちの話を、興味深く聞いた。日本文化の中に溶け込んだ古ユダヤの文化は、計り知れないほど豊かに存在していることを、空海は自分の体験や、レビ族神官の話から確認したのだった。レビ族神官たちはもっといろいろ知っていそうだったが、秦保国が八坂神社の公務から帰って来たので、またの機会に譲ると、興味深い鼎談はいったんここまでとなった。

空海は神官たちの話を聞きながら、（日本の文化とは一体何なのだ？）と考え込んでしまった。

「日本文化は、ほとんど渡来人がもたらして進んだものが、身の周りを埋め尽しているではないか。縄文人や蝦夷の文化が、日本古来の文化とも感じられるが、それらは皆駆逐されてしまった感がある。大事にしなければいけないと思ったが、便利なもの、強い物、儲かる話などが生き残る社会にだんだんなって来ている。時代の流れとはそういうことなのかもしれないが…無常を感じる。それにしても、貧道は日本神道のことを、もう少し学ばなくてはならない」と空海は考えていた。

そこへ「首領が戻りました。奥座敷へどうぞ」とお付きの者が一同を促した。

# 第26話　古神道

八坂神社の公務から帰って来た秦保国は、空海らを、奥座敷で待っていた。

太秦(うずまさ)秦屋敷は、竹林に囲まれた閑静な場所で、そこだけが夏の暑さから遠ざけられていた。

空海は、1年9ヶ月ぶりの帰京の挨拶をした。秦保国はそれを受け、

「空海はん、コーヘン司祭、副官はん、神宝追跡の長旅えらい御苦労はんだしたなぁ。ところで、剣山の契約の箱の件は、星河から報告を受けとります。残念でおました。箱の警備は人数を増やし、誰も近付けないようにしときますのでご安心を。しかしいずれにせよ、あのままでは良くないと考えておりまする。いずれ掘り出して、別のしっかり管理できる場所に移したいと思います。

神宝の中身については、空海はんたちの帰りを待って、調査結果を踏まえた上で、その行き先の謎解きを検討したいと思っておったのだす。空海はんは、どうお考えでおますか？」

「結論から申し上げると、神宝の中身は、剣山から持ち出されたということです。その行き先ですが、今は日本のどこかに保管されていますが、おそらくそれは、神社にご神体として祀られている可能性が、高いと思われるのです。それも1ヶ所に三つではなく、3ヶ所に分散されたことが、考えられましょう。ところで貧道は、帰ったら保国どのから、絶対に聞きたいことがあったのです」

「ほう。それはどないなことだすか？」

「保国どの、失礼ながらあえてお尋ねしますが、古ユダヤの神宝は、あなたがたの手ですでにどこかに隠された、ということはないでしょうね？」

「いや、いや、そんなことがあってたまるものだすか。我々は、神宝は剣山に眠っているらしいという情報以外に知りまへん。周囲にさえ近づいてはいけない、と言われておますし、そのための警備の人間まで派遣しているのだすえ」

「忍びのことですか？」

「そうだす。その者たちからは、定期的に見張り情報が届くようになっておます。しかし以前から、違う人間たちが監視しているようだ、という報告も入っておます」

「違う人間たちと申しますと？」

「もしかすると、違う部族か。我々よりも以前にこの国に渡来した、西域からの部族か。よくわからしまへんが、第2波で日本に来た神官たちの集団がいるのかと、長い間伝わっているのだす」

「その人たちと交流はあるのですか？」

「いえ、まだありまへん」

「そうですか。貧道には何かひっかかるのです。それでは保国どの、契約の箱にはどんな物が入っていたか以前お聞きしましたが、改めて教えていただきたいのです」

秦保国は、真顔になって説明を始めた。

「うむ。契約の箱には、3種の神器（しんき）が入っていると伝わっておます。神器は偶像崇拝の対象ではなく、神がそこに降りて来られる神聖な物、と考えられているご神物だす。

一つは、十戒を刻んだ石版が2枚。二つ目は、マナという食べ物が入れられたマナの壺。

そして三つ目は、アロンの杖だす。

これらが、長さ約3尺8寸（約１２０㎝）、幅約2尺3寸（約70㎝）、高さ約2尺3寸（約70㎝）の金で覆われた契約の箱の中に入っていると、伝わっておるのだす」

空海はそれを受けて、

「うーむ、なるほど。改めて確認させていただきました。ご承知のことと思いますが、日本にも、3種の神器という『神宝』が伝わっています。またの名を三種の神器、3種の神器とも言います。これは、日本神話において、天孫降臨の時に、瓊瓊杵尊が天照大神から授けられたという鏡・玉・剣のことです。日本の歴代天皇が継承してきた3種の宝物のことです。

3種の宝物は、八咫鏡・八尺瓊勾玉・草那芸之大刀（草薙剣）を指します。皇族はもとより天皇陛下でもその実見はなされておられるのか定かでなく、多くの面が謎に包まれております。

折しも一昨年の大同2年（８０７年）2月13日に、官人斎部広成によって編纂された『古語拾遺』によると、崇神天皇のとき、鏡と剣は宮中から出され、外で祀られることになったため、形代・写しが作られたと記されています。今伝わっているのは、八咫鏡は、伊勢神宮の皇大神宮（内宮）に、草薙剣は、熱田神宮に、それぞれ御神体として奉斎され、八尺瓊勾玉は、皇居に安置されている、ということでありますが…」

「日本の3種の神器そのものが、古ユダヤの神宝と同じものではなさそうだすが、神器が3種あるという、同じ数が気になりもす。大きさもだいたい対応しなはる。鏡は石版に、剣は杖に、壺の中のマナが勾玉に、相当する様な印象を受けおます。日本の神器は、それぞれ古ユダヤの神宝を象徴している、暗号信号ということかも知れませなんだ。伝え聞く内輪話では、伊勢神宮にある八咫鏡の裏には、古ユダヤのヘブライ語で、『イエヒェー　アシェル　イエヒェー』と書かれてあるのだそうだす。この言葉は、トラーの巻物・タナフにも記されている言葉で、『我は有りて、在るものなり』と訳されおます。これはまさに八幡の祖神、つまりはヤハヴェ神がモーセに語った言葉そのものではおまへんか」

「何やらこんがらがってきそうですが。古ユダヤの神宝は、日本の神器のように、それぞれが分散されて、たとえば天皇と神宮の神職が、保管されておられるということでしょうか？」

「たぶん、そういうことだす。分散した理由もわかる気がします。外敵から守るという直接目的の他に、日本における部族間の勢力図を、平和裏に均衡を取るためだと考えられるのだす。ただし、日本の3種の神器の分散のされ方と、古ユダヤの神宝の分散の仕方は、同じではありますまい。たぶん、伊勢神宮には何かがあると思われるのでおますが、他に奈良・山野辺の石上神宮、天の橋立・籠神社などが想定されると考えられるのだす」

「やはりそうですか…。貧道は、日本神道のことをもう少し学ばなければ、この謎解きはできないと感じております。もし差し支えなければ、秦氏が日本神道に関係して来た部分を教えていただきたい。古神道には、かなり渡来人の影響が見え隠れしておるのですが…」

空海がこの質問をすると、秦保国の顔が少し笑ったように見受けられた。

「空海はん、ついにこの質問をしなはったでんな。いずれここに行き着いて、このご質問をされるだろうと思うておりましたのじゃ。空海どのはこの間、神社に関してだいぶ学ばれたご様子、では包み隠さずお話しして進んぜよう。我々渡来人の目には、日本の神社の流れは、大きく数本の流れとなりまする。ただし、この分類はあくまで我々の便宜的な見方で、正当なものではござらしまへん。

一、皇祖を祀る伊勢神宮と元伊勢神社系。神明神社系。

一、日本神話の神々を祀る神社系（たとえば出雲大社、熊野大社、伊射奈岐神社、伊射奈美神社等）

一、村の鎮守神、地域や国の鎮護神を祀る神社系。

一、八幡神宮系。古ユダヤ系神社、中に重要な聖地地点を示すための信号神社系。

一、稲荷大社系。

一、宗像大社系。

一、白山神社系

一、諏訪大社系

一、尊いお方を神と祀る神社系。

一、別格の神社

一、氏神系その他

となり申す。重ねて言うときますが、この分類は必ずしも日本神道の正式なものではなく、あくまで我々の考えだす。このうち、古ユダヤの渡来人に直接関係するのは、八幡神宮系、稲荷大社系、宗像大社系、白山神社系、諏訪大社系などだす。尊いお方を神と祀る神社も関係します。伊勢神宮、神明神社系と元伊勢系については、空海はんがこの1年余で見て来たとおりですが、内部事情的にはこれまで色々あったようだす。そのことは別の機会にご説明しんぜます。

まず八幡神についてご説明しまひょ。すでにお聞きおよびかもしれないが、八幡(やはた)神は、イェフダ、ヤハヴェの神、ユダヤの神という言葉から来ております。八幡神という言葉を聞けば、古ヘブライ語を理解する人間には、ユダヤの神、そう伝わる暗号だす。宇佐の八幡神宮の神職は、宇佐氏、大神氏、辛嶋氏だすが、そのうち一番古い古ユダヤ神官の末裔辛嶋氏が、宮司として八幡神宮を護っておいでだす。辛嶋氏の元々の名前は辛嶋勝(かつ)というお名前で、勝(かつ)、勝(すぐり)は秦氏の姓(かばね)でありんす。秦一族の祖は、古ユダヤの中でもダビデ族、ユダ族、レビなど、王族、貴族、神職などがこの中心を占めまする。秦一族が奈良時代に八幡(やはた)神を福岡・大分八幡宮(だいぶはちまんぐう)に祀り、そこから分霊して徐々に全国に広がり、たくさんの八幡(はちまん)神社を作ったのだす。対馬の海神神社（ワタツミ神社）は元八幡神宮と言われ、はるばる大陸を横断し、海を越えて東の島々の国にやって来た同胞に向けた、我々の存在を示す暗号信号を送るために作った神社なのだす。三つ柱の鳥居があこにもあったでござらっしゃろう。

対馬とここ平安京・太秦の蚕(かいこ)の社(やしろ)に見られる三つ柱の鳥居は、三位一体を意味する同胞への暗号信号だす。対馬の元八幡神宮がもう一つの八幡神の起源であり、後に宇佐神宮にここからも分霊して貰った経緯がありもうす。宇佐の薦草神話は、後から造られた暗号謎かけの物語ですじゃ。

このように八幡神社は、全国のユダヤ系渡来人のために作った、ユダヤの神ヤフダ神が祀られているという秘密の暗号神社なのだすが、余りに上手く日本文化に溶け込んでしまったので、違和感がないほどにまでなっており、ありがたいことだす。ヤハタは『ヤーの秦』という解釈も…。ふふ。

次に稲荷神社のことだす。これも深山に住んでいた、秦依侶具（秦公伊侶巨）が天皇から勅命を受けて、和同４年（７１１年）２月７日に、伏見の稲荷山に３社を祀ったのが稲荷神社の始まりとなりもうす。秦氏ゆかりの神社だすが、部族が違う者が作ったので別々に発展いたした。稲荷神社は本来、創造と農業の神を祀っているのだす。キツネはイナリ神のお使い眷属で、古ユダヤ部族の象徴だす。本来イナリとは古ヘブライ語で光輝く者、元来の古アラビア語で尊いもの、という意味だすが、日本では稲を荷うから、稲荷神という五穀豊穣を司る神とされたのだす。

御祭神は稲荷神宇迦之御魂大神で、伊勢神宮には早くから御倉神として祀られておました。民にはお稲荷さんと呼ばれ、親しまれ始めておます。喜ばしい限りだす。はっはっはっ。稲荷神社で祀られる神はキツネではなく、古ユダヤの唯一神、ヤハヴェの神だす。つまり、八幡神と同じ神が、違う名前で日本に溶け込んだだけだす。神のお使いのキツネも、眼に見えない透明な存在なのだす。

今後空海どのの協力も得て、全国に広げていくつもりでおます。伏見の稲荷山は麓をキツネが護り、山上を龍神が護ると言われます。豊穣と繁栄祈願の御利益信仰となり申したが、神社を作った本来の我々の目的は、仲間に向けた暗号発信で、過ぎ越しの祭りを彷彿とさせる朱色の塗装と共に、

『このまわりには、仲間が住んでいる。安心して住みなさい』という信号だす。その意味では創始者が違う秦仲間ではありんすが、八幡神社も渡来人仲間への安全情報の発信であり、地域の世話役に挨拶しその地域に溶け込んで住み着くための足がかり橋頭保になったという意味で、同じ役割を担っていた古ユダヤ系神社なのだす。別格の神社として賀茂神社がおます。後に上賀茂と下鴨に分れましたが、元は鴨族の造った氏神神社だす。日本で最も格式の高い神社とされております」

「ところで、日本で最も格式の高い神社の鴨族とは、どういうお方たちなのですか?」

ここで秦保国は珍しく顔をしかめた。触れられたくない部分なのかもしれない。

「あいや、うっかり鴨のことを話してしもうた」

そう言って秦保国は、(しまった、どう話そうか)という感じで座りなおした。

「この一族の本拠地は、下鴨神社と上賀茂神社だす。確かに両神社は伊勢神宮よりも格が高い神社となっております。鴨族は、天皇をお守りすることを至上の役目とする、謎の一団だす。八咫烏とも呼ばれております。星河もその一員だす。が、このあたりはあまり詳しく知らないほうがよいのでおます。この話はとりあえずここまでとしまひょ」

空海は、何かタヌキに化かされたような気分がした。秦氏の様子から、鴨族には何か相当な謎が隠されていると思えた。

秦保国の話は、そこで尻切れトンボのように終わった。

平安京に、夏祭りの笛の音が響いた。

# 第７章　熟成

## 第27話　嵯峨天皇

空海は神宝を探す隠密行動のために、１年９ヶ月出歩き、槙尾山寺を留守にしたことになった。そろそろ朝廷からの指示が、来るかもしれない時期だ。空海は太秦から極秘裏に、河内国の緑濃い槙尾山寺に帰り、住職に挨拶した。

「住職、長いこと留守にいたしました。山での修行に明けくれておりました」

「そうですか。御苦労さまなことじゃ。留守中特に変わったことはなかったですぞ。ふぉふぉふぉ」

住職は、（わかっておる）とばかり涼しげな顔で、含み笑いをしていた。折よく数日して、大同

4年（809年）7月16日付の、天皇からの正式な上洛の勅が、使者によって届けられた。天皇は代替わりしていた。このとき空海は35歳になっていた。

勅命は『高雄山寺に入られよ』という。空海は勅を受けて（待っていました）とばかり、7月下旬の暑い最中に上洛した。平安京は、相変わらず夏の祭り行事で賑っていた。空海は京を横切るように高雄山寺に移った。預けておいた密教の宝物や、仏具を秦屋敷から星河に運んでもらい、居寺で整理をした。ようやく落ち着いたのは、9月末ごろだった。

京でも山深い高雄山にあるこの寺は、もみじが美しく色付き始めていた。空海はこのときから、ここ高雄山寺・後の神護寺を本拠地とした。河内の槙尾山寺よりも、緑がいっそう深い京の山寺だ。ここは和気清麻呂が開いた、空海にはゆかりの深い寺社だ。

空海に上洛の勅許を出された新天皇は、嵯峨天皇だった。同年4月に、皇太弟神野親王が即位され、嵯峨天皇の世になった。空海が睨んだ通り、意外と早く次の天皇の時代が来たのだ。

しばらくして、嵯峨天皇から待ちかねたようにお召しの使いが来た。使いにしては立派な身なりなので、空海は、（いったいどういう人なのだろう）と、まじまじと使いの人物の顔をのぞき込んだ。と、その人は伏せた顔を起こすなり、

「ははははっ、空海どの、お久しぶり！」

とおどけて見せた。良く見るとその人は唐に一緒に留学した、橘逸勢だった。

「嵯峨天皇は、実は親戚に当たるお方です。皇后は旧姓橘嘉智子と言い従妹なのです。天皇に

は即位してすぐに貴僧の書画の巧みさに触れることを上奏したが、上洛の勅許をともかくすぐに出してもらうに留まった。天皇になってやることが多かったとみえ、お召が今になってしまった。すまない、すまない。ははは っ」

「なんとそうか、それは、ありがたい。そういう関係であったか」

橘は共に唐に行き、帰りも九州に一緒に上陸した。空海も太宰府で別れて以来、久しぶりに会う旧友に顔がほころんだ。

２人の会話は、会わない間の出来事や、嵯峨天皇のことに及んだ。空海はユダヤの神宝のことは話さなかった。橘逸勢の伝えた嵯峨天皇からのお召しのむきは、『書の用意をして、参内されよ』ということであった。空海はかねてより、嵯峨天皇は相当な文人趣味の天皇で、唐の高名な書家の書を集めていらっしゃると聞いていた。橘逸勢にもそのことを確かめた。

10月４日、空海は馴染みの筆を持ち、宮中に参内した。

空海は遷都後15年、新しい御所ができて以来初めて、平安京大内裏に入った。かつて秦氏が住んでいた場所には、紫宸殿が建っていた。その前庭には右近橘と左近桜の木が、２本そのまま残されていた。空海は関係者にしかわからないその庭の景色の意味を、密やかに楽しみながら拝見した。

庭園の木々の所々に、秋の紅色がさしかかっていた。空海はこのとき初めて、宮中の奥まった部屋で、嵯峨天皇に拝謁する幸せに浴した。嵯峨天皇は若々しかった。空海よりも一回り年下だが、よく勉強されたせいか、知的で高貴な雰囲気を醸されていた。

「空海阿闍梨、本日はわざわざ大義である。『五筆和尚』の噂が唐から伝わって来たが、よく聞くと、どうやら大唐帝国順宋皇帝が、貴僧に贈った渾名であることがわかった。唐の皇帝が認めるほどに、貴僧の書は甚だ瑠美と聞く。日本国としても誇り高い。朕はかねてより、親族の橘逸勢から貴僧の高潔なる人格や、詩文・書の巧みさについて聞いていた。前から興味があったのだが、今日貴僧に『五筆和尚』の書とやらを披露してもらいたい。ついては、朕が愛読する『世説（せせつ）』の中より、優れた句を二つほど抜き出し、屏風に認（したた）めて貰いたい」

「陛下、かしこまりました」

空海は陛下のご希望により、世説の中から六朝文（りくちょうぶん）を書いた。それを屏風にして献上した。

嵯峨天皇は屏風の献上を大いに喜ばれ、空海に褒美を下寵された。このように2人の出会いは、橘逸勢の奏上により、書を介して実現した。以来嵯峨天皇は空海を大いに寵愛なされ、折をみては空海を召し、書画経典（けいてん）の話に興じ合うようになっていった。親しさは回を重ねるごとに増して行った。空海は橘逸勢に感謝した。（やる時にはやるものだ）と旧友を見直した。後に空海の手ほどきもあり、平安初期の三筆は、嵯峨天皇、空海、そして橘逸勢と言われほど書に長けた。

あるとき宮中に召された空海は、天子の御要望にお応えして一行ものの書を認め、それを見ながら談笑した後、天皇ご自慢の書の収集品を披露していただいた。書や漢文に明るい教養あふれる嵯峨天皇は、数点の書を空海に説明しながらお見せになった。

「1年ほど前に、大唐帝国高級官吏が献上したその中の一点は、見事な筆跡ながら作者がわからない。空海どの、この書はどなたの書と見るぞ」

空海は、天皇陛下にそこまでお話を賜った後で、

「この書は貧道の書にござる」とさらりと言った。

「なんと、貴僧の書と申されるか！　どうしてそれがわかるのか？」

「畏れながら、それは貧道が書いたそのものゆえ。その書をいったん表装をはずし、元の紙を出していただきたい。そして紙の継ぎ目の所を裏返してご覧になっていただけますれば、そこに小さく貧道の名が在りましょうぞ」

嵯峨天皇が側仕えに命じ、空海の言った通りにすると、はたして書の裏から小さく空海の名が現れたではないか。

「う―む…それにつけても、書全体が随分今の筆跡と違い、大きいように見受けられるのだが…」

「畏れ多くも、それには訳がございます。その書は大唐の都長安で書いたもの。大きな国の空気の中では、書も伸び伸びとして参ります。ここ日本は小さく、その影響を書も受けるものでございます」

「………」

嵯峨天皇は、なかなか繊細な感受性の持ち主であられたようだ。

陛下は、大唐という自由な大地がより大きく感じられ、自身が大唐に比して小国の王であることをまるで恥じるようかのように、その場の空気を読まれたのか、以後この話題にはお触れになられ

なかった。空海が強かなところは、このように不遜ながら天皇にも平気で歯に衣を着せぬ物の言い方をしてしまうことだった。空海が当時この世で最大で世界の王と目される大唐帝国の皇帝に接見したこと、また書で皇帝閣下に感動を与えて、皇帝から「五筆和尚」の渾名を授かったという経験が、日本国や天皇と対等に自身を置く物の見方を招来せしめたであろうことは、想像に難くない。

平安京という雅な都に、しばらく平穏なときが流れた。

このころから空海は高雄山寺（神護寺）という絶好の寺に住まわせてもらい、弟子に語りながら両部密教を真言密教として集大成させかつ執筆をするという、揺るぎなく後世に残る活動を開始した。正式に弟子となった智泉が、影日向となってそれを支えた。

空海は親交を結ばせていただいた嵯峨天皇に、真言宗創設の申請をした。また真言密教を全国に普及する申請も合わせて上奏した。空海が真言宗・真言密教の布教を、いよいよ開始するときがきた。

大同5年（810年）。そうこうするうちに、平安京に不穏な空気が流れ始めた。

後に「薬子の変」（平城太上天皇の変）と言われる騒ぎが生じた。その本質は2人の帝、すなわち平城上皇と嵯峨天皇の主導権争いで、二所朝廷とも言われるほどになってしまった。

いったん退位された平城上皇は、寵愛を受けて専横を極めていた尚侍（内侍司の長官・女官）・藤原薬子とその兄の参議・藤原仲成にそそのかされ、これからは奈良の都を首都とし、遷宮すると勅を出された。新帝嵯峨天皇はいったんこれを受諾したが、後に明確に拒否なされた。一触即発の緊迫した空気が、平安京（京都）と、平城京（奈良）の間に流れた。

平城上皇は雌雄を決しようと、薬子と一つの輿に乗り、東に下って挙兵を試みた。当時藤原家第三番目の有力者になっていた元遣唐大使・中納言藤原葛野麻呂は、上皇の側近として仕えていたが、勝ち目がないと必死でこれを止めた。

この動きを忍びの者から報告を受けた嵯峨天皇は、ただちに坂上田村麻呂に命じ、大軍の兵を動かし、伊勢国、近江国、美濃国の国府と東の関を固めさせた。

平城上皇は大和国添上郡田村まで行ったが、東の関に近づくにつれ、坂上田村麻呂の圧倒的な軍勢を目にするようになった。上皇は、嵯峨天皇の坂上征夷大将軍の大軍を動かすあまりの素早い手の打ちように、恐れをなした。（戦えば、義弟に殺される）上皇に恐怖が走った。上皇はしかたなく奈良に戻り、剃髪して出家なされ法皇になられた。煽導者藤原仲成はただちに捕らえられて、日本で初めて弓で射殺されるという正式な死刑に処された。藤原薬子は、毒を仰いで自殺した。死刑を断行した嵯峨天皇は、関係者の脳裏に強靭な施政者として印象を残した。

こうして戦いは回避され、嵯峨天皇は確固とした政権を確立なされた。平安初期は天皇が直接政治を行う天皇親政の時代だった。

実は、この裏で空海が嵯峨天皇に召され、戦術の相談を受けていた。

「空海どの、朕は上皇の勅である遷都を拒否しようと考える。これは明らかに上皇と一戦交えなければならなくなる危険を伴う。どうしたら争わず治める事ができようや。もし戦うなら、朕が為に、貴法により勝利をもたらすよう祈祷いたせ」

「陛下、かしこまりました。畏れ多くも、貧道上奏申し上げます。まずは上皇に従い、機を見て先手を打たれますよう。その際無用な殺傷が起きぬよう、圧倒的な軍勢をもって戦わずして制するご用意をなされんことを。『戦わずして勝利すること。あるいは戦わないこと、これすなわち君子の兵法なり』と孫子の兵法書にござります。元を厳しく断ち、姿勢を天下に示した後は、寛大なる措置を民に知らしめ、王は和やかに泰然と座しておることこそ聖人の政治なり。その後の治政によろしかろうと存じ奉ります。敵の動きを捉え、先手を打つことが肝要かと。しからばいま、役に立つ忍びの者を陛下のもとに差し向けまする」

空海は、唐で同じような女性による皇帝の懐柔乱の事例を学んでいた。空海はその行く末まで読んでいたのかもしれない。この戦いは、空海の情報力がものを言った。戦術の上奏をし、星河に嵯峨天皇を支える諜報活動を頼んだ後、空海は宮中に壇を構え、密教の奥儀に則り護摩を焚き、戦勝祈願の大祈祷を行った。その大願祷は3日にも及んだが、行が終わったとき、平城上皇が戦いを諦め、剃髪して出家した。その時期と結果は、あたかも空海の祈祷による効果が顕著に具現し、藤原仲成・薬子らを調伏したものだと、朝廷の誰の目にもそう映った。いや、実際空海の密教呪術が、そういう流れを呼び込んだ、と考えてもよいかもしれない。果して嵯峨天皇ご自身が、一番それを実感した。

これを機に、嵯峨天皇は空海という才気溢れる人物と、彼が唐から請来した純粋密教という、効験あらたかなる秘法に、誰よりも惚れ込むことになった。さらに忍び星河の役割の重要性を認識なされた。空海が即座に上奏した戦術とその後の措置は、これまでの集大成のように、空海の人格がすべて反映されたものであることを、唐の書や経を研究した教養高い天皇は、充分に感じ看破していた。天皇は空海の策には、人間を大切にしようという慈悲の心が籠っていたことを、充分理解された。嵯峨天皇は、誠によく学ぶ天皇だった。嵯峨天皇は後に奉仕の愛という概念を、空海から進講された。嵯峨天皇は、延暦5年（786年）生まれ、このとき弱冠24歳。空海36歳であった。

空海とは一回り年が離れた新天皇は、この事変を機に空海を兄のように慕う節もあるほど、お互い親交を結ぶ仲になっていった。2人はある意味人生を賭けた事変の戦いを、最低限の流血で治めたのだった。この事変以来2人の間には、人生と治政、法の布教における盟友としての確固たる絆が芽生え、その絆は以後生涯変わらずに固持された。それは空海が私利私欲を持たず、国家鎮護と衆生救済に徹底して生きた生きざまを潔（いさぎよし）として惚れ込み、生涯支援し続けた嵯峨天皇の男としての心意気に他ならない。

嵯峨天皇の妻嘉智子皇后は世継ぎの皇子を欲した。そこで空海に相談した。宮中奥座敷に空海が召された。御簾（みす）の向こうから皇后の声がした。平安時代、高貴な女性は顔を見せるのは恥ずかしいことことされていた。そのため男性と話すときは御簾や扇子で顔を隠した。

「空海どの、お願いです。世継ぎの皇子を授かりたいのじゃ。密教の法力をもって祈祷してたもれ」

「かしこまって、つかまつりました」空海は皇后にお願いし、山城国相楽郡（さがらのこおり）に祈祷をするための場所報恩院を建立してもらった。そして懐妊祈願の密教祈祷を、弟子の智泉と一緒に誠意を込めて加持祈祷した。智泉はその夜夢を見た。法華曼荼羅（ほっけまんだら）の軸が天から降ってくる夢だった。それを空海に伝えると、空海から指導を受けた。

「智泉よ、それは吉兆だ。その経の守護・普賢（ふげん）菩薩様の像を彫って、一心にお願いしなさい」

智泉は普賢菩薩をこころを込めて彫った。そこに讃岐から空海の姉である母が上京して来た。母はそれを見て自分も像を彫るのを手伝った。母はたいそうな腕前で瞬く間に立派な像ができあがった。智泉が普賢菩薩様に一心不乱に祈祷を捧げたところ、皇后は皇子を懐妊、無事に出産したのだった。正良（まさら）親王と名付けられた皇子は、後に仁明（にんみょう）天皇になられた。これを機会に嵯峨天皇は、空海という人物と真言密教の法力に、絶大な信頼を置いた。智泉は神僧と仰がれ、世の尊崇を受けた。

空海の密教は、その後嵯峨天皇の支援によって表の舞台に躍り出た。空海は天皇陛下と、裏の勢力の頂点・秦氏両方から信頼されたのだ。加えて星河の影の力が無言で支えていた。神と仏と良き友が支えている魅力的な男が空海だった。一方最澄は天台密教を掲げたものの、敵に回した南都奈良勢力との争いの中で憔悴するかのように、静かに生涯を閉じた。一般に空海と最澄は永遠の好敵手として歴史に登場するが、その存在は天が与えた砥石、お互いが切磋琢磨すべく、必然的に存在した尊い魂であった。平成事変（へいぜいじへん）の折、伊予親王が謀反の罪を着せられて、死に追い込まれる事件があった。空海はその報に驚き、祈った。（学友として親しくしていただいた伊予親王殿下、どうか安らかに弥勒菩薩のもとでお過ごしくだされ。貧道も間もなく参りますゆえ）そのとき親王の侍講であった阿刀大足が、謀反煽動の疑いを掛けられ追われる身となった。身に覚えのない阿刀大足は申し開きの機会もなく、どこにも行くところがなくなり、ついに空海を高雄山寺に訪ねて来た。

空海は咎めを受けることを覚悟の上、お世話になったこの叔父を、生涯守って身近に留め置いた。それは青年真魚が出家する際、「不忠ではないか」と一言つぶやいた恩師叔父に対して、空海という温かい人間が示した、生涯を掛けての無言の返歌だった。

## 第28話　高野山

空海の頭の中で、一つの願いが、具体的計画になった。

空海が唐から帰国の折、台風に漂蕩する船上で神々に誓った一願は、「もし無事に帰朝させてもらえたら、密教を広める」という抽象的なものだった。ここで仏でなく、神に誓った点が興味深い。空海は神仏習合を生涯意識していた。いま空海の頭脳にあるそれは、「高野山を聖地として開墾整備し、真言密教を修行する根本(こんぽん)道場とする。人材を育て、法を広め、世の中に資する」という具体的な目標となった。そして、

「そこを、自らが入定(にゅうじょう)する場所と定める。そこでは宇宙の根源である、大日如来の存在を実感することができる。如来の霊験(れいげん)があたりに満ちており、また修行をすれば如来と一体となることもできる。そこを法身(ほっしん)の里と称する」と、自分の生涯をも集大成させる、一大事業を構想したのだ。

高僧は死ぬのではなく、居場所を移すのみで霊が遷移するとされる。永遠の禅定(ぜんじょう)に入った空海の場合、入定(にゅうじょう)という。嵯峨天皇は、

「まだまだ、空海に山奥に籠ってしまわれたのでは、格調の高い恰好の話し相手がいなくなってしまうではないか」とご心配になられたご様子でもあられたが、弘仁7年（816年）7月8日の太政官符を以て、勅許をお出しになった。空海は友人の嵯峨天皇近侍の主殿寮次官・布勢海から、それとなく天皇によい情報を入れてもらい、また空海自身からも事前の根回しをした。勅許は約2週間という迅速な決裁だった。この勅許をもって、高野山開創の年とされる。

空海はこの勅許を受けて、早速弟子の泰範、実恵の2名を高野山に登らせ、現地調査及び開墾、草庵の建立を命じた。2名の高弟たちは、空海が書いた見取り図を基に、高野山に草庵を築いた。そのときに場所の目印となったのは、それ以前からあった丹生明神を祀る祠であった。まずはこの祠を神社として正式に祀った。

この場所は、もともと丹生一族の土地であった。丹生祝という豪族が治めていた。丹生祝は高野山周辺から産出される水銀で大を成した一族だ。丹生祝は空海の目指す、天上の修行道場を作りたい、という趣旨に賛同し山を寄進してくれていた。

勅許直後に空海は、この山を献上してくれた丹生祝に宛て手紙を書いた。

「一つ、二つの草庵を作るため、弟子2名を派遣するのでよろしく」と書き送った。その文章が現存している。このことは以前から丹生氏と親交があったことを裏付けるもので、事実空海はその後も物心両面で、丹生氏の支援を受けていた。

高野山一帯は鉱物資源が豊富な中央構造線の上にあり、水銀を産出していたことは容易に想像される。しかしその記録はない。実際空海はここから産出した水銀や朱砂で、高野山の建設費を賄ったと考えられる。当時水銀や朱砂（硫化水銀）は、丹・朱色の塗料として神社仏閣を彩るために重要で、高額で取引された。秦氏が八幡神社や稲荷神社などを全国に建立し続けているので、塗料の需要はいくらでもあった。秦氏関連の神社の鳥居に塗られた朱色は、ことのほか鮮やかだった。

　秦一族が伝えた渡来の精錬法や、空海が唐で羽哲雄（はてつゆう）に学んできた最新の技術でなければ出せない、独特な眩いばかりの色彩だった。当時他の塗料では、この彩りは出せなかった。この色彩豊かな朱色を鳥居や神社に塗ることで、その地方のユダヤ存在の暗号信号となっていたのだ。水銀や朱砂は、それほど重要な資源であった。

　空海は20歳ごろこの山に修行で入山したときに、丹生祝と知り合った。四国の水銀を平安京庁や秦氏に納め始めたころで、早々２者を繋げた。丹生氏には水銀・朱砂の採掘、精錬製品化、運搬を依頼し、秦氏の関係する神社に納品していたのだ。

　また水銀は金を精錬するときに使われる。すでにあった奈良の大仏の補修や、寺院の仏像に、大量の金箔が張られた。空海は20歳頃から長年これら鉱物資源の取引で、自ら莫大な資金を調達した。

　そしてその資金は余すところなく、長安では密教請来の私的資金となり、唐から帰ったときには四国八十八ケ所の寺社建設の仕上げに、また高野山の開創等公のために衆生のために、夢の実現のためにすべて注ぎ込まれた。もし、空海が唐に行かなければ、大事業家になっていただろう。

　しかしながら、空海は水銀や朱砂を目的として、高野山一帯を下寵してもらったわけではない。

あくまで密教を集大成させる生涯の目標を実現するためだ。それにふさわしい、修行のための山上盆地の下寵を願ったものである。一方、丹生氏にとっては、空海と秦氏は以前からの大お得意様であった。それゆえ生涯空海への支援を惜しまなかったのだ。鉱物資源に関する記録がないのは当然であった。貴重な鉱山の場所や事柄については、口伝を以て極秘に伝えられた。その結果、あえて文書地図の類が残されなかったのだ。

高野山開墾のために、深山に分け入った2人の高弟泰範と実恵は、草庵を建て、そこを基地として実行計画を練った。若い頃に空海が測量した地図は正確で、2人の高弟は改めて空海の測量術や土木技術者としての水準の高さに舌を巻いた。その地図を基に地割りが行われ、開墾の鍬が入った。人工が大勢雇われて原生林を切り開き、整地して平らな土地を作る作業が開始されたのだ。

これは逸話だが、開墾している途中に空海が唐・明州（寧波）の海岸から投げ、瑞雲に乗って運ばれたとされる仏具「三鈷杵」が、松の木にひっ掛った状態で発見されたと伝わる。

空海はそれを聞き、この地が密教を広めるための聖地として、ふさわしい場所と天が示されたとして、ますます確信を強めたと言われる。この「飛行三鈷杵」と名付けられた至宝と、大塔が建つことになる場所から掘り出された宝剣は、金剛峯寺に秘蔵安置された。また「飛行三鈷杵」が掛かっていた松は「三鈷の松」と呼ばれている。その松は壇上伽藍の御影堂の前に立ち、時代を超えて長きにわたり高野山の僧の手で大切に守られている。

弘仁9年（818年）、空海が44歳のとき、勅許後初めて高野山に登り、開墾と建設の陣頭指揮をとった。

まず空海は、高野山上の七里四方に向け、結界の修法を行った。その結界は、丹生都比売神社、丹生官省符神社や慈尊院にまで及んだ。丹生都比売神社は古く、この頃より５００年も前の、天平時代からこの地方に鎮座されていた。そのご祭神高野御子大神（狩場明神）は、修行の地を探していた空海の前に、白と黒の犬を連れた狩人に化身して現われ、高野山に導いたと伝わる。

空海は高野山大伽藍に御社を建て、大神を守護神として祀った。また空海は神明社を建立し、ご祭神天照大御神、豊受大神を祀った。空海は工事が難航したとき、立里荒神社のご祭神にご加護を祈祷し力を得たと伝わる。分霊が高野山金剛峯寺近くに祀られている。

空海は、神と仏の習合を意識して、この高野山を拓いていった。空海は、伽藍の配置を図面にした。空海が計画した伽藍配置は、南面して中心線上に、南から中門、講堂（現在の金堂）、僧坊を置いた。

講堂の北に僧坊をはさんで、真言密教の根本経典である「大日経」「金剛頂経」の世界を象徴する二基の塔を建てた。それは大塔（胎蔵界）と西塔（金剛界）を相対させるものであった。空海独自の密教理論に基づく伽藍形式で、大自然の中に堂塔をもって、密教空間を立体的に創りだそうと企図したものであった。この独特の伽藍配置図に基づき、空海は建設に着手した。

開墾と建設が進み、弘仁10年（８１９年）５月３日、平均高度が約８３５ｍの山上盆地に伽藍が建立された。

空海が現世で活躍した頃に建てられたものは、大塔、西塔、高さ16丈の多宝塔、三間四面講堂（金堂）、二十一間僧坊、奥の院などだ。金堂の中には立体曼陀羅が描かれ、歴代の法王肖像画がある。

高野山の修禅の一院は、「金剛峯寺」と名付けられた。「金剛峯寺」の名は、あらゆる念願をはじめ、修行を成就させるという妙法「金剛峯楼閣一切瑜伽瑜祇経」の経名から取られ、空海が名付けた。「瑜伽する者」すなわち「宗教的な瞑想をする者」が住む寺という意味である。

奥の院の脇、転軸山（９１５ｍ）のなお奥に、泉が湧き出る場所があり、その泉を集めて玉川とした。その淵には水向地蔵を並べた。参拝の民は、地蔵様たちに水をかけることで、自身の心も清める。その小川は、現世とあの世を分かつ意味も込められ、小川を渡る御廟橋から先は、彼岸浄土、すなわち奥の院とされた。高野山信仰の中心を成す奥の院には、空海の特別な思い入れが籠められた施設が、秘密裏に造られた。

高野山は、有名なことだが、女人禁制だった。女人のための尼僧院女人堂が、入口に七つ建てられた。女人結界の外側を巡る四里約15㎞の女人道が別途作られた。空海の母玉依が訪ねて来たときも、当時は山上には入れずに女人院で過ごした。後に玉依が麓の慈尊院に住むようになり、空海が月に9回会いに行ったと伝わる。九度山の地名のいわれとなった。

こうして空海と弟子たちによって、金剛峯寺並びに高野山一帯は、真言密教の聖地・根本道場として開創された。弘仁10年（８１９年）、空海45歳のこと。建立は3年がかりだった。

高野山開創の年は、弘仁7年（８１６年）。嵯峨天皇が7月8日の太政官符を以て勅許を出された年だ。このときから１２００年という年月が流れた。多くの民が心のふるさとを訪れている。

# 第8章　結願（けちがん）

## 第29話　契約の箱

空海は高野山を、生涯の集大成のつもりで開墾・建設した。

それ以外にも、数々の仕事をこなした。基本的には頼まれ事を、文句も言わずに淡々と実行した。空海は自分流の理論構築と、実践の人だった。その足跡は次のように実にたくさん残っている。

まず歴史に残らない空白の7年間では、平安京の極秘基本設計から始まり、四国八十八ヶ所霊場遍路・結界の開創を行った。

記録に残る活動としては、その後空海は出家して官僧となり、遣唐使と共に唐へ留学した。恵果（けいか）

和尚から純粋密教のすべての灌頂を受け、唐から法を我が国に請来した。その約60年後中国では道教以外が国禁となり、密教は消滅した。唐から帰っての3年間も歴史上の空白期間だが、九州・太宰府・観世音寺で法要を行ったことだけが記録に残っている。その他九州や四国の調査をし、古ユダヤの神宝を探し、畿内中追跡した。これらは記録に残せない隠密行動であった。

その後、歴史に残る公の仕事としては、官寺である東大寺、乙訓寺、東寺、高雄山寺の長官を務めた。造東大寺（東大寺建設庁）別当（兼任長官）など、数ヶ所の長としての実績を残した。高野山、東寺、東大寺真言院、興福寺南円堂などの建設、東寺21尊立体曼陀羅像の彫刻、東寺五重塔の建立などを手掛け、立派に完成させた。恵果師匠の遺言や母の言葉どおり、多くの人の魂を救った。

唐から持ち帰った、大日経系と金剛頂系の両部を合体させ、真言密教教学の集大成を行った。真言宗の確立を成し遂げた。二十数巻の書籍の著作を成した。

その後、弟子の取り立て・指導、最澄への対応、灌頂の儀式、東大寺における奈良六宗への華厳経講義、薬子の乱鎮圧上奏と修法、満濃池の修復、祈雨の修法、民のための私学校の設立、高野山の開拓と金剛峯寺の開基・奥の院の建立、四国八十八ヶ所結界の完成と巡拝挨拶回りを成した。人々のために働いたが、その他に古ユダヤの神宝にまつわる隠密行動、秦氏の課題に対する調査活動と検討を行った。

天長2年（825年）愛弟子の智泉が病に倒れた。急を知らせたのは星河だった。星河は空海に智泉を見舞ってくれるように親友として頼みに来た。空海は東寺から高野山に急いだ。智泉は37歳で高野山東南院の基になった草庵で空海の見守る中示寂した。空海は断腸の思いで涙を流し、智泉を天国菟卒天へ送った。このときの哀悼の詩が、「性霊集」に残されている。

『哀れなる哉　哀れなる哉　哀れなる中にも哀れなり　悲しき哉　悲しき哉　悲の中の悲なり』

空海は高野山に智泉廟を建て、ねんごろに弔った。さらに翌年の天長３年（８２６年）、師匠勤操が亡くなった。空海は、嵯峨天皇から絶大な信頼を得た。嵯峨天皇は空海の活動を支援し、空海は宮中で天皇の健康と民１人ひとりのしあわせを、また世の中の平和を願い「御修法」を毎年行うようになった。空海はたくさんの仕事を完成させたが、身体に相当無理がかかっていた。

光陰矢のごとし。年は改まり天長８年（８３１年）。空海はこの頃、身体の不調を覚えた。年はもはや57歳になったので、仕方がないと自分でも感じた。しかし空海にはまだこれからやらなくてはならない、重大な仕事があった。それは秦氏の宿題でもあり、自分が生涯に、いやその後数百年、千年にも渡って残すべき大仕事である、と常に認識していた。（体力的に、いましかやるときはない）

空海はそう感じ取った。その課題はすなわち『古ユダヤの神宝を探すこと』。契約の箱を掘り出して安全な場所に移し、未来永劫しっかり保管することだ。空海は長いこと、公務に悩殺された。この間ユダヤの神宝のことや、契約の箱をなんとかしなければならないと、気にはなっていたが、まったく手が回らずに遠ざかった状態になった。秦氏が剣山には警備の人間を配置して、誰も寄せ付けないとしていた。また四国八十八ヶ所の結界を張ったことで、なんとなく安心というか、油断をしたような格好だった。

ある日、嵯峨天皇と話をしているときに、話題がその方面に行ったので、空海は、

「日本には、古ユダヤの神宝が契約の箱に入れられ、持ち込まれたという話ですが、そのことはご存知ですか」と聞いてみた。

「うむ。巷の噂に聞いておる」というお答え。

「そうでございますか。実は、貧道はその古ユダヤの神宝を長いこと探しておりました。契約の箱はある場所で見つけたのですが。中身の神宝が、何者かに契約の箱から持ち出され、どこかに消えてしまっていました。そこまではわかっておるのですが…。捜索した当時、すぐに神宝の行方を追跡しましたが、その行方は杳としてわからなかったのでございます」

そう説明申し上げた。そこで空海はこのときとばかり、天皇に尋ねた。

「畏れ多くも、古ユダヤの神宝が宮中にあるのではないか、と巷のうわさがあるのですが…」

「それは3種の神宝のことであるか？　皇室に伝わる神宝は確かにあるが、それは我が国古来のものだと聞く。朕はそれ以外のことは聞いていない」

「かしこまりました。ありがとうございます」

（なるほど、外部には話してはならないのか…。いや嵯峨天皇の誠実なお人柄からして、本当に聞いていないと考えられる）

　このとき、空海はいったん引き下がった。が、気を取り直し、猛然と嵯峨天皇にある上奏を申し上げた。

「陛下、お願の儀がございまする。日本国に在るに違いない古ユダヤの神宝が、どこかに行ってしまっています。入れ物の箱だけが、寂しく山中に隠されておりまする。このままで良いのでしょうか。もしこのような情報が漏れたら、諸外国に恥かしいと思われませんか？」

　痛いところを突いた。

「我が国や世界の諸外国にとって、そのように重要なものか？」

「御意。神宝の日本存在は、世界中がひっくり返るほど、重大な意味があります。昔から唐が奪いに来るという恐れを持った政権もあったほどです。しかしいまの唐の皇帝はそういう人物ではなく、高潔な人格であることは、貧道が長安の都で謁見させていただき確かめました。問題は天下をねらう輩ですが、いまのところ動きは無いようです。世界の平和のためにも、古ユダヤの神宝をきちんと保管せねばなりますまい」

「たしかに神宝というからには、それなりに重大で、意味があるのであろう。しかし、行方がわからないものをどうしようと言うのだ？」

　空海は時間をかけ嵯峨天皇にご説明申し上げた。そしてついに秘策を上奏した。

「陛下なら可能でございます。貧道に考えがござりまする。それは…………」

「うむ空海、よきにはからえ。帥なら安心して任せられる。かくなる上は内密に、帥と共に入唐した元遣唐大使中納言の藤原葛野麻呂に相談せよ。あやつなら内密になんとかする」

嵯峨天皇は空海とその友人に全幅の信頼を寄せる仲であった。空海しかこの手は使えなかった。

しばらくして空海の提出した候補の寺社に、葛野麻呂が手配した極秘の天皇勅命が出された。

『古ユダヤの神宝と思しきものを所持したる者は、年内に申しいで、供出せよ。正月までに供出したるものには褒美を取らせ、隠したる者は調査の上出てきた場合は、一門取りつぶしの厳罰に処す。この間、神社本殿等に祀られている、ご神体・神器を見ることを許す。供出された神器の出自は、後世不問に伏す　御名御璽』

このとき、天皇の勅をもってまずは自主供出が待たれた。12月になっても自主供出がなかったので、強制捜査の構えを見せたとたん、はたして三種の神器が、バラバラと宮中に供出されたのである。

このとき、陰で動いた軍団がいた。鴨族の中でもお側仕えの「八咫烏」が暗躍した。嵯峨天皇は平城上皇の変のとき、日本で初めて死刑を断行したことで、教養ある文人ではあるが、別の意味で関係者には密かに恐れられていたのだ。何処から出てきたかは、天皇の勅並びに民の信義により伏せられ、以後国家の極秘事項とされた。この一連の戦術展開は空海によって嵯峨天皇に上奏され、実行された。実はそれ以前から良い施政の戦略が空海によって練られ、真言密教の加持祈祷と共に深く世に貢献していた。ちなみに加持祈祷は平安時代から日常的に用いられた問題解決手段である。

古ユダヤの3種の神器は、ようやく日本で日の目を見たのである。

ここに及び空海は、(ともかく入れ物である契約の箱を、剣山から掘り出し、3種の神器を揃えて入れ、もっと安全な場所に移さなくてはならない）と考えた。身体の不調を勘案すると、これから数年間で、やるべきことを全て済まさなくてはならない。期は熟し切った。空海は、少し急がねばと感じた。

夏も盛りのある日、空海は準備を整え、秦氏に相談に行った。

秦保国は太秦にいたが、さすがに齢80を超える高齢になっていた。平安京を造ったことで、自分の代の大役は果したと考えたのか悠然としていた。秦保国は空海の訪問を歓迎した。

「やあやあ、おいでやす。空海はん。貴僧の活躍ぶりは星河からいちいち耳にしておます。たくさんのことを良くおやりになりはったなあ。して、今日は何の御用でっしゃろ」

「保国どの、長いことご無沙汰してしまい、申し訳ない。実は契約の箱のことでご相談に参った。ようやく契約の箱を隠すにふさわしい場所が見つかったのです。その時期も来たようで、相談の上実行したいと思うとります」

「ほう、さすが空海はん、約束を忘れてはいない。

貴僧が四国八十八ヶ所の結界を張ってくれはったので、わいはうっかり安心しておった。警備の人間だけは剣山に配して、しっかり外敵を排除しておるので、これだけははっきり言える。箱はそのまま守られておる。して、どうなさるおつもりだす？」

「うむ、それはですな、……………………………………。」

空海は計画を手短かに話した。秦保国はそれを聞いて、目をまん丸くして固まってしまい、しばらく言葉がなかった。

「…空海はん、それや！　わいはこれまで長いこと、契約の箱をどうしたらよいか、考えあぐねていた。それに今の話では、日本のどこかに散らかってしまった3種の神器も、天皇の力で供出させ、一ヶ所に集めた。さらに箱に戻すということか？　いやはや、さすが空海どの、わいが見込んだだけのことがあるお人や。わいもこれで長年の懸案事項が片付く。それやったら安心して、天に召される。是非に、すぐに、やっておくんなはれ！　必要な金は用意する、人はいくらでも連れて行くよう取り図るによって！」

そう言いながら、秦保国は満足そうに空海を見て笑った。計画は承認された。あとは剣山に行き、実行あるのみだ。空海は前回同行した6人のレビ族神官を、集めて貰った。

そのほうが勝手がわかっており、秘密も拡散しないので都合がよいと思ったからだ。しかし、あのときのコーヘン司祭と、副官以外の4人は中国に赴任しており、いまは太秦にはいないとわかった。秦氏の国際組織の躍動ぶりが窺えた。代わりに口が堅い、若いレビ神官4人が選ばれた。今回は力仕事になるので、それもよい流れだった。

しばらくして呼び集められた、レビ族の族長コーヘン司祭と副官は、懐かしそうに空海に挨拶した。コーヘン司祭は空海の姿を見て、手を握るために近寄って来た。

「空海どの、お久しゅうございます。私も年を取りました。体力的にこの大仕事が、最後のご奉仕だと思います。日本に居る古ユダヤの末裔として、この仕事に携われることを誇りに思います。

よろしくお願いいたします」

副官も空海の手を握り、嬉しそうに言った。

「空海さん、お久しぶりです。いよいよそのときがきましたな。実に楽しみです。わっはっ」

「空海さま、どうぞよろしくお願いいたします」

新しい若い神官たちは、空海をまるで崇めるように挨拶した。秦保国から何か特別なことを言われているように空海は感じ、少しこそばゆかった。今回も、星河に表の要員として同行してもらう。

「星河どの、今回もよろしく頼む。貴殿がいると本当に心強いし、実際助かるのだ」

星河は無言でじっと聞いていた。が、ニヤッと口元がゆるんだようにも見受けられた。

翌早朝、一行8人は人目に付かぬよう修行僧の姿になり、一つの修行団として太秦を出発した。目指すは剣山山頂。前回の早朝の京立ちから、25年の歳月が流れていた。

はたして契約の箱は、無事なのだろうか。いまようやく意識が向く流れとなったが、心がせいた。

涼しげな鴨川を渡るころには、朝日を受けて夏の蝉が鳴き始めていた。今回は皆、作業用の作務衣をわずかな食糧と一緒に、背中に背負った箱笈（はこおい）に入れている。前回と違うのは、土木工事用の鋤、鍬、手箕（てみ）、綱などを道具箱に入れ、若い神官がそれを交替で担いだ。レビ族神官たちは血統を護るため、浅黒い古ユダヤの外国人の顔立ちを保っていた。そこで顔を隠すために、編み笠を目深に被った。前回のように、空海を先頭に修業僧姿の一行は、難波の津に向かった。昔は海が内陸に入り込んでおり、一行は難波から舟で出港した。行く先は、淡路島を迂回して鳴門の渦潮を避け、阿波の吉野川河口だ。さらに吉野川を遡行し、大麻町津慈（つじ）の板東谷川（ばんとうやがわ）が合流する辺りから、支流に入ったところにある船着き場がとりあえずの目的地だった。そこで一行はいったん川から上陸した。

それから一行は陸路を進み、空海が開基した第十番切幡寺に入って一泊した。ここで空海は、コーヘン司祭や副官をはじめレビ族神官たちと、久しぶりに中身の神宝について話をした。

翌朝未明ご本尊の千手観音菩薩を拝し、お勤めの後、一行は切幡寺から出発して、吉野川手前の聖地に行った。撫養（ぶよう）街道の野神、御所の原・八幡（やはた）にある八幡神（ヤーのかみ）を祀る八幡神社（はちまんじんじゃ）にお参りした。

空海一行はここで遍路から離れ、再び舟で吉野川を遡行しさらに山奥を目指した。やがてつるぎ町貞光辺りの、貞光川が吉野川に合流する舟だまりに付け、乗って来た舟をもやった。剣山登山道入り口・コリトリから山に入り、夕方剣山の麓の集落に着いた。ここで一行は、園福寺の住職にお願いして宿坊を借り、明日に備えた。園福寺の住職は代替わりしていた。人当たりの良い好々爺で、一行が外国人の顔つきなのに、一向に驚く様子がないのがふしぎだった。余程見慣れているのだろうか。しかしこの山の中の寒村で、外国人は珍しいはずだ。

ここは高山の八合目あたりなので、夏の割には夜の暑さがしのぎやすかった。

翌朝、修行僧一団は日の出前の暗いうちに出発した。朝早いのは、村人にできるだけ姿を見られたくなかったからだ。一行は登山道から藪に入り、一時（いっとき）（2時間程）で山頂下の目指す泉に着いた。辺りは夜明けを迎え、薄明るくなっていた。星河が辺りを調べている間、一行は森に隠れて作務衣に着替えた。やがて星河が偵察から戻ってきた。なんと星河は、二人の人間を捕まえるように引っ立てていた。星河が、２人を前に押し出した。

「森の中で、この２人が様子をうかがっていたので捉えてきた」

「あっ」空海はそのうちの１人、老人の顔を見て驚いた。

「藤谷富清(ふしょう)どのではござらぬか」

「いかにも。空海どの、ご無沙汰しておった」

空海は、星河に手を放すように伝えた。いつか山麓の園福寺で住職から紹介された、剣山神社の神事を司るという藤谷氏だった。ずいぶん年を取った。

「なぜあなたがここに？」

「空海どの、私も実は、いにしえよりこの地に留まり、古ユダヤの神宝を守る役回りを生涯の務めとされた、75人のレビの末裔ですじゃ。これは息子です。昨夜園福寺の住職の使いが来て、また貴僧たちが何かを探しに来たと連絡を受けた。25年前にも貴僧の後をつけて、忍びの者に追い払われたが……」

「なんと、そうじゃったのか。確かに25年前に、司祭とここに来た。あのときは、剣山神社の神事を司る人と紹介されたが…」

「いや、あのときの話は皆方便じゃ。申し訳ない、剣がご神体なので剣山というのも拙者のおもいつきじゃった。貴僧たちの姿をよく山の中で見かけたので、正体を知りたいと思い、住職に頼んで近づいたのだ。神宝を守るためにいい加減なことを言ってごまかし、貴僧たちに早く山から下りてほしかっただけじゃ」

レビ族神官たちが、驚いて藤谷親子の顔を見た。そう言えばこの親子は彫りの深い顔立ちをしている。身体も大きく、西域の古ユダヤの末裔らしい。コーヘン司祭が、藤谷氏に話しかけた。

「藤谷どの、私はコーヘンと申します。違う流れを汲みますが、古ユダヤ民族・レビの仲間です。お仲間がこのような四国の山奥で、暮らしておられたとは知りませんでした。ご祖先は何百年も前に、この国に来られた方々なのでしょう。我々とは、連絡が途切れていたようです。しかし考えてみれば、神宝が剣山に隠されているのなら、それを守るレビがたえず近くにいることは当然のことです。あなた方は、南ユダ王国滅亡直前に、国を後にされた部族がご祖先とお見受けいたします。お役目御苦労さまでございました。我々の祖先は、レビの中でも王家に仕える者で、第3波として紀元100年ごろ、この国にやってきました。あなた方の存在を知らずに、巷の噂を辿ってこの国に古ユダヤの契約の箱に入った神宝が来ているという情報を基に、長年調査をしました。遅ればせながら、25年前に、ついに神宝がこの剣山にある事を知りました」

「やはり、あのとき、箱の存在を確認したのですね」

「はい、たしかに。洞窟に入り箱を見ました。しかし、箱の中に神宝はありませんでした」

「えっ、なんじゃと。にわかには信じ難い。しかしそれが事実なら…やはり噂は本当じゃったのか」

「と、申しますと?」

「いや、こちらの話ですじゃ」

藤谷氏は言葉を濁した。コーヘン司祭が促した。

「神宝の行方について、何かご存じのようですが。ぜひ民族のためにもお話くだされ」

「いや、よくわからないのじゃが。お恥ずかしい話、その昔ここのレビの末裔が、仲間割れをしたらしい。『神宝を他の部族にそそのかされた急進派がどこかに持ち去った』、と仲間内にうわさがあるのです。数百年前のことらしい」

「ええっ？　そうでしたか、はあー」

コーヘン司祭は、あってはならない信じがたい話だ、と首を横に振っている。

「そそのかしたのは、どの部族ですか？」

「詳しくはわからないのですじゃ」

藤谷氏は本当に困ったという顔をした。

「藤谷どの、実は我々は残された入れ物、箱をいまから掘り出そうとしています。ここに置いておくより、もっときちんと管理できるところに移動して、しっかり守ろうとしています。ご異存ないですな」

「うーむ、どうしたものか。中の神宝がないとなると、話が違ってくるのかもしれんが…。我々に伝わっているのは、神宝や契約の箱は、古ユダヤのレビしか触れないので、あなた方が真正なレビでないなら、神の怒りに触れ、契約の箱を持ち出すことはできないじゃろう」

「我々は、正真正銘のレビです。あなたもレビとして、代々神宝をお守りいただいた。それはたいへんなことであったろうと、容易に想像ができます。故郷を遠く離れた日本の山奥で、何百年も代々ここに住んで神宝を守るのは、まさに命がけの大仕事でしたでしょう。しかし、神宝はどこかに持ち出されています。このことは私も空海どのも、ここに居る副官も含め、洞窟の中ではっきりと確認しました。ですから、神宝でなく入れ物の箱に関しては、それをもっと安全な場所に移そうとするのを、あなたが阻止できる権限はないと考えるのですが、いかがでしょうか？」

「…うーむ、迷うのう…、箱も大事な宝じゃ…」

「大切な宝ゆえ、なおさら安全な場所でしっかり保管しなければなりませぬ。藤谷どの」

「うーむ、どうしたものか。やはり仲間と相談しなければなるまい」

藤谷氏は、はっきり決めかねていた。しかし、話し合いは平和裏に行われた。争わない彼らの民族的特徴だった。

そのとき、偵察から星河が戻った。様子がおかしい。

「はあ、はあ」珍しく息が上がっている。何者かと激しく争った痕があった。手傷を負った腕から、血が流れている。

「隣の森の中に、2人の忍びが隠れていた。我々伊賀者と違う部族だった。誰に雇われたのだろうか。なかなか手強い忍びだった。1人は下したが、1人は逃げた。異変を報告に帰ろうとしたのだろうが、手裏剣を打ち込んでおいた。暗い森でよくわからなかったが、手ごたえはあった。手裏剣には毒が塗ってあるので、そう遠くまでは持つまい。ここは、敵に場所がわかり、すでに監視の目がある。いまが箱を掘り出す、最後の機会だ。敵が異変に気付き、また新手の偵察を出してくる前に掘り出し、素早く移動させなければならない」

星河は腕の傷口に毒消しの薬草をすり込み、手拭いを裂いて腕を縛ると、また森に消えた。

このとき迷う藤谷氏を押して、コーヘン司祭の強い意志が貫かれた。

「よし、わかりました」コーヘン司祭がきっぱりと言った。

「箱は、我々が責任を持ってお預かりし、安全に保管します」

藤谷氏は他の敵が狙っていることがわかり、ともかく空海たちに箱を掘り出してもらうことに同意した。藤谷親子は作業を外で見守ることになった。

空海たちにとっても、もし地元の他末裔がようすを見に来た場合、藤谷氏が立ちあってくれているほうが、もめごとが起こらず心強い。

星河が戻った。

「周囲に他の人影はないので、目的の行動を始めて良い。自分はここで周辺の見張りと荷物の番をしながら、入口を仮に枝葉などで覆い隠し帰りを待つ」

空海はそれを聞き安堵した。また星河が頼もしく思えた。これで心置きなく、契約の箱の掘り出しに集中することができる。

一行は星河の言葉に落ち着きを取り戻し、空海の合図でさっそく作業に取り掛かった。

# 第30話　秘匿

『臨、兵、闘、者、皆、陣、烈、在、前』空海が九字の手刀で、洞窟の中にいるかもしれない邪を切り裂いた。朝の太陽のもと、若いレビ神官が持参した鋤、鍬で泉の穴を拡げに取り掛かった。

4人の神官たちは空海の指導で、交替で暫く壁の穴を力強く掘り進んでいた。そうこうするうち、奥から水がほとばしり出て来た。すると、ゴゴゴゴゴッという地鳴りのような低い音がしたかと思うと、ドオーーーッと水が土石流となって噴き出し、堰を切って流れ出した。

全員壁にへばり付いて、足元が土石にすくわれるのを辛うじて避けた。しばらく土石流が流れ出すのに任せた。小半時（約1時間）。水流が減って来て、やがてチョロチョロした泉になった。そこで一行は泥水が穿ってできた洞窟を、人が屈んで歩けるくらいに大きく広げ、ろうそくを掲げながら奥へと進んで行った。掘って進む内、突然洞窟の正面の壁が、ドッと向こう側に崩れ落ち、波打つ池が現れた。一行は、「おーッ」と声を上げ、ろうそくの光に映える、地中の幻想的な奇観に感嘆した。空海が光明真言を唱える中、先頭の神官は波が静まるのを待ち、そして徐に広い池の水面に分け入った。水が夏なのに妙に冷たかった。全員が揃ったところで、首までつかりながら池の洞窟の奥へそろそろと進み始めた。池の深さが腰位に浅くなった頃、ろうそくがゆらゆら揺れ始め、奥から風が来ていることがわかった。

その方角にさらに進んだ。やがて一行は水から上がり、空海の先導で一番左の小さな鍾乳洞を奥へ奥へと入って行った。しばらく進むと、少し広くなった部屋のような場所に出た。すると奥の方にろうそくの淡い光に照らされ、柿渋色の箱が置かれているのが、ぼーっと浮かび上がってきた。

契約の箱だ。25年前と変わらず、だれにも触れられずに空海たちの迎えを待っていた。契約の箱は、はるばる古ユダヤ王国から旅を続け、日本にやって来た。あるときから静かにものも言わずに、何100年という悠久の時をこの洞窟で過ごしてきた。神官たちは箱の周りに立ち、敬虔な祈りを捧げた。若い神官の中には感極まって泣いている者もいる。が、いま箱の中には何もない。それがわかっていたが、神官たちは外箱を取り外し、ケルビムが守る「購いの蓋」を開け、箱の中の様子を見た。赤い波動光が喜んであふれ出て来たように、空海には感じられた。しかしやはり中は、蛻（もぬけ）の殻だった。古ユダヤの神宝は、契約の箱の中になかった。空海にはわかっていたが、神官たちはやはり落胆の様子を隠しきれない。ろうそくの明かりでその箱をよく見ると、それはかなり精緻にできており、金箔の輝きが永い時間の風化により、少しくすんではいたが箱は本物だった。

空海たちは、しばらく箱の周りで休憩を取った。やがてコーヘン司祭の司式により、ユダヤ人原始キリスト教の祈りが捧げられた。空海も一緒にこうべを垂れた。しかし敵が奪いに来るかもしれない。愚図愚図はできない。

一行はケルビムの上蓋を元通りに外箱の中に入れ、若い神官が4人で肩に担いだ。契約の箱は神輿のように、むき出しで担ぎ棒を担げば運びやすいのだが、これから人里を通過せねばならないので、外箱に入れたまま担いで運ぶほうがよいとなった。

契約の箱は池の水面すれすれを、レビ神官に担がれ静々と進んだ。ここに持ち込まれ、隠されたときも、同じような光景だったに違いない。目の前の光景は、空海にとってろうそくの光で照らされているとは言え、別の意味で眩い光景であった。日本に契約の箱があると、これではっきり世間に言うことができる。契約の箱は、古ユダヤの王族や神官たちが、これを運んで日本国に来ていたという厳然とした物的証拠だ。

(しかし、このことを言っていいものか？　何時、どういう機会に、だれに言うのがいいのか？)

空海は契約の箱が静々と、池の水面を進む美しい光景を見て、真剣にそんな心配をしていた。

やがて一行は池の出口、穿った穴の所に着いた。神官3人が先に穴に上がり、外箱が穴を通るか確認した。通りそうだ。そこで池の水面からあとの3人が箱を押し上げ、穴の淵に上げた。そこからは前後2人だけで箱を少しずつ押し引きしながら進んだ。最後は先頭の一人が星河を呼びに穴から出て、星河に綱を外箱に掛けてもらい、外から引っぱり出した。

そしてついに契約の箱は、剣山の外気に触れた。

一行は人目を避けて箱を森の中に持ち込み、午後の木漏れ日の中でよく点検をしてみた。藤谷親子も感慨深そうに箱を見た。自分たちが代々日本の山の中に住み、一生を捧げて守っていた契約の箱を、この親子は初めてまじまじと見た。そしてレビの末裔らしく、剣山に向かい神に祈っていた。

それまで安置されていた穴の中の湿度が、うまく調節できていたようだ。中の固い砂漠アカシヤの木には腐蝕がなく、箱はしっかりしていた。金箔は所々くすんではいたが、まるで総純金製かと思われるほど、全体にびっしり張られていた。休憩をとりながら星河が調達した食料で腹を満たした一行は、すぐに次の行動を起こした。手早く壁穴を埋め戻し、見た目が元の壁になった。星河が、偽装の木を植えた。さすがに上手い。泉がちょろちょろと中の圧力を逃がしていた。

それから星河が山の周囲の泉を大きく穿って、そちらが目立つようにした。こうして一行は、契約の箱を掘り出すことに成功した。最後に藤谷氏には今日のことは見なかったと秘密にし、相変わらず神宝を守る姿勢を崩さないように依頼した。そのほうが外敵をだませる。しかし、それでも藤谷氏は箱の行く先を知りたがった。コーヘン司祭が、

「藤谷どのあなた方の安全のために、知らないほうがよい。それよりもいままで通り、神宝がこの山のどこかにあると信じ、それを守っているという姿勢が神宝や身を守るのです。それもお役目だと思ってくだされ。お願いでござる」と言い聞かせた。

コーヘン司祭は今後も連絡を取り合う、レビ末裔の今後の生活を支援する、という約束をした。

そのときだ。音もなく森の中から３人の忍びが飛びかかってきた。星河が先頭の灰色の頭巾をかぶった大柄の忍びを、一刀のもとに倒した。血しぶきが周囲を真っ赤に染めた。次々に襲いかかる忍びに星河は迅速に対応した。しかし２人に挟まれるようになってしまい、じりじりと距離を狭められた。星河は一気に大木めがけて走った。そのあとを追う２人、星河は大木を背に２人と向かい

合った。こうすることで同時にかかって来られても対応が可能となった。しかし、2人はジリジリと星河に近づき、いまにも同時に襲いかかる気配だ。そのとき右に居た忍びが声を殺して倒れた。なんと藤谷氏の息子が鋤で忍びの背中を突いたのだ。すぐに左の忍びが息子に襲いかかった。そのとき、星河が間髪を入れずに左の忍びに飛びかかる。振り下ろした忍びの刀は息子の腕に届いたが、同時に星河に心臓を一突きされ、無言の内に倒れた。星河は倒れた3人の心臓を改めて突き、止めを刺した。息子は手に刀傷を負った。傷は浅かったが、星河が手ぬぐいを切り裂き止血した。瞬くような一瞬の戦闘だったが、星河は3人の敵を倒した。

「ここは、敵にばれている。一刻も早く追手が来ないうちに逃げよう」

星河が押し殺した声で低く叫んだ。藤谷氏は箱の移動を納得せざるを得なかった。息子は手傷を負いながらも、なんとか持ちこたえている。一行は契約の箱を担ぎ、あわただしく山から逃げた。いらない荷物は邪魔になるので森に捨てた。箱を敵に知られず、隠さなくてはならない。それまではできるだけすばやく、人に見られずに、最短でそこに掛け込むことが肝要だった。

一行は濡れた衣服をものともせず、走りに走った。若い神官が荷の重さにあえぎ始めるまで、夢中で走って現場からは相当遠ざかった。星河が止まるように指示を出した。一行は星河が入って安全を確かめた森に入り、濡れた衣服を着替えた。渡された擬装用の緑色の迷彩布を被り、その森の中で一旦休憩した。夕方が近かった。迷彩色の布が被せられた人や荷物は、藪に同化して一見しただけではよくわからなくなっていた。星河の忍びの術が、充分生かされた。

「あれは誰か？」空海が聞いた。

「来たときに森で戦った、２人の残りの仲間だ。灰色の頭巾は甲賀者だろう。しかし彼らは自分の目的で動いているのではない。雇われの忍びだ。誰が差し向けたかが重要だが、それはわからない。つかまえて締め上げても、はく前に舌を噛み、果てる。それが忍びの掟だ」星河は淡々と語った。

「その依頼主を、つきとめなければなるまいな」

空海はそのことを頭に入れた。息子がコーヘン司祭の連絡先を知りたがったので、司祭が太秦の住所を教えた。やがて夕焼けが空を赤々と染め、太陽が名残惜しそうに山の間に沈んだ。

剣山はとっぷりと日が暮れ、夜の帳が訪れた。ふくろうが月夜に、ホーッ、ホーッと鳴いた。それを合図とするかのように、一行は動き出した。月明かりで足元は照らされていた。若い神官４人が契約の箱が入った外箱を担ぎ、一行は山を降りた。星河が先に偵察して、安全を確認しながら進んだ。貞光川を縫うように道は下っていく。貞光川は剣山南麗の阿国忌部族がユウ麻を栽培して、この川の水に漬けて皮をはぎ衣料として製織したため、木綿麻川という別名が付けられていた。古ユダヤの民と縁のある川だった。

やがて一宇峡、土釜を過ぎ平野部に降り、貞光で吉野川のほとりコリトリ看板の場所に出た。一行はあえぎながら数時間も掛けて山を降り、ようやく舟をもやっている船着き場に着いた。「ハア…ハア…」若い神官の荒い息だけが聞こえた。彼らは一様に汗を滴らせていた。その様子とは対照的に、吉野川はまるで知らんぷりで豊かな水をたたえ、ゆったりと流れていた。夜明けが近かった。

一行は訓練された兵士のようにきびきびと動き、急いで舟に外箱を積み込んで、莚を被せ隠した。そして藤谷親子の見送りを後に、舟は吉野川に漕ぎだした。この間ほとんど他の人に見られなかった。

契約の箱を乗せた舟は、吉野川河口、阿波から海に出た。

東の紀伊半島の向こう、太平洋から旭日が昇って来た。ご来光だ。

「日のいずる国」そのものの景色だ。日の光が何百年かぶりに莚を通し、契約の箱を照らした。

空海と星河は太陽に手を合わせ、無事に契約の箱を掘り出しここまで来れたことを、天に感謝した。レビ族神官たちは太陽信仰ではないので、眩しそうに手をかざして、太陽でない方角を見ていた。

空海は何でもないこの所作の違いに、(なるほど、民族の習慣が違うのだ)と面白く思った。日本人なら誰でもご来光に手を合わせる。太陽信仰の習慣が幼少のころから身についているからであろう。(文化の違いとは、こういうものであるのか)と空海は改めて感じた。このとき空海は、(ならば日本人の文化をこれから日本人らしいものに導いて行くことこそ、貧道の使命ではないか)と海の上で感じた。

四国吉野川から海に出た舟は、阿波から対岸の紀伊半島・和歌山・紀の川河口を目指した。和歌山の町から紀の川に入り、遡行して吉野川と名を変える手前、川幅が広くなった三谷・八王子神社下の河原で上陸し、いったん八王子神社境内に外箱を運び込み休憩した。星河だけ先駆けで、山に入って行った。星河が向かった先は、八王子神社の向かい側、山道に入り、槙尾山寺に登って行った。空海は前から住職に内々に打診して、内諾を取っていたのだ。

「そのときが来た、これから伺いたい」という旨の空海の手紙を持った星河は、しばらくして住職の、「お待ちしています」という快諾の知らせを持って戻ってきた。

一行は八王子神社を出発した。たいそうきつい登り坂と階段を、若い神官たちは外箱をかついで喘ぎながら登った。夕方までに、山上の槙尾山寺に着いて、住職に挨拶した。

「ご住職、ご無沙汰いたしております。どうかよろしくお頼み申します」

「空海どの、おやすい御用じゃ」

住職はできた人だった。それから契約の箱は、空海の案内で思ってもみない小さなお堂に運び込まれた。その堂は、空海が勤操師匠に剃髪の上僧形にしてもらった「愛染堂」だった。そこに厳重に錠を施し、保管してもらったのだ。こんなところに、民族の、国家の宝とも言える重要な契約の箱が隠されているなどとは、だれも思わないだろう。その虚を突いた。この隠し場所は、空海にしか思いつかない場所であった。ここの立地はとにかく山の中で人里離れていて、また高野山とは紀の川の谷を挟んで向こう側に、約5里（約20㎞）の近距離であった。空海が半日で見に来ることができる、格好の安置場所であった。それに住職は空海が剃髪時や帰朝後世話になった馴染みで、気心が知れており、実に信頼ができる人物だった。

その晩レビ族神官たちは、空海の契約の箱を隠す緻密な計画を聞いて得心し、大いなる達成感と共に翌朝京に帰って行った。星河だけが、秦保国の命令で残り、見張り番をすることになっていた。

空海は、役目とはいえ、星河のことが改めて頼もしく思えた。

空海は、神官の主任コーヘン司祭に、秦保国宛ての報告書を託した。強行軍だったが、ここまで京を出発して、わずか四日間の手際のよさだった。

こうして契約の箱は山奥に秘匿され、静かに次の出番を待つことになった。

## 第31話　謎の解

契約の箱を掘り出す道中、空海とレビ神官たちは、切幡寺と槙尾山寺で計2晩に渡って、契約の箱から持ち出された神宝の行方について、情報交換し話し合った。

そのようすはこうだ。

神宝は、確かに何者かによって持ち出された。何者かによるかが、問題だ。どこにあるのかも謎である。この謎解きをしなければいけない。副官がここぞと発言した。

「それはたぶん内宮だと思われます。皇祖の天照大御神が祀られる内宮こそ、日本国のこころの聖域だと思います。ここには『地下にT字型の柱が隠されている』という秘話が伝わっています。

実はイエス・キリストが十字架に付けられたと言うのは、見た人が罪状か名前を書いた板の部分が上に出ていたので十字架に見えたらしく、実はT字型の柱だったと言うのです。その柱が何と古ユダヤの預言書に記された、東の島々の国にまで持ち込まれているという噂です。しかしだれも見たことがないので、単なる噂に過ぎないのですが……」

「うーむ、噂にしては、もの凄い話です」空海はうなった。司祭が話を受けた。

「ということは、日本の皇祖は、古ユダヤのダビデ王家と深いつながりがある一族、という可能性があるということになりましょうか」

「これまでの話の流れは、そういうことのようですが……こればかりは定かではありません。皇室にはヘブライ語を研究し、解する方がいらっしゃるということを、聞いたこともあるのですが……。めったなことは申し上げられません」

空海はそういう話を聞いたことを思い出した。司祭が聞く。

「古ユダヤの神宝は、伊勢神宮・内宮にあるということなのでしょうか？」

「第一候補が正しい場合は、そういうことではないかと思われます。して、第二候補は？」

副官が勢い込んで話す。

「はい、それは物部氏の手によって、石上神宮に運び込まれたのではないかと考えられます」

「なるほど、あそこなら神輿が街を渡御する神事が残っています。剣や他の神宝が禁足地に埋まっているのではないか、と神社の宮司も言っておられた。メノラーに似る神宝七支刀の存在も気になる。また話としては、徐福と共に日本に来た技術者や童男童女の末裔が、物部氏かもしれないと言われていることから、少なくともその出自は渡来人だったのでしょう。

物部神道が一神教で、それはもしかすると古ユダヤ教の流れを汲むものでなかろうか、という話が伝わるくらいですから、まったくあり得ない話ではないと思えますな。ところで、神宝は1ケ所に三つがまとまってあるのでしょうか？　司祭どう思われますか？」

「はい、古ユダヤの神宝があるとすれば、たぶんバラバラに危険分散されているのではないかと思われます。それに、日本の3種の神器が気になります。八咫鏡は伊勢神宮の皇大神宮（内宮）に、草薙剣は熱田神宮にそれぞれ御神体として奉斎され、八尺瓊勾玉（やさかにのまがたま）は御所に安置されているという事であります。この3種の神器は、形状が古ユダヤの3種の神宝によく似ているのが気になるところです。八咫鏡は『十戒の石盤』に、草薙剣は『アロンの杖』に、八尺瓊勾玉（やさかにのまがたま）は『マナの壺』の中身『マナ』によく似ています。ヤサカとはヤーへの信仰の意です。似せて作られたのか、何かの暗号が籠められているのか？　つまり、古ユダヤの神宝がこの国に在るのだけれど、それを直接言うと何か具合の悪いことが起こってしまう。そこで、『わかる人にだけ伝わる伝言を発信した』とは考えられないでしょうか」

「うーむ、たしかに古ユダヤの民からの暗号の発信は、一緒に調べた中にもたくさんありました。その暗号発信の仕方はあり得ると思います。どんな伝言内容だと思われますか？」

「空海どの、それはたぶん、『この国は、古ユダヤの末裔が、色濃く関与して作られた国である』という意味の暗号内容です。もっと極端に言えば、その暗号信号は、『この国は古ユダヤの王族、預言者、神官、民たちが、海や大陸を超えて辿り着いた、旧約聖書や預言書にある東の島々の国、約束の地である。我々は今ここに住んでいる』そういうことを、仲間、外国の知識人、末裔に、たとえ外敵にさえ伝えようとした表現の一部ではないかと思われるのです」

司祭はここぞと力を入れて話し始めた。

「実はこの間、信州・諏訪大社に調査に行きました。神長官守矢家の方にも、お話を伺いました。神長官のお宅のすぐ裏、守屋山の麓の元諏訪・守矢には、御左口神が祀られていました。このご祭神は、我々にはミザグ神と思われたのです。守屋とはエルサレムの側にあった聖地モリヤの名前をそのまま付けたと考えられ、ミザグ神は、聖書に出てくるイサクを祀っていると思われます。この地方の昔の風習に8歳の子が神を降ろす神官に選ばれ、1年後に次の8歳の神官が決まると、神に捧げられるためにその子は殺されるという「1年神主」の伝承がありました。

これは、アブラハムがモリヤの地で、自分の8歳の子イサクを生贄に捧げようとした、聖書の物語と同じ伝承です。いまは子を殺そうとする神官を、別の神官が止めに入ります。このくだりも聖書の中の記述とまったく同じです。

別の機会に、我々が諏訪で聞いた話を基にさらに調査をすると、長野の松代の皆神山、皆神神社境内に太古からの神社があり、そこには「天地籠目之宮」と「天地籠目之宮・守護神・諏訪大神」を祀る祠があったのです。そして天地籠目之宮のご神紋は、なんと菊の御紋章の中に六芒星が入った菊華六芒星紋でした。日本皇室の菊のご紋章と、古ユダヤの象徴の紋章が、合体していたのです。

これはいったい何を暗号として発信し伝えようとしているのか。言わずもがな、『日本皇室の中に、

古ユダヤの王族が入っている』という強い暗号発信と受け取ることができます。その昔、社は岩を積みあげて、自然の祠の姿だったと伝わります。そのころは、カゴメは籠目の漢字だったそうです」

「えっ、こんな謎の紋が、古くからの日本に、本当にあるのですか？」

「はい、地元に古からあるそうです」

「なるほど、信州・松代に、天地籠目之宮があるとはすごいことですね。またその天地籠目之宮の守護神が、諏訪大神であるということも実に興味深い。諏訪大神の元諏訪のご祭神が御左口神で、この神様はミザグ神イサクを祀っているというつながりになるのでしょうかな？」

司祭が答える。

「はい、空海どの。そのとおり、諏訪大神は、我々仲間内では、ミザグ神と呼ばれています。イサクのことです。菊の御紋章と古ユダヤの六芒星の組み合わせは、いま仰られた暗号発信ならすごいことを伝えていることになります。ふしぎなご紋章ですが、かなり核心に迫っていると思われます。誰がこのような謎深い紋章を作り、祀ってあるのでしょうか？」

「うむ。しかも天地籠目之宮という名前も、新たな謎かけだ」

その時機が熟したと判断した空海は、重大な発表をすることにした。言い方について慎重に考え、

「司祭どの、なるほど、あいわかり申した。数々の暗号によって、ここまで公に向けて謎の発信

をしていることもわかりました。かつての皆さまとの追跡の旅で、貧道は古ユダヤの神宝が日本に存在するという確信を得ました。そこで貧道は嵯峨天皇に直訴して、天皇の命令・勅で古ユダヤの神宝を保管しているところから供出させることにしたのです。そしてそれに成功しました。

この作戦は極秘の内に進められ、その出自は不問とされています。しかし、結果として確かに3種の神器は、いま宮中に集められています。皆さんの探究の成果と言っても過言ではありますまい。誠にありがとうございった」

空海は一同を元気づけるために、大声で言った。

「皆さん長いこと御苦労さまでございました。これで全て整います」

「ええっ、それは本当のことですか？」一同は空海の唐突な重大発言にどよめいた。

司祭が空海に歩み寄ってまた真意を聞いた。

「空海殿、冗談ではないですよね？」

「まことのことです。はっはっは」空海はあえて大笑いした。

「本当にこの国に在ったのですね」

「ああっ」感極まった神職が泣きだした。

「いかにも」空海はうれし涙にむせぶ若い神官の肩に手を掛け、労わるように撫でながら言った。

しかし、入れ物とはいえ、空海が発見した契約の箱はまだ手元にある。これをどうするかは、空海に託された大きな課題だった。この物的証拠は、使いようによっては平和のためにも使えるし、使い方を間違えると取りあいの争いを招いてしまう。

空海は、(この国家の財宝ともいえる契約の箱と古ユダヤの神宝を是非とも日本の、いや世界の、宇宙の平和のために使ってもらいたい)と真剣に願った。空海はこのとき、なおも考え続けていた。

それは、契約の箱と古ユダヤの神宝の在り処を、後世に1000年以上保てる謎かけの残し方だ。

## 第32話 暗号

天長8年(831年)、57歳の空海は、箱を掘り出す旅から高野山に戻った。戻ってからよく考え、古ユダヤの神宝を今後どうするかについて、計画をしっかりまとめた。空海は、

「この物的証拠は、然るべきときに、日本や世界の平和に役当ててもらうように使うべきである」

と確信し、いまは完全に秘匿する計画を考え、秦保国に提案した。

秦保国は、山背派仲間の空海が提案した計画が、自分たちの目指す方向と一緒だと確信し、この計画を承認した。

そこで空海は、古ユダヤの神宝を入れた契約の箱を強固に隠す計画を、実行に移した。

まず、高野山に箱を納める施設づくりを始めた。1000年先にも届くような、堅牢な隠し場所を、空海は自分で設計した。そして口が固い数人の弟子を厳選し、自ら陣頭指揮して秘密裏にこれを作り始めた。建設物は、完成までに1年の時間がかかる、本格的なものだった。

その間に空海は謎かけの仕掛け、すなわち暗号を作り、その中に解答を溶け込ませた。

将来の智者に向け、この契約の箱の存在を平和のために開陳する必要に迫られたときに、謎が解けるようにしたのだ。それまでは、その存在すら秘匿して置くほうがよいと考えた。その結果、謎かけは凝ったものになってしまった。しかしその存在の仕方は逆に単純、質素だった。

この暗号の元は、中身の神宝を追跡する途中、調査で立ち寄った神社で出会ったものだった。その正体は、古ユダヤの末裔が宮司を務める、ある神社に秘蔵されていた詩文だった。

嵯峨天皇のお声掛けで、神職から特別に写させていただいた。

それは古ヘブライ語で書かれていた。（以下はローマ字表記）

hagor mi　Khagor mi

Khagor noel nakh noel torid

hitsiv hitsiv diyur

ya akar baniti

tsurat kamea subsidy

hushlat shomen dalaha

カタカナで表現するとこうなる。

カゴ（ル）・ミー　カゴー（ル）・ミー

カゴー（ル）・ノェ（ル）・ナカ・ノェ（ル）・トリッ（ド）

イツィ・イツィ・ディユゥ（ル）
ヨー・アカー（ル）・バニティ
ツラッ（ト）・カメア・スブシディー
シラッ（ト）・ショーメン・ダラー」
（ル）（ト）などは発音が聞こえない。
このヘブライ語を訳しわかりやすく、漢字仮名交じり文に直す。
誰が守るのか？　誰が守るのか？
強固に保管された物を、取り出しなさい
契約の箱に、封印された、神器を取り出しなさい
聖なる言葉を取り、代わるお守りを模した
開かれていない土地を拓き、水をたくさん引いて
溜めなさい、その地を聖なる地として統治しなさい！

空海は、この古ヘブライ語の詩文に込められた意味を、解読した。
空海はこの詩文に出会ったとき、高野山に聖地を開くことを決意した。高野山はまさにこの詩文に書かれている通り、未開の荒野であった。そこに水を引いて聖なる地とし、統治するのだ。空海の努力の結果、高野山はまさにその通りの聖地になっている。

それ以前に契約の箱が隠されていた剣山は、まさにだれも住むことのない荒地に、充分な水を引いて貯水していた。山頂下の神社や宝蔵石、その下の亀岩、鶴岩を祀り、頂上には丸い土俵の様な岩盛りに丸い〆縄が掛けてある。丸で囲んだ場所は古ユダヤでは聖なる場所とされる。これは見方によっては円形列石で、山頂が統治されている印象を受ける。さらに毎年神輿を担ぎあげ、人為的に祭礼として神事を行い、人がその場所を支配していた。詩文の通りの状況であった。

この詩文にある聖地を、今度は空海が作るのだ。

空海のこのときの計画は、日本と世界の平和に貢献するため、然るべきときに智者によって役立ててもらうよう、契約の箱をそのときが来るまで隠すことを企図した。空海は、当時ヘブライ語を理解する、数少ない日本人だった。同時に、漢文詩文を作ることにかけては、その時代右に出る者がいないほど長けていた。その歌は、「かごめ　かごめ」という詩だ。

「かごめ　かごめ　籠の中の鳥は、　何時いつ出やる　夜明けの晩に　鶴と亀がすべった　後ろの正面だあれ」いま日本で歌われている歌詞は、おおむね右のようだ。しかし当時の空海の歌詞は、左のようであったかも知れない。

「かごめ　かごめ　籠の中の鳥は　何時いつ出やる　夜明けの番人　鶴と亀が統った　後ろの聖人（上人）だあれ」二つの歌は同じような発音だが、微妙に少し違った意味が込められている。

この歌詞に、空海の気持ちで日本語の解釈を加えれば、

「かごめ　かごめ」…六芒星、六芒星（で囲まれた結界聖地の中に神宝はある）
「かごの中の鳥は」…その六芒星結界に隠された鳥は、（契約の箱の上に乗る守り神、天使が羽根
を広げたケルビムのこと）
「いついつ出やる」…いつ掘り出されるのか（世の役に立つのか）
「夜明けの番人」…世界に平和をもたらす番人の、
「鶴と亀が統った」…鶴と亀が統合された国（日本とユダヤが統合された選民が、それを担うのだ）
「後ろの聖人・（上人）だあれ」…後ろにいるその大本の聖人はだれか？（それは空海？）いや
それは弥勒菩薩であり、ヤハヴェーだ。

以下通しで意訳すると、

「六芒星結界聖地の中で守られた、契約の箱が世に出る。

世界に平和をもたらす番人、鶴日本人と亀ユダヤ人が統べり、一緒になった選民民族国家がそれを担う。

その大本となる世界平和をもたらす宇宙の聖人（真理）は、一体誰（何）だろう。それは、弥勒の世の弥勒菩薩であり、ヤハヴェーの神である」

という意味にも解釈できる。

『かごめ　かごめ』の歌詞の最後は、弥勒菩薩という解釈も成り立つ。

しかし、もっと即物的には、契約の箱のありかを暗示していると取ると、空海がなぜこの歌を日

【六芒星（籠目）の結界】

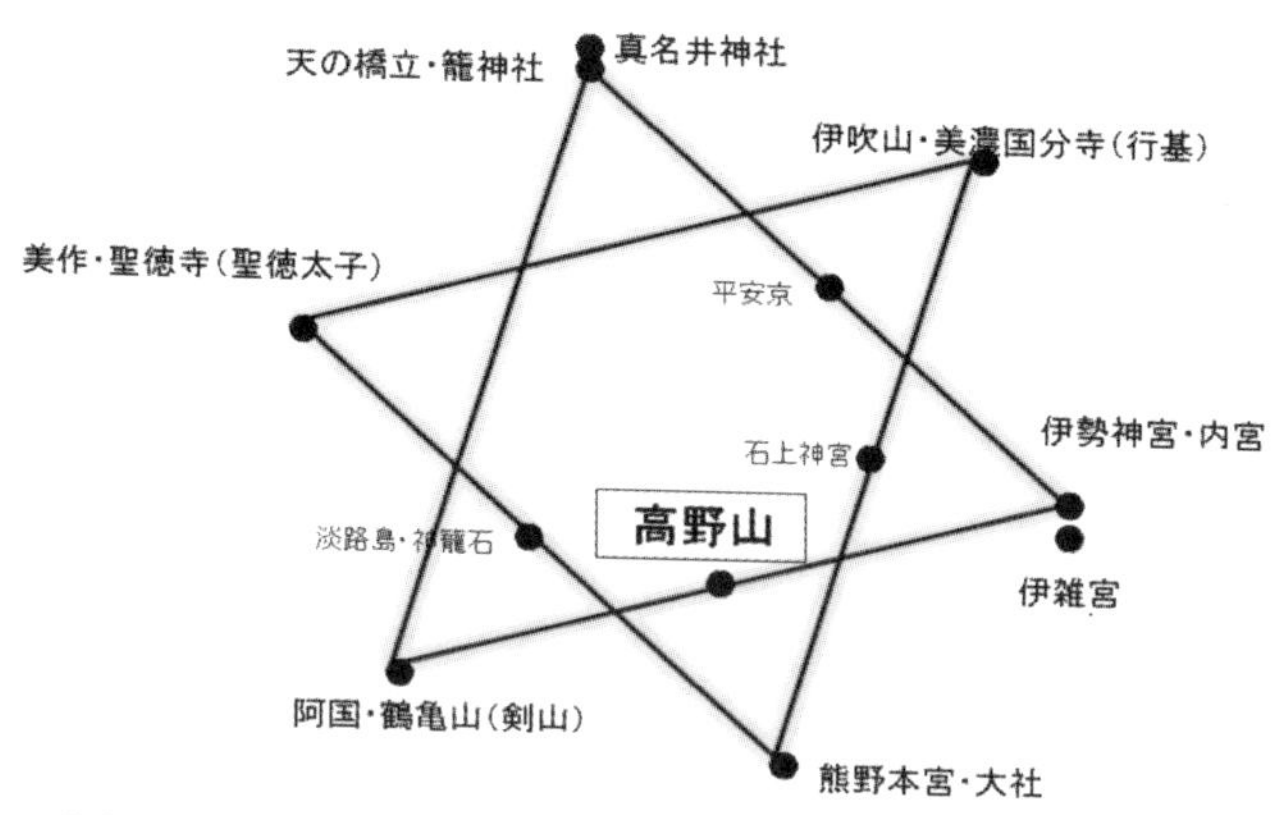

（筆者作図）

本語でも何となく意味が通じるように、ヘブライ語との掛け言葉「折句」にしたかが理解できる。天才空海の成せる業だ。

空海は契約の箱を、地図上の六芒星で囲まれた、結界が張られた聖地に隠した。

その結界図は、上図をご参照あれ。より明確に、歌の趣旨が浮かび上がる。

後に残された課題は、いかにこの暗号（コード）を末永く世に残し、伝承されるように工夫するかであった。これについては童謡の中に織り込んで、何の邪推も入らない童たちに、口から口に口伝の方法で伝えてもらおうと考えた。

空海は、唐で同じ部屋を前任者として使い、日本に声明（しょうみょう）を伝えた音楽好きの先輩留学僧永忠（るがくそうようちゅう）に、高野山に来ていただき相談した。永忠は高野山を訪れ、そのでき具合に驚き、美しい天上の真言密教根本道場をほめた。

永忠は空海の依頼に基づき『かごめ　かごめ』の歌に、節をつけて歌ってくれた。永忠の作曲した歌は哀愁を帯びた、なかなかに親しみ易い童謡に仕上がったのだった。日本人なら誰でも知っている歌だ。

空海は永忠と一緒に、この『かごめ　かごめ』の歌に遊戯を振り付けた。わらべたちに流行らせるには、面白い振りが付いていたほうが良い、という永忠の遊び心からの発案だった。

「そいつは面白そうですな！」

空海も乗って考えた。でき上がった遊戯はこういう内容だった。永忠自身の説明だ。

「鬼役になっただれか1人が、契約の箱が隠されていることを象徴して、手で目を覆って円の中心に座ります。他の童が手を繋いで輪になって、周りをとり囲みます。鬼の周りを皆で『かごめ　かごめ』の歌を歌いながら回ります。それはまるで、剣山中心に時計回りで遍路を回るようにです。『うしろの正面、だ〜ぁれ！』と歌が終わったところで、皆黙って一斉にその場に座ります。鬼役の子が、自分の後ろの正面に来た子の名前を当てます。当ったら今度はその子が鬼になります。当らなければ、当るまで繰りかえされます」

この遊び方は何かを暗示しているが、子供には詳しくわからない。

大人にも簡単にはわからない。そう言えば、各地に伝わる鬼は、西域からの渡来人の象徴であるという説がある。鬼つまり渡来人が隠されている、あるいは日本に隠れている、という暗示とも受け取れるのだ。何かが隠されている暗示と、そのまま解釈するほうが自然かもしれない。

この童謡と遊戯は、小さい子から大きな子まで、皆で年齢を超えて手を繋いで仲良しになって楽しめ、何度も『かごめ　かごめ』の歌を歌う。お友達の名前も覚える。観察力のある子は、目を瞑ってお友達の歌声だけで、後ろに座った子を当てるように、観察力・洞察力の訓練にもなる。

『かごめ　かごめ』は、日本人なら誰でも一回は歌ったことがあり、大人になっても覚えている。

かなりよくできた童謡遊戯だが、凄い秘密が隠されていた。

童歌の中に、空海暗号（コード）が隠されているとは、気が付く人が少ない。だれがその謎解きをして、果して古ヘブライ語・アラム方言まで辿り着くだろうか？

『かごめ　かごめ』の童謡と遊戯は、空海と永忠の知的遊び心で作られ、且つ深淵な意味が籠められた高度な口伝の謎かけ暗号であった。

空海は、契約の箱を「後ろの正面に…」。

「後ろの上人だあれ？」

それは…？　そこは…？

## 第33話　入定（にゅうじょう）

空海は齢（よわい）58になった。ぐずぐずしてはいられない。空海は自分の死期が近づいていることを察知していた。そこで、残された人生を掛けてやらなくてはならないことを、体調不良を押さえながら、渾身の力を振り絞って実行し始めた。その様子は、覚悟を決め鬼気迫る勢いであった。

空海は高野山において「万灯万華之会（まんどうまんげのえ）」を開催した。

天長9年（832年）6月14日、この日、金剛峯寺を会場に、仏たちへ捧げる300もの灯籠を配し、境内と高野山の夏の夜は、灯した明かりで幻想的に彩られた。空海は真言宗を留めるこの法会が、末永く続くようにと祈りを込め、催しを行った。

しかし、この大催事には、もう一つの裏の目的があった。それは槇尾山寺に預けた契約の箱を、高野山に目立たないように運び込むための機会を作り、箱を秘密の場所に隠すための催しだった。契約の箱は、古ユダヤのレビしか触ることができない。異国人が高野山を闊歩すれば、目立ってしまう。そこで空海は考えた。催しを開催する。催しの準備のために、荷物がたくさん到着する。その中に紛れて、箱が一つ担がれて来ても、おかしくない。例え異国人がいても、賓客で高野山に招待されたと思わせれば目立たない。空海はそのための一大催事を仕組んだのだ。もちろん建設が進む高野山のお披露目をすることで、建設資金の寄進を勧進（かんじん）するためでもあった。空海の知恵だ。

法会（ほうえ）の前日に、空海は招待した秦保国と星河・レビ神官たちと、いったん槇尾山寺で落ち合った。

「やあ空海どの、ごくろはんだす。この山奥によくぞ隠しましたな。はっはっはっ」

秦保国は満足そうに、槇尾山寺で笑った。そこに白装束の神輿を担いだ一団が到着した。

「おーい空海殿、お待せいたしした。嵯峨天皇から親族ということで、極秘にたのまれての。レビの方しか触れないので、レビの方に方々から集めていただいたので、たいへんだったよ。はは」

「やあ、橘どの、ご苦労さまで」なんと橘逸勢がそこに居た。しかも何かを担がせて来た。

「では皆様、よいですか？　一緒に箱から取り出しますぞ」レビ族司祭により、神輿の中から３つの物が取り出された。保護布を取ると、愛染堂の狭い空間が一気に輝いた。

「おおっ、な、なんと、これは…」

秦保国をはじめ、司祭や神官、それに星河までが驚きの声を上げた。それは、古ユダヤの神宝・３種の神器だった。アロンの杖、石板、マナの壺が揃っていた。一同は信じがたいこの景色に、しばらく茫然とした。誰かの固唾を飲む音が聞こえる。

「さて、では契約の箱の中に入れましょう」

空海のこの言葉に一同ハッと我に帰った。そして慎重に布にくるみなおし、３種の神器を契約の箱の中に納めた。そのとき、契約の箱内の六芳星印から、まばゆい光が宇宙に向けてまっすぐ立ちのぼった。何百年という歳月を経て古ユダヤの神宝全部が揃い、ここ日本で再び息を吹き返した瞬間であった。

「わあーっ」突然の光に、一同後ろに飛び退いた。

「ううっ、しびれる…」あまりの強い波動に、身体が感じすぎ、異常を訴える者も出た。

「ささ、贖いの蓋をして」空海が促し、光は封印されたが、箱から嬉しそうに漏れていた。

「皆様ありがたく存じ上げます。おかげさまで無事に本日を迎えることができました。では、かねての打ち合わせどおり、いっきに運び込むといたしましょうぞ」

空海は住職に、「師匠大変お世話になりもうした。ありがとうござった。高野山にも是非お越しめされ」そうお礼を述べた後、3種の神器、契約の箱が入った外箱をレビが担ぎ出した。

実に数年間、星河がこの寺に住まい、しっかりと箱を守ってくれていた。指令とはいえ、ものすごい責任意識と忠誠心だ。「星河、良い仕事をしなはった。御苦労はん」秦保国も、満足そうだった。

一行は外箱を担ぎ、槇尾山寺を出立した。急な山道をいったん紀の川のほとり、八王子神社まで降り、そこで衣服を目立たぬように藍染めの作務衣に着替えた。そして編笠を目深かに被って外箱を担ぎ、八王子神社から再び出発した。大催事の準備業者のように、これを槇尾山寺の対岸の高野山に担ぎ上げたのだ。契約の箱が入った外箱は山道を登り切り、高野山大門から金堂前、金剛峯寺前を何事もなく通過した。そのまま空海の案内でまっしぐらにある場所に向かった。

すると壇上伽藍中門を通過するあたりから、赤い光が契約の箱から八方に発せられるのが空海には感じられた。まるで高野山の高原盆地とその周辺の山々を浄化するように、周囲に波動光を放ち始めたのだ。やがて、担がれた外箱は高野山のある場所に着いた。

「さあ、ここです。ここで私が永遠にこの神宝を守ります。はっはっはっ」

空海は満足そうに笑った。古ユダヤの契約の箱は、高野山のある場所に安置され、厳重に施錠された。槇尾山寺を出発してこの間は、ほぼ半日であった。見た者は少ない。たとえ見たとしても、たくさんの持ちこまれた荷物を担ぐ人工たちの姿に同じで、外箱は見分けがつかなかった。

3種の神器が入った契約の箱は、このとき高野山に鎮座した。

空海は、これまでの宿題を全て果した達成感を覚えた。後は自分が、必要とされる未来に向け、契約の箱を守ればよいのだ。これこそ永遠の「大楽」だ。大楽とは、「大楽金剛不空真実三摩耶経」つまるところ「大いなる楽は、金剛のごとく不変で、空しからずして真実なりとの仏の覚りの境地を説く経」から来ている。この経はすなわち空海が感銘を受けた経、『理趣経』の別名である。人生の全てに「大いなる楽しみ」を見出し、真実に気付く生き方だ。それは空海の伝えた純粋密教の、真の奥義であった。苦楽のいずれにも囚われない、本当の意味での自由で安らかな、かつ心豊かな境涯のことである。空海が残した真言密教における「究極の謎かけ暗号」と言っても過言でない。

これこそ空海が残した人生の楽しみを解く、カギなのだ。

空海は秦保国と橘逸勢を金剛峯寺の近く最古の寺・宝亀院にお留して、長い間支援していただいた感謝をこめて接待した。

翌日空海は2人を、奥の院、壇上伽藍をはじめ、高野山全山と金剛峯寺の隅々にまで自ら案内した。そして、おもむろに言った。

「秦保国どの、貴殿とお約束した宿題のことですが、これで貧道のこれまでの課題は全て片付いたと思えるのです。一つはこの国に相応しい新しい宗教、真言宗・真言密教の教学を確立しました。イエス・キリストのアガペー愛も、慈悲の心としてこの中に取り入れたつもりです。いま見ていただいたように、ここ高野山に後輩育成の修行道場もできました。いかがでございましょう。

それと二つ目は、契約の箱を発見し掘り出しました。さらに古ユダヤの神宝、３種の神器を日本国内から集めました。そしてそれらを、安全な場所に秘匿することが実行できたのです。

貧道が残した暗号に気付いた人間が、やがて探し出すでおましょう。あとは、私が兜卒天に召されるだけです。ありがたい。はっはっは」

「空海はん、たいへんご苦労さまでありんす。あんたはんを見込んだだけのことがおました。見事だす」秦保国も空海の実績を称賛した。

これで空海は、40年以上に渡る秦氏との大きな二つの約束を、果した。

空海と秦保国、この2人の関係は知る人ぞ知る、秘密の関係だったので、もちろんどんな記録にも残っていない。「山城名勝志」に名を残すのみの秦保国は、ほとんど表の歴史に顔を出さない。秦氏は、未だにその素性からして、日本の歴史では謎の集団とされている。少なくとも伴造(とものみやつこ)として、ヤマト王権の大王に仕えた直属の渡来人頭脳集団であることは確かである。

少なからず日本国家成立の黎明期に、多大な貢献をしてくれた種族であることは確かなのだが、その事跡は、長い歴史の狭間に埋もれてしまっている。しかしこの2人の関係は、数々の貢献実績として、空海の周りを拠りどころとして燦然と輝きを放っている。そのわずかな表層部が歴史の表に遠慮勝ちに顔を出し、今日に伝わっている。

秦保国は空海に向かって言った。

「空海はん、私は完成のあかつきには褒美を取らせると、42年前に約束したでおます。

その褒美のことじゃが、このあとも真言密教を支援し続けるということを、ここで改めて約束さしてもらいまひょ。これでよろしゅおますか」

「もちろんなり、ありがたし」２人はがっしりと、手を握り合った。

高野山奥の院の御廟の塀の中に、稲荷神社が秦氏から贈られ建立された。空海が創建した丹生都比売（にうつひめ）等四柱を祀る神社も御廟の塀の中にある。寺社の中に神社があることを、知る人は少ない。そっと周囲に溶け込んでいる。それはまるで、秦氏の生きざまのようだ。

稲荷神社は、奥の院御廟の入り口を固めるように、祀られている。イナリとは古ヘブライ語で文字通り、光輝く尊いものという意味である。生涯に渡って光輝いた、空海に贈られるにふさわしい。秦氏末裔が手配したのかもしれないが、まるで２人のための記念碑のように、後の世に長安大秦寺（たいしん）にあった、大秦（たいしん）景教流行中国碑の実物大写しの石碑が、高野山に贈られる流れとなった。

一の橋から始まる奥の院参道の一本右の道に面して、ネストリウス派キリスト教の中国における歴史を刻んだ景教碑、大秦景教流行中国碑はひっそりと立っている。何ゆえにキリスト教に関する碑が、しかも中国に於ける発展の歴史を刻んだ碑があるのか、一見ふしぎである。そのわけは、碑文の草者・景浄司祭と唐で親交のあった空海に、後の世に実物大の模写碑が、発掘した英国調査団から贈られたと伝わる。ひょっとすると景浄司祭が洗礼を授けた日本の僧とは……。

高野山でこの一角だけは、ふしぎな歴史的空間を形成している。しかもこの碑は、ユダヤの象徴である亀の背に乗っている。大秦とは、唐語で、ローマ帝国のことである。

別れのときが来た。

「この世であなたと一緒に時代を生きることができて、とてもしあわせでした。神と精霊とあなたに、栄光あらんことを。感謝します」コーヘン司祭が空海の手を握りながら言った。

秦保国も空海の手を握って言った。年老いたその眼には光るものがあった。

「空海はん、達者でいておくなはれや。貴僧に会えて、本当によかった。これで私も安心して、イエスさまのもとに行くことができます。ありがとさん。ありがとさん」

「万灯万華之会」の温かで煌びやかな光を脳裏に残し、秦保国とレビ神官たち、橘逸勢一行は満足そうに高野山を後にした。天長9年（832年）初夏のことであった。光の会は今日も続く。

しかし忍びの鴨族服部星河は、秦保国の命により、数人の部下を連れて残った。これから高野山に住まい、後輩を育成しながら契約の箱を守るのだ。後輩の中に星河の息子がいた。莉倮（リラ）との間に生まれた長男莉星（りせい）は、今年24歳になっていた。莉倮は麓の村に住んだ。星河はこの3年後に、45年に渡る「空海番」の任を解かれることになる。彼はその後天皇を守護する「八咫烏」の一員となり、暗躍した。隠居の身になってからは、指令でなく自主的に高野山にもどり、年老いた一介の掃除人の姿で、空海の奥の院霊廟と契約の箱を、密かに守り続けた。指令とはいえ、星河は生涯を掛けて空海を守り、影で支えた大いなる力だった。神と仏と良き友に、しっかり支えられた空海は幸せな人だ。良き友の中には、星河のように影で支えてくれた人もいたが、嵯峨天皇までが表の世界でしっかり支えてくれた。会う人を皆味方にしてしまう人間力。それが空海の魅力だ。

その人といると楽しい、また会いたくなる。人はそれを仁徳という。人に喜ばれ、自分も太楽の人生を歩む。空海は究極の生き方をした一沙門であった。それゆえ、大勢の人が愛してやまない。

空海は一行を送り出してから、真言宗を世に残すためと、契約の箱を守るため、最後の仕事に取り掛かった。空海はいったん京に戻り、さまざまな大事なやり残しの仕事を片付けた。

空海は早く高野山に入って隠居したかったのだが、京の仕事をなかなか離れられなかった。


3年後の承和2年（８３５年）1月、最後の公の仕事は、お世話になった嵯峨天皇の健康を祈願する真言宗最高の儀式を興し、定着させることだった。空海は宮中真言院において、正月元旦から8日間、「宮中御修法（みしほ）」を開催した。天皇の健康のみならず、民1人ひとりの幸せと国の平和が続くことを祈った。後に1月7日から8日間となり、「宮中後七日（ごしちにち）御修法」と呼ばれるようになる。この儀式は明治になって東寺に会場を移すも、１２００年以上に渡り、今日も続いて行われている。

1月中旬に、空海はようやく高野山に上がれることになった。このときの文が「続日本後記（しょくにほんこうき）」の「卒伝」に残っている。「自有終焉之志、隠居金剛峯寺」（自ら終焉（しゅうえん）の志を持って、金剛峯寺に隠居する）ということは、いよいよその覚悟を持って、金剛峯寺に入るということであった。後は、幕引きの舞台を、自作自演するだけのことだ。その後空海は、約2ヶ月という短い隠居の期間を、弟子達に囲まれて高野山で過ごした。その間弟子の優秀さと修業のあり方が、これからの密教を支え発展させると考え、その戒め、作法をまとめ上げた。これで終焉の幕引きの準備は全て整った。

これを以て、空海のこの世における仕事は、全て整ったのだ。

いよいよ空海は、弟子たちを金剛峯寺講堂大伽藍に集め、最後の舞台に臨んだ。自らの生い立ちと生涯を含む、弟子や門徒の後世のための戒め『二十五条の遺告』を、噛んで含めるようにゆっくりと弟子たちに話し始めた。同年3月15日のことと伝わる。

「よいか、この内容は、密教を永遠に伝えるための秘密中の秘密、甚深上の甚深なるものである。この秘密は、ただ阿闍梨の心に留めるのみであり、みだらに外部に漏らしてはならない。密教を伝える者は、真言一門の僧、宗徒の中から優秀なる者を厳選して、灌頂を授けよ。このように秘密にするわけは、身体・言葉・意の秘密の三つのはたらきを説く教え、三密教（三密加持）の要である『本性』を守るためである」として、弟子は尽くこの遺告に従って行動せよとした。

この中で注目されるのは、法臘（得度してからの年数）の年功序列ではなく、「仏道を修め学ぶことを第一として、最初に成就した者を長者とせよ」という能力第一主義である。

この遺告の最後には、「入唐求法沙門空海」（唐に真理を求めて行った求道者空海）と記すように言い残したところに、空海の偉ぶらない仁徳が偲ばれる。凡人なら自分が一生かけて獲得した肩書を、殊更に並べ立てるか、たとえ奥ゆかしい人間といえども、自分に付けられた最高の肩書きを、一つくらいは述べたいところであろうが……。空海は最後の遺言と言えど、「密教大唐帝国第八世法王阿闍梨空海」としなかったのだ。あくまで葛城の山中で出会った一沙門のように、生涯謙虚であった。これが「入唐求法沙門空海」の生きざまだ。

「さあ、次への旅立ちの準備が整った。もう思い残すことはない。兜卒天で弥勒菩薩を拝し、直接ご説法を聞けるのが楽しみじゃ」

空海は入定の６日前、翌３月16日から五穀水漿を却絶した。

やがて盡期（死期）が近いと悟った空海は、自らの身を奥の院御廟に運び、永遠の禅定に入った。すなわち入定したのだ。

空海は、胎蔵大日如来の法界定印を両手で結び、厳かに久遠の瞑想に入った。

承和２年（８３５年）３月21日午前４時。齢62ときく。

「入定留身」

空海は１２００年経ったいまも、尊崇する多くの人たちから、奥の院で古と変らずに生身をとどめて瞑想していらっしゃると信じられ、毎日食事が供されている。契約の箱から出る、空海にしか見えない温かい赤い波動光は、高野の山を丸ごと優しく包み、空海と会話を楽しんでいる。

この報に接した嵯峨上皇は殊のほか驚き、盟友空海の入定をお嘆きになられた。上皇は書画経典の話に興じ、香でも楽しみながら、余生を共に過ごされたかったのかもしれない。上皇はただちに勅使を遣わされ、弔を表された。嵯峨上皇は空海入定７年後の承和９年（８４２年）７月15日、享年57歳で、空海の待つ兜卒天に旅立つように崩御なされた。いま頃きっと兜卒天で、満足そうに笑みを浮かべて、２人して書画経典の話に興じているに違いない。その姿が目に浮かぶ。あるいは空海は桓武天皇にお目にかかり、「あのときは…ありがとうございました。やっとお礼ができました」

といろいろ当時を振り返り確かめながら、溜まったお礼を上奏しているのかもしれない。

あにはからんや、嵯峨上皇のお嘆きを癒して余りある程、その後空海の功徳は、高弟や高野聖の活躍により、日本社会の中に長い時間をかけて浸透していくことになる。

その86年後の延喜21年（921年）、醍醐天皇の夢枕に空海が立ち、謎の句を詠んだ。

高野山　結ぶ庵に　袖朽ちて　苔の下にぞ　有明の月

「有明の月」？　夜がしらじら明けてもなお、苔の下で光る「有明の月」とは…？

いったい何の謎かけだろう…？　将来に輝く光のことか…？

世界に光を発する契約の箱は、ここにあると言っているのだろうか？

夢に驚いた醍醐天皇は、東寺長者・空海十大弟子の観賢の度重なる上奏を思い出した。そして天皇はこの日、「弘法大師」の諡号の宣下を勅許なされた。醍醐天皇は、さらに観賢とその弟子淳祐に勅を出された。2人は勅旨をもって高野山奥の院霊廟に赴き、空海に諡号の宣下を報告したのである。両名は霊窟をあばき、空海の衣服を取りかえてさしあげ、伸びた髪を整え、ひげをあたった。

そのとき空海は、入定時と変らずに、禅定されていたという。入定後霊廟が初めて開かれたが、立ちこめた霧が晴れるように空海の禅定姿が現われたという。空海はここで初めて「弘法大師」という自身の尊称を知ることになる。しかし自分はいつの時代も、一沙門であるという謙虚さはいささかもぶれていない。そののち醍醐天皇の勅願により、宝亀院が観賢(かんげん)大徳により開創され、１２００年間毎年、聖なる井戸から出る聖水で新しい衣が染められ、御廟の大師に供されている。

空海の禅定するお姿は、ここ宝亀院でその肖像画を見ることができる。

空海の人間的な魅力ゆえに、その後も人々は空海を慕い、空海と共に同行二人(どうぎょうににん)で四国遍路をたどる。人々は口々に、唐で恵果師匠から頂いた空海の法名・大日如来の密号、

「南無大師遍照金剛(へんじょうこんごう)」

と唱えながら、野辺を歩き寺社を巡り、空海に会いに行く。１人の人間として、空海と対話し、心洗われる。そして遍路結願(へんろけちがん)の後のお礼参りに、高野山に空海を訪ねる。その後も大楽(たいら)をもって、空海と人生の同行二人(どうぎょうににん)を楽しんでいる人も多い。

遍照金剛・空海弘法大師は、１２００年経った今も法身の里・高野山に生きている。

私たちへ、秘密の謎かけを楽しみながら…。

完

## あとがき

遍照金剛・弘法大師と尊称で呼ばれる空海さんは、その一生を大楽をもって楽しみ、いまも法身の里・高野山奥の院で静かに瞑想・禅定されておられます。その空海さんにこれまで謎とされた空白の十数年間について心を澄ませて聞いてみましたら、このように過ごされたのかもしれないと感じ入ることがあり、ここに小さな説、すなわち小説を述べさせていただきました。あくまでこの小説は筆者の想像の産物ゆえ、数々の失礼な表現等があるかもしれません。どうかお許しください。

空海さんの生きざまには、私たち市井に生きる凡人にもわかりやすい教訓がたくさん示され、ものの見方、生き方について多くの示唆に富む内容がございます。そのことをじっくり学ばせて頂く機会を頂きましたことは、生涯の宝物を得た思いがいたします。小生の探求はまだ道半ばです。

皆さまもどうぞ空海さんの語りかけている宇宙の真理に耳を傾け、人生を刮目していただき、空海さんの足跡をたどり、お四国遍路で、また高野山で密教の深遠な奥義を探求されることをお勧めします。小著との出会いが、皆さまの人生に輝きを増すきっかけになりますれば、それこそが空海さんが小生に小文を書かせた意味かもしれません。私に取りましても望外のしあわせと存じます。

末筆ですが、ご縁をいただいた及川さん、バリ丸尾兄貴、インプルーブ小山代表に感謝致します。

平成27年12月

今井　仁

小著を天国苑卒天で弥勒菩薩と一緒にいる空海さんの魂、父、心学の師小林正観さんに捧げます

## 【参考文献】

「空海の風景」（上）（下）司馬遼太郎著・中央公論新書
「空海の本」武内孝善高野山大学教授・武内信夫東京大学教授著・増田秀光編・学習研究社
「密教の本」増田秀光編・学習研究社
「真言密教の本」増田秀光編・学習研究社
「空海・高野山の教科書」総本山金剛峯寺・高野山大学監修・枻(えい)出版社
「日本とユダヤのハーモニー」中島尚彦著・日本シティージャーナル・サイト
「弘法大師空海その全生涯と思想」長盛順二著・東京図書出版会
「空海の暗号と暗示」大杉博著・倭国研究所
「空海」三田誠広著・作品社
「空海　高野開山」寺林峻著・講談社
「日本の名僧４・密教の聖者　空海」高木訷元・岡村圭真著・吉川弘文館
「失われた原始キリスト教徒『秦氏』の謎」飛鳥昭雄・三神たける著・学習研究社
「失われた除福のユダヤ人「物部氏」の謎」飛鳥昭雄・三神たける著・学習研究社
「失われた日本ユダヤ王国「邪馬台国」の謎」飛鳥昭雄・三神たける著・学習研究社
「失われた契約の聖櫃「アーク」の謎」飛鳥昭雄・三神たける著・学習研究社
「古代日本、ユダヤ人渡来伝説」坂東誠著・ＰＨＰ研究所
「消された大王饒速日(にぎはやひ)」神一行著・学研Ｍ文庫
「ユダヤ製国家日本」ラビ・Ｍ・トケイヤー著久保有政訳・徳間書店
「聖書の国日本」ケン・ジョセフ・シニア＆ジュニア共著・徳間書店

「弘法大師　空海百話Ⅱ」佐伯泉澄著・東方出版
「古寺巡礼京都「神護寺」」神護寺住職谷内弘照、川上弘美共著・淡交社
「ほっとする空海の言葉」安元剛文、谷内弘照神護寺官主書・二玄社
ＮＨＫ趣味悠々「四国八十八ヶ所はじめてのお遍路」日本放送協会／
「四国遍路」／高坂和導著「超図解竹内文書」近藤善博著・徳間書店
旧約聖書／新約聖書／六国史・第六・日本三代実録／続日本記(しょくにほんぎ)／日本後記／大日経／理趣経／御請来目録／御遺告(ごゆいごう)／
性霊集(しょうりょうしゅう)／
『三国志』「魏書」第30巻烏丸鮮卑東夷伝和人条
「きょうの杖言葉一日一言・百歳の人生の師からあなたへ」松原泰道著・海竜社
「波動の法則」足立育朗著・形態波動エネルギー研究所
「波動の報告者」小林正観著・弘園社
「22世紀への伝言」小林正観著・弘園社
「こころの花畑」小林正観著・弘園社
「宇宙が味方の見方道」小林正観著・弘園社／「宇宙方程式の研究」小林正観ｖｓ山平松生著・風雲舎
「愛の宇宙方程式」保江邦夫著・風雲舎
「宇佐宮　大楽寺」大楽寺編・宇佐宮大楽寺刊行会

「四国八十八ヶ所」公式ホームページ（以下ＨＰ）
「うどん伝来の一考察」山野明男著・ｗｅｂ
観世音寺・社務所発行パンフレット
伊勢神宮・社務所発行パンフレット・公式ＨＰ

元伊勢・ｗｅｂから情報収集
熱田神宮・公式ＨＰ
宗像大社・社務所発行パンフレット・公式ＨＰ
宇佐八幡神宮・社務所発行パンフレット・宝仏殿パンフレット
石上神宮・社務所発行パンフレット・公式ＨＰ／籠神社社務所発行パンフレット・公式ＨＰ
「聖書と日本フォーラム」ＨＰ／四国八十八ヵ所第24番札所最御崎寺資料
八幡奈多宮（はちまんなだぐう）・公式ＨＰ
皆神神社・石塔・看板他より
鹿島神宮・公式ＨＰ・石塔他より
対馬・綿都美神社・社務所発行パンフレット・公式ＨＰ
東大寺・公式ＨＰ
高野山・金剛峯寺・奥の院・社務所発行パンフレット・公式ＨＰ
施福寺（槙尾山寺）・公式ＨＰ
「日本文化に遊ぶ和の空間」ＨＰ
「ＭＩＫＫＹＯ21　ＦＯＲＵＭ」ＨＰ
「小林正観さんの言葉集日めくり」文小林正観・書神光幸子・画斎藤サトル・アトリエ・サトルーチ刊
Ｙｏｕ　Ｔｕｂｅ・アメノウズメ編「アメノウズメ塾上級サバイバル篇」シリーズ
Ｙｏｕ　Ｔｕｂｅ・Harry 山科編「皆神山の謎　第四部一厘の仕組篇」シリーズ
ｗｉｋｉｐｅｄｉａ　他

## 著者略歴

**今井　仁**（いまい　じん）

1949年 埼玉県与野市（現さいたま市）出身。72年立教大学社会学部観光学科卒業。72年から9年間、通産省外郭・財団法人余暇開発センター（佐橋滋理事長）研究員。81年から20年間ぴあ株式会社に勤務。「チケットぴあ」を開発・事業化。99年ぴあを退社。執筆活動開始。2000年株式会社イーコンテンツ設立代表取締役。この間、株式会社ＪＴＢのｗｅｂマスター、ＩＴビジネスコンサルタント等。02年株式会社ＳＫＰ設立、株主・監査役。05年頃から福祉・農業関係に携わる。ＮＰＯアグリルネッサンス元理事長。ＮＰ０日本地球再生機構元理事長。07年から東京日本橋・㈱デザイナーズファームにてバイヤー。同年4月〜四国八十八ヶ所を小林正観さんと巡拝・結願。空海さんの偉業に出会い、調査・取材・謎解き、執筆。

著　書：「全図解インターネットビジネス儲けのヒント」今井仁著 あさ出版 2000年1月

編集書：「JTB旅のうんちく講座」小林正観氏著の編集発行 ㈱イーコンテンツ 2002年9月

表紙画・さし絵：斉灯サトル（天井画家他）

題　字：石坂京美（小林正観氏の言葉色紙、もっ手帳揮毫）

**空海の秘密**

2016年1月12日 初版発行　　2016年11月8日 第3刷発行

著　者　今井　仁　

発行人　森　忠順

発行所　株式会社 セルバ出版

〒113-0034

東京都文京区湯島1丁目12番6号 高関ビル5B

☎03（5812）1178　FAX 03（5812）1188

http://www.seluba.co.jp/

発　売　株式会社 創英社／三省堂書店

〒101-0051

東京都千代田区神田神保町1丁目1番地

☎03（3291）2295　FAX 03（3292）7687

印刷・製本　株式会社 丸井工文社



Printed in JAPAN

ISBN978-4-86367-243-7